醫妻獨大 1

踏枝 著

目錄

序文

踏枝

在這本書之前，我寫過擅長刺繡、廚藝、做生意等各種技能的女主，這次我想做一個新的嘗試，寫一個女醫者的故事。

我本人並沒有任何中醫知識，動筆之前做了不少資料收集。然後開始做人設的時候，發現現代醫術高超、經驗豐富的醫生，在完成學業後再進入醫院學習，等到真正獨當一面的時候，大多年紀都不輕了，而這本書的男主出場則是十五、六歲的纖弱少年。

網上有句話，說主角可以是六百歲、六千歲，但不可以是六十歲。所以我換了個思路，把女主原世界的身分設定為修仙者，這樣她醫術高超的同時也能心思單純，不會太過老成，和男主產生年齡差。

隨後進入到寫故事大綱這一步，我此前看過的很多仙俠故事裡，帶有修仙者身分的女主大多都是到人世間談一場戀愛，但我不單單只想寫愛情故事，因而故事的開頭，就是作為醫修的女主穿成一個商戶女，面臨父親暴斃、未婚夫退婚、家財散盡的困窘局面。而後女主憑藉精湛的醫術和智慧化解一連串危機，否極泰來，開設自己的醫館，在一個個小單元的故事裡遇見形形色色的人……

整個故事看似是女主一直在幫助別人，但暗線其實是她自己的成長——從最開始的只想著積攢功德、按部就班地治病救人，到後面在紅塵中看盡人情冷暖，收穫親情、友情和愛情，成為一個真正有血有肉的「醫仙」。

而男主幼年開始就經歷世間黑暗，他腹黑、心狠、擅長偽裝，在遇到女主之後，被女主救贖，卻並不只是被女主救贖。救贖他的，其實是來到女主身邊後見識到的這滾滾紅塵中的各種人情溫暖。

兩人互相扶持，同舟共濟，感情發展得水到渠成。

總而言之，這是一個關於成長和救贖的故事，內核是溫暖而有力量的，希望看到這本書的你們能喜歡。

第一章

深秋時節的山林間，天色陰沈得讓人分不清是晨間還是黃昏。

此時暴雨剛歇，風聲呼號，驟然聽過去，似人在哭泣一般，叫人膽戰心驚。

而就在這樹影婆娑的山林間，一個荒蕪的山洞之中，江月迷濛地睜開眼，短暫的迷茫過後，意識回籠，她發現了情況的不對勁。

她本是靈虛界的一名醫修，他們醫修以功德入道，講的是濟世為懷，功德夠了，也就直接升境界了。

江月是孤兒出身，偶然間被師尊撿到才沾上了仙緣，因此比門中其他人都勤懇許多。

加上她在醫術一道上也頗有天分，修為境界便一直是同輩中的佼佼者，十歲練氣，二十築基，也算是名動一時，為自家師門狠狠漲過一波臉。可在二十歲之後，境界卻再無鬆動，到了二十五歲的年紀，境界甚至有不升反落的趨勢！

江月自己倒是心態平和，卻急壞了師門上下。

醫修自古都是好人緣，因此師尊出面為她尋了大能卦師占卜，這才知道她命數有異。大師為她下了「德行有餘，仁心不足」的批語，說想進階還得去往小世界歷劫。

歷劫這種事變故太多，就像靈虛界號稱不世之才的某位道君，歷劫歷到眼下都還未歸位，眼瞅著就要身死道消了。

於是她師尊又求著那位大能另起一卦，仔細算算，最後得了個「吉」卦，才放下心來。

後頭江月被師門上下塞了一大堆奇珍異寶後，就來到了這裡。

但現在不對勁的是，此時這個身體並不是她自己的，而是一個和她同名同姓的小姑娘江月的。

這方世界的江月乃是一戶商賈人家的獨女，那江家本家原本是這路安縣南山村的普通莊戶人家，早年家裡人有些手藝，在城裡開了一間小飯館，日子還算好。

江父是家中么子，在廚藝上無甚天賦，加上上頭還有一個讀書的哥哥，家中飯館的收入漸漸入不敷出，所以江父便外出另外尋了營生，做起了生意。

後頭江老大還真的讀出了名堂，考中了舉人，而江父的生意也越發好。

再後頭便是江老太爺過世，江家大房和二房分了家。江老大留在原籍謀了個小官職，而江父則帶著妻女在京城扎了根。

江父和江母感情甚篤，只得了原身這麼一個獨女，自然把她看得跟眼珠子似的貴重。

原身無憂無慮長到及笄之年，江父和江母捨不得她外嫁，有意為其招贅，最後定下了江老大門下一個頗有學識的書生。

書生眼下雖然家貧，卻有真學識，將來考個秀才，中個舉人，甚至跟江家大伯一般為官，也未可知。

然而前不久，原身十六歲生辰剛過，家中就驟然發生了變故。

江父出城接收一批貴重的藥材時，卻突然遭遇了山匪截道。那批藥材干係重大，因此江父率領一眾家丁拚死抵抗，結果不幸挨了一刀，最後不只藥材讓人搶走，他也讓人抬著回來了。

由於傷口流血太多，江父不治身亡，臨終前只來得及叮囑妻子，儘快讓獨女和書生完婚。因為按著老家傳統，若是長輩亡故，要麼百日內成婚，不然就得守孝三年。

江母性情溫婉，與世無爭，原身養在閨中，天真爛漫，江父這是擔心自己走後，她們的生活難以為繼。

然而江父這邊剛嚥了氣，那邊貨主聽說藥材被劫，便已經尋上門來。

其實也不怪對方逼得緊，那藥材原是要獻給九皇子的生辰賀禮之一。

這九皇子是眾皇子中最年少的那個，親娘身分也十分不顯，生下他沒幾年就去了，因此早年間他一直默默無聞。

但他是天生的練武奇才，十來歲的時候就顯出了天賦，多年來一直勤加苦學。

到了前兩年，當今需要人代表皇家出征平叛的時候，就選中了他——左右贏了，那代表的就是皇族的顏面；若輸了，則失去的也不過是一個普通的皇子。

前不久，前線傳來消息，說是九皇子孤身入敵軍，斬獲了敵將首級，眼瞅著馬上就能大勝而歸，當今這才想起這個被自己扔到前線送死的小兒子即將要過十六歲的生辰，於是算是良心發現了一回，大張旗鼓地準備為他慶賀生辰。

下頭的官員聞言，自然也上趕著要為立下戰功的九皇子獻上生辰綱，其中就有江父接手的這批藥材。

禮單是早就已經呈上去的，如今這批賀禮卻在江家人手上丟了，其中的利害關係可窺一斑。

於是江家二房在失去江父這個頂梁柱之後，還賠付了一大筆銀錢。

另外在抵抗山匪的過程中，還有一大批家丁或殞命、或受傷。她家根基淺，並未豢養許多家奴，大多都是簽了活契的長工，因此發出去的撫恤銀錢又是一大筆開銷。

一時間大廈將傾，江家人心惶惶。

江母便在交割完所有銀錢後，遣散了一眾下人，找了相熟的鏢局，護送她們母女扶靈而歸。

誠然這樣逃避的方法不一定管用，但已經是失了主心骨的江母那會子能想到的最好辦法了。

醫修江月雖然治療過不少病患，卻很難與人共情，這也是為何卦師會給她那樣的批語。此時接收了原身的記憶，她一時間竟也很有些悃然哀傷之感。

她閉了閉微微發澀的眼，接著往下捋原身的記憶——

江母帶著原身回到原籍之後，才開始為江父操辦身後事。

他們這一房雖然離開原籍已久，但江父不是吝惜的性子，在掙到銀錢後沒少照應本家和同族，所以人緣還算不錯，來弔唁的人甚多。

前幾天晚上，江父停靈的最後一日，弔唁的賓客都已散盡，江家大房的長女，也就是原身的堂姊江靈曦過來了。

原身和江靈曦年紀相仿，很是投緣，每年原身跟著父親回鄉祭祖的時候，都跟堂姊形影不離。回京之後，也沒跟堂姊斷了書信來往。

然而這次她和母親扶靈而歸，卻一直沒有見到這個素來待她親厚的堂姊，細問之下才得知堂姊得了怪病。親戚之間甚至還傳聞，說她也沒幾日活頭了。

原身身上帶著孝，並不好再去看望病人，只是心裡也忍不住記掛。

那日江靈曦突然過來，除了消瘦了不少，看著居然已經行動自如，顯然是大好了。這也算是萬般不幸中的一點幸事了，原身臉上總算有了點淺淡的笑影兒，親熱地拉著堂姊說了好一會兒話，就勸著堂姊早些回去歇著。

江靈曦比從前寡言了許多，卻是堅持要留下陪伴，盡一盡晚輩的義務。

原身也就沒勸她，挨著她一起燒了會兒紙錢。

到了後半夜，情緒大起大落的原身就有些撐不住了，靠在堂姊身上打起瞌睡來。

半夢半醒之間，她突然感覺旁邊一空，人就往前栽去——她正對的可是火盆！

幸好江靈曦伸手推開了她。

最後的結果，是原身撞到青磚上，磕破了額頭，擦破了嬌嫩的臉頰，而江靈曦燙傷了一隻手。

守在屋外昏昏欲睡的其他人也都被嚇得一個激靈了，立刻去尋了兩人的長輩和村裡的大夫來。

大夫診治之後，說原身的磕傷和擦傷都問題不大，敷些藥粉就已經止住了血，大概連疤痕都不會留；而江靈曦就慘得多，她手背上大約是要留下可怖疤痕的。

都說手是女子的第二張臉，這對還未出閣的江靈曦來說自然是一場天大的無妄之災。為此江家大房夫妻氣得黑了臉，但礙著江父剛走，不好對江母和原身說什麼重話，只立刻就把江靈曦給帶走了。

一直到江父出殯下葬，原身都還在為這件事耿耿於懷，有心想去探望，卻得知那次受傷之後，江靈曦的怪病又復發了，不好再見人。

前一日，江母去本家處理後續事宜，原身留在家中收拾老宅，在老宅的藏書中找到了一本村志，村志記載這南山村背靠的南山裡有個山谷，山谷裡有一個隱世不出的醫仙門。

從前南山附近的村子曾經鬧過一次大疫，得醫仙出山救治了無數百姓。當年村裡的老人就是承蒙醫仙的救治，才能延續血脈至今。那個不知道具體位置的山谷，也就得了醫仙谷的名字。原身又去跟同村的年長者打聽了一番，得到的也是肯定的答覆。

早在江靈曦的怪病剛發作的時候，江家大房在延請名醫無果後就發動親朋好友進山尋過醫仙，只是沒有尋到罷了。

愧疚至極的原身就動了心，想著自己也去尋一次，別管結果如何，也算是盡了一份心了。

於是，當天原身就帶著丫鬟上了山，卻沒想到她們二人上山一個時辰，好好的天突然變了臉，下起了暴雨。養在深閨裡的嬌小姐加上同樣沒怎麼出過門的丫鬟，慌張之下找了個山洞避雨。

原身喪父在前，又舟車勞頓扶靈而歸，再加上對堂姊心存愧疚，已經寢食難安很長一段時間，雖沒有病倒，卻早埋下了禍根——早先她在靈堂上差點昏睡過去，其實就已經顯出了端倪。因此這次吹了風、淋了雨，立刻就發起了熱。

丫鬟不敢耽擱，著急慌忙地冒雨下山求援。

然後眼下，便是換了個芯子的江月躺在這山洞中的草堆上。

而那小可憐最後殘存的意識，居然還在記掛著堂姊的傷勢病情和想著母親見到自己久未歸家，肯定得擔心，可別像自己似的也生病了……半點都沒想到，自己就這麼沒了。

捋清了原身的記憶之後，江月又是一聲輕嘆，開始盤算起自己的身家——換了個軀殼，她隨身攜帶的東西都已經不翼而飛。唯一還可能存在的，就是綁在神魂上的一方芥子空間。

她的芥子空間比較特殊，是在靈虛界時偶然獲得的，不能存放法器，空間裡只有一方藥田和一口靈泉，被她用來種植各種靈藥，在靈虛界算是比較雞肋的存在。但眼下這種情況，這也算是江月唯一的本錢了。

這麼想著，江月閉眼進入了芥子空間，讓她失望的是，她的十幾畝藥田和汩汩靈泉都不見了，芥子空間裡只剩下一方剛夠站腳的黑土，外加一個拳頭大的乾涸泉眼，顯然亦是派不上用場了。

算了算了，既然是來歷練的，那麼既來之，則安之。

再則，他們醫修也是憑本事吃飯，固然修為全失，又沒有了其他依仗，在這世界安身立命和完成原身最後的心願總是不難的。

而且那位大能卦師在靈虛界也號稱算無遺策，既說了她此行為「吉」，想來也不會出錯。

江月安慰了自己兩句，卻突然聽見山洞外響起了此起彼伏的狼嗥聲！

這山上怎麼會有狼？村裡老人明明說過這一帶安全得很，沒有猛獸出沒，所以原身才敢上山的啊！

江月上輩子雖然有不少外出的經驗，但那會子普通的野獸根本不足為懼，真遇上了抬抬手也就解決了。

眼下，江月撐著無力的身子坐了起來，開始環顧山洞，尋找可用的東西。

原身和丫鬟上山尋醫雖然是一時衝動，但也不是空身前來，好歹還帶了火摺子和火把。

丫鬟離開前生了個小火堆，用來給原身取暖。不過原身那會兒已經病迷糊了，後頭沒有再添柴，火堆眼瞅著已經快熄滅了。

江月飛快地環顧過後，總算在角落裡找到了一些枯枝爛葉。

她這具身體尚有餘熱，無力得很，連站起身都做不到，便只能以手撐地，慢慢挪過去。

快熄滅的火堆被添加了燃料後，總算又燒起來一些。

而如此簡單的動作，卻已經讓江月後背出了一層薄汗，開始喘氣。

她又勉強挪回到乾草堆上坐定，開始揉按自己身上大椎、曲池、合谷等幾個穴位。

上輩子江月為人治病的時候，揉按穴位的手法配合靈力，那絕對是事半功倍，不出半刻鐘就能讓人退熱，然眼下她沒有靈力，效果自然就打了不少折扣。大概按了快一刻鐘，才覺得身上的不適減退了一些，也恢復了一些力氣。

而在這期間，江月也在努力思考著自救的方法。

原身的丫鬟下山求援，已經走了一個時辰，算算時間，再過一個時辰左右，也就是入夜前，丫鬟應該就會帶人回來尋自己。

眼下山洞裡既有火堆，山洞的位置也比較隱蔽，應該是沒有大礙的。

就在這時，山洞口忽然響起了一些沈重詭異的響動，那不像是人走路的聲音，而像是野獸拖著重物行動一般！

江月神色一凜，下意識地捏了個訣，又懊惱地想起自己如今修為全失，便只好抄起一根火把充當武器。

那聲響越發靠近，幾乎是呼吸之間，一個步履蹣跚的人影進入了山洞！

來人一身玄色箭袖短打，身形頎長瘦削，看著依稀是個十五、六歲的少年，頭髮蓬亂，整張臉上都是血和泥灰混在一起的髒污。

更惹人注意的是他腿腳不便，右腿以詭異的姿勢彎折在一旁，整個人拖著一隻右腳行走，這也是江月起初把他的腳步聲誤聽成野獸的緣故。

好歹來的是人。江月並未更改防備的姿勢，但是心下稍安——人心雖難測，但好歹還有斡旋的餘地，真要是跑進來一隻野獸，便只有你死我活了。

濃重的血腥味瀰漫，使得原身的身體下意識地就開始作嘔，而這響動也立刻引起了對方的注意，二人的視線不約而同地碰撞到了一處。

來人面上髒污，讓人看不清具體容貌，但他有一雙極為好看的眼睛，瞳仁黝黑如墨，眼神卻是暗沈如水，比外頭晦暗的天色還要寒涼幾分。

如同江月方才打量他一般，那少年也用審視危險的目光飛快地打量了江月一番。

眼前的少女十六、七歲的年紀，身上衣服質地上乘，雖然沒戴什麼首飾，但白皙滑嫩的肌膚彰顯著她好人家的出身。此時她一手舉著火把，一手捂著口鼻，神色專注而平靜地望著他。明明是跟他差不多狼狽的模樣，但不知道為何，那火光映射在她的臉上，配合她無波無瀾的眼神，彷彿她並不是在這荒山野嶺之間，而是獨坐神壇之上，竟有一種難以言狀的神聖感。

顯然少年對她也無甚興趣，確認她對他沒有危險之後，便立刻挪開了眼，在山洞的另一邊坐下。

見他自顧自地留下了，江月不大情願地蹙了蹙眉。

她倒是不講究這個時代的什麼禮法，而是一來原身的身體似乎對血腥味極其敏感，想嘔吐的衝動極其強烈，她又按壓了一陣穴位才暫時止住；再者也是最重要的是，這人滿身的血腥氣，怕是很快就要把狼群引過來，山洞便也不再安全了！

江月雖然修為全失，但預感還是比凡人強一些的。那來路不明的少年坐定後不久，外面就響起了成片的狼嗥，聽著動靜比之前又近了不少，顯然真的被血腥味吸引過來了！

江月抬眼，卻看少年在短暫的歇息過後，已經重新站起身。

幾乎是電光石火之間，江月就察覺到了對方的想法——他這是察覺到危險，要自己獨自離開了！

人情冷暖自來如此，他們本就是萍水相逢的陌生人，對方並沒有搭救她的義務。但對方已經在山洞中留下了血腥氣，情況至此，江月再不自救，怕是真要淪為狼群的腹中餐了。

她略微沈吟後，便不疾不徐地道：「在你身旁角落裡的野草叢，裡面有一叢小薊草，你摘了搗爛敷於傷處，能快速止血。」說完怕對方分辨不出，江月又形容了幾句小薊草的具體模樣。

少年聞言便站住了腳，很快就把身旁的小薊草採到了手裡，但他卻沒有急著用於傷處，而是出聲詢問道：「妳會醫術，又身在此處，妳跟醫仙谷有關係？」

他的聲音介於少年和成年男子之間，朗潤清亮，倒是難得的悅耳，但江月這會子卻無心思欣賞，只心道她哪裡跟醫仙谷有關係呢？不過她是個醫修，被凡人尊稱一聲醫仙倒也使得。眼下正是需要這少年相助的時候，因此江月並不回答，只不置可否地看了他一眼。

少年顯然是防備心極重的人，又接著問道：「妳既是醫仙谷的人，又能一眼分辨藥材，又怎麼會落到這般境地？」她慘白的臉色騙不了人，顯然也是病得不輕的模樣。

江月神色不變，老神在在地嘆了口氣，似是而非地道：「你沒聽過一句話嗎？醫者不能自醫。」

少年不是多言的性子，聞言也不再多問什麼，卻依舊沒有用那小薊草。

江月也不接著勸說他儘早用藥止血。

二人無聲博奕，最後還是江月那信誓旦旦、不慌不忙的態度占了上風。

少年蹙著眉猶豫了半晌，最終還是照著江月所言，將小薊草用於傷得最厲害的手臂處。大概也就是半刻鐘，他手臂傷處的血止住了。

他用藥的時候，江月也在悄悄用餘光觀察著，倒不是她不相信自己對藥草的判斷，而是從前她聽前往小世界歷練過的師兄提過，各個世界的法則都是獨立運行的，有些世界的藥物效用會大打折扣，連帶著他們醫修的才能發揮也受到限制。好在這個世界的藥草效果頗為不錯，這對江月來說，當然也算一樁好事。

不過江月的好心情並沒有持續很久，安靜了不久的山洞外頭再次響起狼嗥聲，這次真的是近在咫尺了！

「你來醫仙谷，是來求醫。」江月並不是發問，而是語氣篤定地道：「你身上的外傷是新傷，但不良於行的右腿受傷卻有一段時間了。」拖著這樣的腿到此處，自然也是聽聞了醫仙谷的傳聞，為了求醫而來。也是因為猜到了這一層原因，所以在少年準備離開的時候，江月才會主動展現出自己會醫術的一面。

少年聞言又抬起臉，定定地打量了她好一會兒，那目光中少了幾分猜疑，更多的則是探究。

「我能治好你的傷。」江月拋出了最終的籌碼。「如果我治不好，那麼這世間也無人可以治好了。」

少年古井無波的眼中終於出現了一絲光，但那波瀾也只是轉瞬即逝，快得好像從來不曾出現過一般。

但江月捕捉到了，知道這籌碼足夠讓他心動了。

又是一陣沈默和僵持過後，少年開口道：「希望妳不要騙我，不然……」他語氣平淡地言盡於此。

雖然未說什麼威脅的話，但意思已經很明顯，如果她是為了眼下活命的機會而欺騙他，那麼事後他絕對不會善罷甘休！

江月自然也不是誆騙他，而是確實有這個本事，所以也不怕他秋後算帳，依舊沒有露怯半分。

少年起身，分走一根火把，慢慢走了出去。

未多時，山洞外就響起了打鬥的聲響。

江月雖然看出那少年會武，但畢竟他身負殘疾，又受傷在先，此刻還是以寡敵眾，因此她心下也有些懸。

好在江月並沒有看錯人，大概也就兩刻鐘，外頭的打鬥聲響就漸漸小了下去。

先前那威風凜凜、讓人膽寒的狼嗥變成了狼狽可憐的嗚咽聲，接著外頭就此徹底安靜了下去。

江月心下一鬆，只覺得神魂動盪，眼前一黑，就此暈了過去。

半晌過後，少年艱難緩慢地再次挪進了山洞裡，見到的便是那個信誓旦旦說可以醫治他的少女已經昏死過去的情景。

雖說確實有醫者不能自醫這句話，但傳說中的醫仙谷中人，真的會在醫仙谷的地界裡，淪落到這種地步嗎？

旋即，他的視線又落在自己的傷腿上，自嘲一笑。拖著這條腿已經尋訪了好幾位民間所謂的神醫，得到的結果都是——別說讓他恢復成從前那般飛簷走壁，即便是像正常人那樣行走，也等同於無稽之談。

這麼久以來唯一給過他希望的，也就是眼前這個疑似是醫仙谷中人的少女了，姑且便死馬當活馬醫吧！

迷濛之間，江月似乎回到了過來之前，師尊帶著她向大能卦師求助的那日。

雖第二卦得了個「吉」的結果，但她家師尊仍覺得不夠，非得纏著人家把具體的劫難也一併說出來，還開出了為對方弟子無償診治三年的條件。

那位大能只伸手虛虛在江月額間一點，高深莫測地道「天機不可洩漏，機緣所至，自會知曉」，江月還當是那位大能被自家師尊磨得沒了脾氣，權宜之下才說了那樣似是而非的話，直至此時她方才參透，此行的劫難只四個字——黑龍禍世。

不過比較難參透的是，她現在所歷劫的世界乃是凡人世界，雖也有神仙志怪的紀錄，卻甚少有人親眼見過，大多都是如醫仙谷一般，活在傳聞之中，她要去哪裡尋那條黑龍呢？而且如今她修為盡失，又如何制伏那妖物？

江月尚未思考明白，便聽到了虛虛實實的嗚咽哭泣之聲，再睜眼，入眼的總算不是淒風苦雨的荒蕪山洞了。

她躺在一間窗明几淨的磚瓦屋舍中，窗邊映射著深秋時節難見的一點溫暖日光，而細棉布的被子更是曬得又暖又蓬。

江月認出這是江家在村裡的老宅，雖然跟江家在京城的宅子不能比，錦衣玉食長大的原身搬到這裡後就非常不習慣，為了讓家中其他人安心，才強忍著沒有表現出來，但對於來此世界後就在生死邊緣中徘徊了好一遭的江月而言，可不會生出半點嫌棄，只舒服到不自覺地發出了一聲輕輕的喟嘆。

五感回歸，江月耳邊那隱隱約約的嗚咽哭泣聲就越發真實了。

江月抬頭定睛一瞧，就看到炕沿上坐著個黑黑胖胖的姑娘，正捂著臉自顧自的哭著，這便是原身的丫鬟寶畫了。

原身本有四個丫鬟，名字分別取自於「琴棋書畫」。

江家前頭剛遭逢大難，傾家蕩產，下人都被遣散了，只寶畫因為是江母陪嫁丫鬟房嬤嬤的女兒，給留了下來。她們母女的境況跟如今的江母許氏和江月相似。當年許氏嫁人之後，看房嬤嬤也到了適婚的年齡，又知道她在鄉間還有個訂過親的青梅竹馬，就把她放回家去婚配了，只是房嬤嬤的男人身子骨不好，熬到三十來歲就撒手人寰，房嬤嬤當丫鬟攢下的那些家底也都在經年累月的湯藥費之中耗盡。房嬤嬤娘家的父母早前就已經去世，男人沒了之後，她帶著女兒無處可去，就回到了許氏身邊。

寶畫比江月還年長兩歲，此時剛過十八歲的年紀，生得膀大腰圓，皮膚黝黑。她從小在鄉間長大，不只生得魁梧，更是自小做慣了活計，很有一把子力氣。而且在一行人扶靈而歸途中，寶畫還跟著護送的鏢師學了一些粗淺的拳腳功夫，被鏢師誇讚她很有練武的天賦。

這也是為何原身在衝動之下，帶著寶畫就敢上山，因為覺得有寶畫在，格外的放心。這丫頭素來有些憨，江月都看她半晌了，她都沒反應過來江月已經醒了。

沒法子，江月只得輕咳一聲，說：「寶畫別哭了，我想喝水。」

她出了聲，寶畫總算放下捂著臉的手，吶吶地道：「姑娘……姑娘醒了？」一邊說，寶畫還一邊不敢置信地伸手摸她的額頭。

江月上輩子肯定是不習慣這種略顯親密的舉動的，畢竟修仙之人大多習慣了使用術法，很少需要這般親力親為。但或許是因為她並不是奪舍成為原身，而是繼承了原身的記憶而來，因此不知不覺間已經被影響了。她並沒有偏頭躲開，任由寶畫胖乎乎的手落到了自己的額頭上。

「燒退了！燒退了！」寶畫驚喜地從炕上一跳而起，一邊喊一邊就出了門去。

江月一陣無奈，她是真的覺得喉嚨吞刀子似的，十分難受來著。但寶畫自顧自地跑開了，她便只能撐起身子，自己伸手去搆炕桌上的水壺。

她這邊才剛喝上一口溫水，寶畫就引著一個梳著家常髮髻，身穿素絨繡花褂子的婦人進來。

婦人約莫三十歲出頭，面容姣好，氣質溫婉，手裡端著一個巴掌大的小碗，一見到江月醒了，她也是跟寶畫一樣，驚喜得難以置信，哆嗦著嘴唇，連句完整話都說不出，一時間甚至都不敢上前。

江月認出她就是江母許氏，只是在記憶中看到的和親眼見到的，到底有些不同。

上輩子的江月雖是修仙之人，但孩提時代，哪個孤兒不曾幻想過有朝一日能和生身母親相團聚呢？

如今見到許氏，她也是不由得一陣眼眶發酸，喉嚨發堵。

許氏見她要哭不哭的，立刻快步上前，拿了帕子輕柔地給她擦眼睛，哄孩子似的哄她道：「好好的怎麼哭起來了？妳還病著呢，仔細別把眼睛哭壞了。」

說是這麼說，許氏卻也是忍不住紅了眼眶。她背過身擦了擦眼睛，在炕沿上坐定，不疾不徐地舀起米湯，吹了吹熱氣後，餵到江月唇邊，輕聲細語地道：「先把米湯喝了，墊墊肚子，後頭才好喝藥。」

江月的師尊雖待她很好，卻是個大老粗，江月更是自小在宗門裡被放養著長大，這還是她第一次聽到這樣輕聲細語又事事妥貼周全的關懷。

她乖順地就著許氏的手喝米湯，越發覺得此番陰差陽錯的歷劫，也不算是一件壞事。

一小碗米湯幾口喝了個乾淨，許氏只是笑著看她，半點兒重話都沒說。

江月不確定地詢問道：「您不怪我？」畢竟原身上山尋找醫仙谷，固然是一番好意為了給堂姊治病，但實在過於莽撞，全然不顧自己的安危，若換個脾氣火爆的長輩，比如自家師尊，這會子肯定是要嚴厲責難的。

但許氏只是又拿著帕子輕輕給她擦了擦嘴，而後柔聲道：「自然是有些怪妳的，妳爹剛走，妳要是再有個三長兩短……當然，妳想著妳姊姊是因為妳受的傷，想盡可能彌補，存的也是一片好心，且妳眼下又能問出這話，則也應該是知道錯了，我還罵妳什麼呢？」許氏邊說邊扶著江月在引枕上靠定，讓她安心躺著，又親自起身去看還在煎煮的湯藥。

而寶畫自從她們母女開始說話的時候，就跟做錯事的孩子似的，耷拉著腦袋、絞著衣襬，縮在一邊不敢吭聲。

江月招手讓她上前，有心想問問自己昏迷之後的事，不過還不等她發問，寶畫是個藏不住事的，就竹筒倒豆子似的全說給了她聽。

原來寶畫冒著雨跑下了山，在村口就遇到了辦完事、從本家歸來的許氏和房嬤嬤。聽說女兒趁著自己外出時跑上了山，還在山裡突然發起了熱，許氏驚得差點暈過去。好在房嬤嬤素來有決斷，先三言兩語安撫好許氏的情緒，再讓許氏去請大夫於家中等待，而她則拿上雨具，灌上熱水，帶著厚襖子，跟著寶畫上了山。

結果關鍵時刻，寶畫又壞事——大雨沖刷過後，寶畫找不到那個山洞所在了！眼瞅著就要天黑，房嬤嬤又急又氣，抬腿就給了寶畫一腳。

寶畫也自責得很，半點都沒敢躲，被親娘一腳踹到了地上。這一倒地，寶畫就倒在一堆枯枝爛葉上，摸到了一手鮮血。

房嬤嬤撇開她仔細分辨，順著血跡找到了剛被掩埋的好幾條狼屍！

母女倆怎麼也沒想到這山上竟有這麼多狼，更沒想到還有強人出沒，能把這些狼都給收拾了！

房嬤嬤心都涼了半截，卻聽寶畫突然喊道「就是這兒，我認得這棵大樹！我當時還想在樹下避雨，還是姑娘說雷雲下頭不能躲在樹下，拉著我另外尋了地方」，後頭自然是寶畫領著房嬤嬤找到了那個避雨的山洞。

山洞裡頭，江月全鬚全尾的躺著，並沒有再生出旁的意外。

若說有什麼讓人意想不到的，大概就是山洞的另一側，多了個同樣昏迷不醒的玄衣少年。

房嬤嬤和寶畫也不敢耽擱，一人揹一個，把兩人都揹下了山。

那會子已經入夜，農人又都睡得早，四人回村都沒有被旁人瞧見，不至於生出旁的風波來。

剛清醒過來的江月這才後知後覺地想起那個少年，詢問道：「他現下在何處？我去看看。」修仙之人講究因果，前頭是她用為對方醫治傷腿為條件，讓少年冒著危險救下了她，那少年要是出了差錯，她此番歷劫還沒開始，可就先欠下了因果債。說著，江月就要掀開被子下地。

寶畫連忙伸手攔住她。「大夫前頭剛給姑娘瞧完，如今我娘正陪著大夫給他瞧病呢！姑娘眼下自己還病著，又不通醫術，過去瞧也沒用啊！」

是了，江父雖然做的是藥材生意，但本身並不會醫術，原身也只是在父親的耳濡目染之下，會分辨一些常用的藥材罷了。然而，江月身上的本事肯定是藏不住的，且她也不願意掩藏，那麼……這又該如何解釋呢？

寶畫手勁不小，又緊張她的身子，一時間失了分寸，身上還乏力的江月被她一把按回了引枕上，額頭磕在窗櫺上，發出了「咚」的一聲悶響。

江月上輩子倒是挺皮實的，無奈原身的身子嬌弱且又病著，頓時痛得整張臉都皺了起來。

寶畫也嚇了一跳，又手忙腳亂地一手扶她，另一手給她揉額頭，已經做好了挨罵的準備。

這憨丫頭莽撞行事也不是一天兩天了，過去因為這個，原身沒少生氣。加上寶畫是快十歲才到原身身邊的，而原身早就習慣了其他幾個丫鬟的妥貼細緻，所以兩人過去的感情只能算一般，也是近來多了幾分相依為命的感情，才一日復一日地親厚起來。

江月無心管自己隱隱發痛的額頭，只是斟酌著措辭道：「我在山中昏迷的時候，作了一個冗長的夢，夢中有個鬚髮皆白的老者，傳授了我很多東西，就好像在夢裡過了一輩子一般……」

修仙之人要修口業，尤其是靠積攢功德入道的醫修，因此江月雖也算活到第二輩子，卻幾乎沒怎麼說過謊，就像在山洞中生死存亡的關頭，她誆騙那少年的時候也沒有直言，而是擺出一個模糊的態度讓對方自己去猜，實在是因為不擅長這個，怕叫人看出了端倪。

此時她只能真假參半，把自己上輩子的經歷透露出來一些，融進那個子虛烏有的夢裡。

寶畫黝黑圓潤的臉上難得地顯出了認真思索的神情，半晌後道：「姑娘根本不是作夢！」

江月被她這麼一打斷，不由得心道：難不成自己真沒扯謊的天賦，連寶畫這樣憨直之人都誆騙不過去？

卻聽寶畫抱著胳膊、一副成竹在胸的模樣道：「姑娘這是得了醫仙傳承啊！過去我愛看修仙的話本子，姑娘還讓我少看那些，多認識幾個字才是正經，所以姑娘不知道，這種橋段在話本子裡可多了……」說著寶畫越發眉飛色舞，對看過的那些話本子裡頭的情節如數家珍，扯了好大一通後又繞回來道：「原說姑娘怎麼突然發起高熱來，合著是有大機緣！那些人去往醫仙谷都是空手而歸，只姑娘得了這天大的機緣，這要是讓外人知道，說不定要遭人忌恨……不成，我還是得告訴夫人去！」

寶畫是個說風就是雨的性子，腦子一次也只能裝一件事，因此她一邊絮叨，一邊就一陣風似的出去了，屋裡只留下神色微詫的江月。

前頭江月誆騙那少年自己是醫仙谷中人乃權宜之計，沒想到在寶畫嘴裡過了一遭後，她扯的謊還連在一起，越發圓融可信了！

不過寶畫出去了，倒是沒人攔著江月去尋那少年了。

現下一家子住著的江家老宅，是江父發跡之後命人回來修葺的，在這村裡算是難得的好宅子，但早先根本沒打算回來住，所以總共就一間連著灶房的堂屋並三間廂房。

三間廂房中，兩間大的分布在堂屋東西兩側，是她們兩對母女的住處。江月就猜想，那少年應該被安置在後院的那間小廂房中，結果還真教她猜對了。她剛從東屋出來，繞過堂屋到了小廂房門口，就看房嬤嬤送了一個年近四十的中年男子出來。

前頭她想下床，寶畫都知道攔，房嬤嬤這當長輩的肯定更看不過眼，因此江月就站住了腳，沒上前去。

房嬤嬤素來機敏，但此時湊巧正同大夫說話，就也沒注意到她。

「周大夫，煩勞您待了一整夜，這後頭還得煩勞您多費心。」

周大夫擺手讓房嬤嬤不用這般客氣。「治病哪有什麼麻煩？再說了，你們家也是給足了問診銀錢的，更遑論我幼時跟江二哥也有些交情。只是，你們家姑娘還好說，只要退了熱再溫養一段時間便能大好了，但這一直昏迷的少年……恕周某才疏學淺，本事有限，只能為他暫且止血，且還得讓嬤嬤跟我走一趟，為他多取些藥來。」周大夫邊說邊搖頭，意思是再明顯不過。那少年的傷勢他實在是無能為力，想徹底治好，還得另請高明。

如今的江家沒有男人在，所以房嬤嬤一邊和周大夫說話，一邊就把他往後門引。

周大夫也知情識趣，想著自己雖是醫者，但在孤兒寡母家裡待一整夜，讓人見了肯定會問起，便也沒有絲毫見怪。

江月目送他們二人出了後門，這才抬腳進了房門虛掩的小廂房。

這屋子從前沒住人，眼下看著像是臨時收拾出來的，半間還算能入眼，另外半間則還堆放著一些雜物。

江月在山中偶遇的少年，此時正閉目躺在炕上。

少年並不呈現昏迷之人常用的仰面姿勢，而是面對著房門的方向側臥，整個人蜷縮著，呈現一種防禦的姿勢。

江月在炕沿上坐定。

當時在山中的時候，少年形容比江月還狼狽，讓人看不清他的模樣，只讓她記住了他那雙黑沈沈的眼睛。

如今的少年被簡單的收拾過，一頭黑髮被放開，鋪散在枕頭上，面上的血和泥也被擦了乾淨，露出他本來的膚色——居然和被養得嬌滴滴的原身差不多白皙。

他的眉毛也不似旁的男子那般濃密粗黑，而是秀氣的長眉，配合著細長的眼廓，鴉羽似的長睫，挺直的鼻梁和一方薄唇，再加上那慘白的臉色，委實是我見猶憐，不輸於任何女子的姿顏姝麗。

可江月是見識過那雙眼睛裡流露出來的凶光的，更知道這人身手非凡，所以並沒有被他這副柔弱可欺的模樣迷惑。

她揭開被子一角，將少年環抱於胸前的手拿出來一隻，伸出二指搭上他的手腕，凝神感受了一下這少年的脈象後，江月便知道那位周大夫說自己才疏學淺是自謙之詞，這少年傷得委實不輕。

首先是多處外傷導致的失血過多，氣血不足，不過那些外傷時間尚淺，又已經止住了血，倒不足以撼動一個擅武之人的根基。

棘手的是，他身上還有不輕的內傷。

內傷傷及了他的心脈和肺腑，可以說每一次心跳、每一次呼吸，都會給他帶來極大的痛楚。

且這內傷也是有很長一段時間了，可以說這人拖著這般殘破的身體進入深山，還能跟野獸搏殺、活到現在，已然是個奇蹟。

總之是命懸一線，只是憑藉強大的意志力在支撐罷了。

而觀他手腕的骨相，年紀也不過十五、六。這麼小的年紀，這麼一身重傷，委實有些離奇。

江月並不是好奇心很重的人，這情況在她腦子裡過了一遭之後，她也沒想探究什麼，而是開始思量起具體醫案——若在從前，她自然有數種醫治好他的辦法，不過眼下，既無修為又無丹藥，則需要費些時間了。

江月一邊想著事，手指並沒有從少年的脈上挪開，直到手腕叫人攫住，她對上了一雙漆黑寒涼的眼睛——不知何時，他已經醒了。

居然還能醒過來？江月更是有些意外。

方才聽周大夫的話，是已經給他用過藥了，而大多止血的藥物都帶安神助眠的效用，讓傷患藉此好好休息。這麼重的傷，配合這樣的藥，卻還能在察覺到有人靠近的時候及時醒轉，這人不只是意志力頑強，防備心更是比江月想的還要重上許多。

「妳騙我。」少年朗潤的嗓音再次響起，或許是因為傷勢比在山上時又嚴重了幾分，所以這聲音裡多了幾許乾澀沙啞。

說完這三個字，他指尖發力，粗礪的指腹立刻捏痛了江月嬌嫩的手腕。

「你裝暈？」江月微微挑眉，同樣回敬了他三個字。

前後一連貫，江月便已經猜出來龍去脈。

或許當時房嬤嬤和寶畫上山的時候，他的傷勢並未嚴重到昏迷的地步，只是發覺有人靠近，而他又無力離開或者不願離開，便先示弱等待機會。

抑或是他那會兒暈倒是真的，但被揹下山後不久就醒轉過來。

總之是醒了已經有一段時間，並且從周大夫和房嬤嬤的話語中，拼湊出了江家的現狀，瞭解到江家的小姐並不會什麼醫術，更不是什麼醫仙谷中人，只是跟著父親學過一些分辨草藥的皮毛。

江月並不費什麼口舌解釋，抬起另一隻手飛快地在他手肘穴位上重重一點。

少年雖已有防備，但到底重傷在身，且也不覺得她這種嬌弱大小姐的纖纖素手能對他造成什麼威脅，因此並沒有躲開。

幾乎是一瞬間，他箝制著她的那條胳膊就變得無力，手掌自然也順勢鬆開。

江月抽回自己的手，轉動了一下發痛的手腕，神色冷淡地道：「你傷重，我姑且不與你一般見識。我會不會醫術，你自己好好思量思量吧。」

少年定定地望著自己的胳膊，並不蠢笨的他已經會意——若她不會醫術，怎麼會悄悄過來像模像樣地替他診脈？又怎麼會在眨眼間精準地找到人體的麻穴？可先前他聽到的……

正在這時，寶畫略顯焦急的聲音在屋外響了起來——

「娘！娘您在不在屋裡？」

江月當是這丫頭回屋見不到自己著急了，便先同少年道：「我過會兒再來瞧你。」而後起身出門應聲。「房嬤嬤前不久送大夫出門了，現下只我在此處。」

碰上了面，江月才發現這丫頭出了一腦門的細汗，臉上神情更是慌張。

「剛我去尋夫人說事，還沒說幾句就聽到有人敲門，夫人就讓我盯著藥爐，她去待客。但我前腳剛把藥熬好端出灶房，就聽見夫人在堂屋痛哭呢！我跑進堂屋問怎麼了，夫人只哭著讓我不用管，所以我才來尋我娘去看看……」

許氏雖然性情溫柔，卻絕對不是軟弱到動不動就哭泣的人，不然前頭江家發生那麼些事，她也支撐不到現在。且她是秀才家的女兒，自小就教導原身規矩，最重視禮數不過的，因此自然是發生了讓她覺得極其委屈的事，以至於她那般失態，在人前痛哭。

江月方才被少年捏痛了手腕都不覺得惱怒，此時卻是立刻把門一帶，一面往堂屋走去，一面沈下臉問道：「來的是什麼人？」

「是宋家的人。」

宋家，也就是跟原身訂親的那戶人家了。

第二章

江月很快就到了堂屋。此時堂屋裡，除了坐在主座的許氏，客座上還坐著一個婦人。

那婦人四十歲左右，面容普通，身穿一件土黃色細布對襟襖子，頭上包著布巾，就是那宋書生的母親，原身的未來婆婆秦氏。

江月飛快地瞥了她一眼，而後立刻去看許氏。

好在許氏只是紅了眼眶，泫然欲泣的模樣，並沒有如寶畫說的那樣痛哭。

這丫頭素來說話誇張，加上是真的關心要緊許氏，所以江月倒也不怪她。

左右這秦氏把自家母親惹哭了這件事，作不得假。

許氏一見她出來，立刻用帕子抹了一把眼睛，起身迎上前道：「怎麼好好的自個兒出來了？外頭風大，仔細別著了涼。」說著便要讓江月回屋歇著去。

但江月既知道了有事發生，也不可能坐視不管。她拉上許氏的手，輕聲道：「我已覺得大好了，家裡也不冷，窩在房中也無甚意思，還不如陪著您一道待客。」

許氏感受著她掌心傳來的溫熱，仍覺得有些放心不下，但不等她接著勸說，秦氏已經搶著開口。

「天可憐見的！這才幾日不見，阿月怎麼病成這副模樣？瞧著真是讓我心都揪著痛呢！

快到我跟前來，讓我仔細瞧瞧。」

月前江家為江父治喪，秦氏和宋玉書自然也來過。那時候的江月雖憔悴，但看著卻不顯病容。今天的江月比那會子又消瘦了一些，沒有特地打扮過，穿著家常的草綠色褙子，一頭烏髮編成一條鬆散的辮子，垂在纖細的脖頸一側。她本就有一副雪膚花貌，如今這一清減，臉頰瘦削，下巴尖尖，越發顯得一雙杏眼大而清亮，少了幾分嬌憨甜美，反倒增添了一絲疏冷的氣質，讓秦氏都看得挪不開眼。

客人都這般說了，重視禮數的許氏也就沒再多說什麼，只讓跟著江月過來的寶畫去端了炭盆來。

江月繼承原身的記憶之後，只跟她本來的親人覺得親近，如秦氏這樣的外人，原身自己都沒接觸過幾次的，自然也生不出親近的想法。何況，這秦氏剛剛才惹哭了許氏。

她扶著許氏在主位坐穩之後，便挨著許氏坐下，並未往秦氏那裡去。

秦氏臉上那熱絡到有些虛偽的笑容頓時一滯。

從前兩家初初說親，秦氏就是不願意的，畢竟在秦氏眼裡，自家兒子不只生得好，讀書上頭更是十分有天賦，不然也不會被江家大伯賞識，收為學生。

無奈讀書實在是一件費銀錢的事，宋家本就是莊戶人家，後頭宋父帶著幼子進山打獵時受了重傷，父子倆的湯藥費用更是像一座大山，眼瞅著就要壓垮本不富裕的宋家。

也就是那會子，江家大伯放出了消息，說在京城做生意的二房要為獨女招贅。

男子入贅女方，在時下是極其不體面的事情，尤其是對重視名譽的讀書人而言。因此願意入贅且自身條件又不錯的，委實不多。

這也是為何江父會拜託兄長為自家物色贅婿。

但那時宋家實在窮途末路，宋玉書便瞞著秦氏，主動去求來了這門親事。

不久後江父就親自回了原籍一趟，見了宋玉書。這一見之下，江父對他是非常滿意，在原來說的一百兩聘禮上又追加了五十兩，還動用人脈，去縣城裡請來了周大夫為他們診治。

秦氏那會子才知道兒子主意這般大，但為時已晚，且農家人哪裡見過這麼多的銀錢？因此也只好半推半就的接受，並安慰自己，家裡有兩個兒子，大的去入贅了，還能指望小的繼後香燈，而大兒子也能在江家二房的支持下更好的唸書。

無奈宋父和宋家小郎的傷勢實在不輕，且在宋玉書去應下這門親事前，已經拖了好一段時日，是以後頭這對父子倆在花掉了江家送來的聘禮治病後，還是先後去了。

秦氏那會子就想反悔了。

可江父是生意場上的人精，聽說消息後哪裡想不到這一層？很快地他又讓人送來了吃穿用度，支撐他們孤兒寡母的生活，更寫來了書信，表明宋玉書和自家閨女往後所生的第一個孩子姓江，後頭的孩子則還跟著宋玉書姓宋，不會斷了宋家的香火，這才安撫好了心思活絡的秦氏。

但如今時移世易，江父意外身亡，江家二房連個支撐門庭的男人也無了，加上前不久院試放榜，宋玉書考中了秀才，秦氏的心思便又活絡了起來。

眼下見江月居然對她這般冷淡，委實不把她這秀才親娘放在眼裡！

江月當然察覺了秦氏對自己態度的不滿，也並不放在心上，只不疾不徐、開門見山地問道：「不知宋家伯母方才說了什麼話惹我母親掉淚？」

秦氏臉上的笑容越發僵硬，尷尬地道：「妳這孩子也是病糊塗了，怎麼這樣亂說話？我來妳家作客，怎麼可能說話惹哭妳母親？好似我特地上門欺負人一般……」

江月微微蹙眉，不大耐煩這種兜圈子、不說正事的情況。「那就煩勞伯母再說一遍方才的話。如今父親不在，有事自該我和母親一道分擔才是。」

秦氏原打算的就是喊她過來一起聽的意思，想著江月這個養在深閨的嬌小姐，應是比這剛聽了個開頭就開始抹眼淚的許氏更好拿捏才對，但此時對上江月無波無瀾、滿含審視的眼睛，到嘴的話不知為何就突然卡住了。

可既然來了，也已經起了個話頭，秦氏便還是硬著頭皮道：「其實也不是什麼大事，就是我家玉書今秋考上了秀才後，好些人家聽說了這件事，都上趕著要把自家姑娘說與他，聽到他訂了親，且還是入贅，私底下都在嘲笑他……妳們也知道，讀書人的清譽再重要不過，這還只是在鄉間呢，往後我家玉書還得接著往上考，豈不是要讓人笑話一輩子？」秦氏初時還有些不好意思，說到這兒卻是越說越順溜。「所以我就想著來跟妳母親商量一番，咱們兩家的親事不變，但這入贅的事不如就算了？日後妳嫁過來，咱們兩家在一處生活，跟我們玉書入贅又有什麼區別呢？不過是我多添了一個女兒，妳母親多添了一個兒子。等將來我家玉書高中，妳和妳母親可還有享不盡的後福呢！」說到這兒，秦氏不自覺地挺了挺胸膛，連帶著臉上的笑也真切了幾分，彷彿已經看到了宋玉書高中狀元的那一日。

江月的神色一直淡淡的，倒是許氏的呼吸已經急促起來了。

江月伸手在許氏後背的膏肓穴上揉按幾下，恰到好處地緩解了她的喘氣，安撫她道：「您別急，有話慢慢說。」

許氏的呼吸漸漸恢復了平穩，也總算能說話了，她語調輕柔卻不卑不亢地道：「我們兩家的親事是早就定好的，只是礙著前頭妳家玉書為父親守孝，孝期結束又要科考，才把婚期延到了這會子。方才聽妳說，是為了玉書往後的名聲考量，不知道出爾反爾這種名聲可算好聽？」

秦氏沒想到看著柔弱可欺的許氏張口就直指痛點！名聲，這恰恰是宋家最要緊不過的東西！秦氏雖是村婦，卻也有幾分辯才，連忙道：「這……這怎麼是出爾反爾呢？我這不是跟妹子妳打商量嘛！咱兩家你情我願的事，哪兒輪得到旁人去議論？」

許氏臉上的淚痕明顯，說出來的話卻是擲地有聲。「倘若我家不願呢？」

許氏看著年輕，其實也見識過不少人和事了。招個入贅的丈夫跟嫁去別人家當媳婦，那過的可是兩種日子！從前她就知道秦氏是個厲害的，但想著是招宋玉書入贅，女兒又不用跟秦氏一塊兒過活，便也不礙什麼。這要是入贅改為出嫁，那自家女兒可絕對不是秦氏的對手！而且招婿入贅，讓女兒安穩待在自家，不去婆家受委屈，也是江父臨終前最放心不下的一樁事，許氏如何肯讓亡夫的遺願落空？

秦氏聽到這裡，臉上的笑影兒也淡了去。「難聽的話我本不想說，但妹子妳可想清楚了，有個詞叫『今非昔比』，更有句話叫『掉毛的鳳凰不如雞』！」

許氏本就臉色發白，這會子更是連嘴唇都泛白起來。

江月手上依舊不停，但推拿點穴的功夫，在人體不斷受到刺激的時候效果甚微，是以儘管長輩在說事，小輩插話有些不禮貌，但為了許氏的身體考量，她仍是出聲道：「我已經聽明白了，娘先別急，也不用再為我爭論，不是什麼大事。」

許氏哀哀戚戚地看她一眼，心道女兒還是年幼不知事，不懂其中關竅。

秦氏則是面露喜色，心道把江月喚來一起商量果然沒錯，未出閣的小丫頭，果真比她那扶不起的親娘還好糊弄！「好孩子，我就知道妳是個識大體的。妳放心，他日妳嫁進我們家——」

江月沒興趣聽她那些假話，直截了當地道：「妳方才那一籮筐的話，總結成一句，也不過是不肯讓兒子入贅我家了，而我母親則是堅持要為我招贅。兩家的意思完全相悖，所以也就不必再爭什麼口舌長短，直接退親就是。」

江月這話說完，許氏和秦氏頓時都變了臉色。

只是許氏的臉色是變得越發白了幾分，頓時拉上江月的手輕輕搖了搖，表示不贊同，並用眼神示意她不要再往下說。

而秦氏則是下意識地咧了咧嘴，後頭又覺得大剌剌笑出聲不合適，連忙止住笑，故作一副愁苦的模樣道：「兩家親事豈同兒戲？妳這孩子，張口就說退親，實在是叫人措手不及……不過結親不是結仇，講究的就是個你情我願，既然阿月已經不滿意這樁婚事，那麼等我兒從縣學回來，我就領著他來上門退親吧！」說罷秦氏立刻起身告辭，一副生怕江月反口後悔的模樣。

許氏則也略顯慌亂地跟著起身，讓秦氏留步。

無奈秦氏跟突然耳聾了似的，根本不聽許氏所言，逃命般幾大步就出了堂屋，快步邁出了江家老宅的大門。

許氏再心急，也不可能光天化日之下追出門去，畢竟村子不大，很容易就遇到相熟的村民，若是讓人問起，那真的是把自家女兒的臉面往地上踩了！

「妳啊，怎麼輕易就說出退親的話？」許氏無奈地看著江月，到底心疼她，這會子都沒捨得說一句重話。

江月道：「您沒看我剛提一句，那秦氏立刻就應下了？顯然這是她本就打好的主意，因此才那麼順當的借坡下驢。」

許氏如何不知道這個？方才她哭也是半真半假，一來固然是對宋家的作派感到心寒，二來則是故意示弱，好讓秦氏不敢開口提退親，只敢說把入贅改為出嫁，免得落下欺負她這新寡的口實。

許氏輕嘆道：「妳說的我哪裡不知道呢？這要是從前，秦氏敢這般堂而皇之的登門，說那些讓人難堪的話，我跟妳爹肯定二話不說直接退親，另再為妳尋找合適的人選就是。可是兒啊，秦氏說的話雖難聽，但咱家的境況確實不能跟從前相提並論了。百日的期限可只剩下一月左右了，若這一月之內不成婚，妳身上帶著孝，便要再等三年。」

江月是真覺得沒有什麼成婚的必要，在她那個世界，從來都是實力為尊，哪兒有女子一定得依附男子過活的道理？

不過人的想法總是受到自身經歷和所受到的教育局限的，江月也沒有直接講明自己的想法，而是試探著問道：「我不成婚不行嗎？爹不在了，往後我來支撐這個家。」

許氏憐惜地拍了拍她的手背。「妳這孩子說的什麼傻話？妳拿什麼支撐門庭？」

江父是個難得的好丈夫、好父親，多年來家中所有事務都由他一手包辦，不讓妻女多操半分心，只需要躲在他這棵大樹身後，無憂無慮地過活便可。

也是因為這個，他們這一房在失去江父這個頂梁柱之後，才會立刻敗落下去。

所以別說剛過十六歲的江月，連許氏這年過三旬、已為人母的，都看不到未來的半點方向。

言語間不覺幾次都提到了江父，母女二人的談話內容驟顯哀傷，氣氛也凝重起來。

正在這時，就看寶畫用圓鼓鼓的屁股頂開了堂屋的布簾子，弓著腰、背對著她們母女二人，吭哧吭哧地拖進來一個巨大的銅盆。

寶畫好不容易進了堂屋，看清秦氏已經走後，一邊喘氣一邊抱怨道：「這親家太太恁的事多，先是惹哭了咱家夫人，又非拉著咱家姑娘說話不可……這怎麼屁股還沒坐熱又走了？沒得浪費這麼多好炭！」

這丫頭實在過了頭，許氏讓她去搬個炭火足的炭盆來，免得還在病中的江月又染了風寒，誰知她就找來了家裡最大的銅盆，放上足足的炭火，勢必不讓自家姑娘有半點感染風寒的可能。這會子看到秦氏走了，這炭盆也就沒有必要了——江月要是覺得冷，大可以回屋去熱炕上躺著。

現在的江家雖落魄了，卻也不至於買不起普通的炭火，但許氏和江月慣常用的乃是價格昂貴、沒有半點煙塵的紅蘿炭，現在剩下的這點還都是從京中帶來的，等到這點用完了，後頭再想用這種好炭，那卻是沒有了，就只能買平價、易生煙的黑炭了。

想到這兒，寶畫心痛得整張臉都快皺在一處了。

這丫頭寶裡寶氣的一番行為，倒是惹得許氏和江月都不禁面上一鬆，帶起了幾分笑意。

察覺到許氏和江月都看向了自己，寶畫臉上一臊，忙岔開話題道：「方才聽了一耳朵夫人和姑娘說話，夫人別不信姑娘，咱家姑娘可有大造化呢！」前頭她就是為了和許氏說這件事才去到許氏跟前的，如今也憋了好一會兒了，說著便徹底放飛起來，連說帶比劃的，把江月在醫仙谷得到醫仙傳承的事說給許氏聽。

在江月自己編纂的那個版本裡，是她獨自一人在山中作了個夢。眼下到了寶畫嘴裡，卻是她跟著江月上了山後，就察覺到天有異象，風雲突變，而後看著自家姑娘突然倒下……於是一個本沒有人證的謊言，驟然變得可信起來。

許氏聽完，驚詫地道：「方才我覺得胸悶氣喘，阿月在我背後揉了半晌，我就覺得舒坦了許多，我還當是我多想，原來竟是阿月無師自通了醫術？」

話都說到這兒了，江月自然順勢道：「娘想得不錯，我方才為妳揉按的乃是背部的膏肓穴，此處主治咳嗽、氣喘、肺癆等，配合這裡……」說著，她又伸手在許氏身上點了兩處。「尺澤和肺俞兩穴，效果更甚。」

許氏的呼吸越發平穩，再沒有胸悶之感，自然也就更信了幾分。

江月又接著道：「我如今會了醫術，往後憑本事吃飯，您還覺得我說支撐門戶這句話，是空話嗎？」

許氏頷首道：「我兒得醫仙庇佑，往後必然是前途坦蕩，可……可妳父親留下的東西，我實在是不忍心讓那些都便宜了旁人去。」

本朝女子的地位比從前高上許多，相傳是開創盛世的那位聖祖皇帝幼年時曾淪落在外，被一婦人收養，悉心教導，養育了數年。等到聖祖繼位後，感念其養母的恩德，便更改了許多陳舊法規，讓女子也能做營生、立女戶，靠自己過活。

可惜到底這世界是男人當權，因此等到聖祖百年後，許多法規條例又被慢慢地修改了回去，但到底也已經比前朝數代好太多。

例如江家眼下這個境況，在前朝若是戶主去世無子，其女又沒有招贅完婚的，便會被立刻定義為絕戶，由族親瓜分家產。

而本朝現在的律法則是其女只需要按著風俗在百日內完婚，則能繼承全部產業，而若是其女出嫁，則財產由其女和夫家共同繼承。

這也是秦氏上門提議說要把入贅改為出嫁的一個原因——江月嫁去宋家之後，也不會失去繼承權，反倒是宋家能得到更多好處！

當然了，時下都已經知道他們二房沒落，而宋玉書在秦氏眼裡更是有無盡造化，早晚要平步青雲的，因此那點家財跟退婚相比，秦氏便更屬意後者。

眼下距離江父去世已經過去了四、五十日，百日完婚的期限只剩下月餘時間，若退了宋家這門親事，到哪兒再去尋一戶合適的人家呢？總不好再降低標準，倉促間尋個更配不上自家女兒的來濫竽充數吧？那更是要害了自家女兒一輩子的，所以許氏才那般不贊同退親。

而江月跟她的想法則不同，錢財於她而言不過是身外物，更別說江父辛苦半生積攢的家業早就賠付得所剩無幾，連京中的田地、宅子都一併賤賣出去了。

眼下唯一還能稱得上家業的，大概也就是江家二老剩下的那點祖產——一間不得變賣和轉讓的小飯館。

那小飯館的地段和大小很一般，不然當年也不會連供養一個讀書人都十分吃力，連帶著後頭江家大房發家之後都看不上這麼一點蚊子腿似的營生，所以老太爺才給了江父繼承。

但此時江月卻說不出「那點祖產不值什麼銀錢，我能帶著您過上更好的生活」這樣的話，因為連江月這個對凡間銀錢無甚概念的醫修都能想到這一層，那麼許氏自然也能想到。

許氏口中的繼承家業，不是指實際的那點東西，而是一份傳承，一份「江父雖然故去，但她和女兒仍然會照著江父的遺願那般好好生活」的念想。

若她不是換了個芯子，而是原來的江月，大概也會和許氏秉承著同樣的想法。

她總不能頂著原身的身分再活一遭，承了江家人的恩德在先，後頭卻去做那違背原身本意的事吧？

許氏說著話，情緒不由得又激動了幾分，又是一陣胸悶、氣喘。

江月那憑空多出來的醫術既已過了明路，見狀便立刻伸手搭上許氏的脈。

許氏的脈象往來流利，應指圓滑，如珠滾玉盤之狀，居然是女子妊娠後特有的滑脈！也難怪她頻繁的胸悶氣促，情緒起伏甚大。

這下子江月是更不敢刺激她了，立刻應道：「您莫著急，宋家的親事退就退了，真要同那樣居心叵測的人家結親，雖解決了眼前的困境，但往後必有無窮盡的麻煩。至於咱家的家業，您也不必擔心旁落他人之手，一月之內，我會再另尋一個贅婿。」

聽了江月這擲地有聲的話語，許氏不由得心道，女兒果然還是年少不知事，才以為招婿入贅這事極為簡單。轉念想到自家女兒也是大病初癒，沒得為這事再與她爭辯，許氏便只道：「利弊都已分析給妳聽，妳如今年歲漸長，經歷了一些事又病過一場，也成長得有主見了，後頭的事，便等妳先調養好身子再說。」

江月此時的注意力並不在許氏的話語上，而是在她的脈象上，說話的工夫，她已經診出了全部。

醫之道講究「望聞問切」，儘管江月已經成竹在胸，還是開始了例行詢問。「您的月事應該有許久沒來了吧？」

許氏被問得微微一愣。「我這上頭素來有些不準，從前妳爹就帶我看了好些個大夫，各種藥都吃了一遍也沒調理好。也是因為這個，這麼些年來才只妳一個。」

「您最近是否頻繁的感到心慌、氣悶、食慾不振，且晨間的反應尤為明顯？」

「自從家裡出了事，我自是有些寢食難安。」

「您的腰身應該也粗壯了一些。」

「確實，近來有些腹脹……」許氏並不愚笨，聽到這裡立即會意，不敢置信地道：「妳的意思是……」

江月微微頷首。「您的身孕已快兩個月了。」

許氏被她說得懵懵然，一時間竟不知道該作何反應？

最先反應過來的，反倒是心思單純的寶畫，她立刻笑著給許氏道喜。

江家自從江父遇難後，就沒遇上過一件好事，只盼著這孩子的到來能為家裡沖散陰霾，從此否極泰來。

正在這時，房嬤嬤提著幾包藥從外頭回來了。

她臉色沈沈，聽到堂屋裡歡聲笑語一片，便立刻收拾好了心情，笑著撩開布簾進屋道：「寶畫這丫頭，我還沒進家門就聽到妳咯咯直樂，沒得擾了夫人和姑娘的清靜。」

寶畫說沒有，先是語速飛快地解釋了自家姑娘身上一身醫術的離奇來歷，又說了秦氏走後，自家夫人被診出喜脈的事。

房嬤嬤倒是沒有那麼意外，笑道：「前頭離京的時候，我就算著夫人的小日子不對，但夫人的月事素來不準，便也沒往那方面想去。」

其實也是，畢竟江父和許氏多年來一直恩愛非常，卻只有江月這麼一個獨女，且許氏的年紀也不輕了，如何能料到這時候還能有孕呢？那些懷孕早期的反應，也只當是傷心過度後的表現罷了。

這個孩子是遺腹子，意義非凡，房嬤嬤立刻就道：「那我再進城跑一趟，把周大夫請過來，給夫人好好把把脈，再開些安胎藥來。」

「哪兒還需要娘跑來跑去？咱家這不有個現成的小醫仙嘛！」若說眼下江家眾人中誰對江月的醫術最信服，那絕對是寶畫了。

江月也點頭道：「母親近日雖有些奔波和傷懷，虧了一些元氣，但胎象還算安穩，暫且不用藥也使得。不過保險起見，我還是寫個安胎的方子，煩勞嬤嬤或者寶畫回頭照著方子抓藥來。」說著江月便讓寶畫去房中取了筆墨紙硯來，當堂書寫起藥方。

她放慢了寫方子的速度，並不是說一個常見的安胎方子也能難住她，而是是藥三分毒，即便是安胎藥，也可能對人體造成一定的負擔，她想給許氏開一個最溫補的方子。同時也要兼顧江家如今的家境，捨棄一些昂貴的藥材。

不過這是對江月而言的「速度慢」，在旁人眼裡，其實也就是半刻鐘不到。

她下筆書寫的時候，許氏和房嬤嬤都在看著。

原先天真爛漫的江月都能在父親的薰陶之下，耳濡目染地粗通醫藥，許氏和房嬤嬤在這上頭自然也知道一些。看著江月開出的方子，她們雖體會不到其中最極致的妙處，卻也十分信服，沒再懷疑她得了醫仙傳承這件事。

晾乾了墨跡之後，房嬤嬤將方子妥貼疊好收起，看時辰已近中午，便說吃完午飯後立刻去抓藥。

從前江家的日常吃喝自有專門的廚娘負責，後頭家中下人都遣散了，便只有房嬤嬤會廚藝，許氏和江月負責幫著打打下手。

前兒個寶畫倒是自告奮勇嘗試過，結果先是糖鹽不分，又是切菜的時候差點把菜板子砍爛，更有一次看著火的時候打瞌睡，差點把灶房點了，又是讓房嬤嬤好一通捶。後頭就明令禁止她等閒不許再出入灶房了，只讓她負責劈柴和挑水這樣的粗活。

今日房嬤嬤既然進了城，自然不只抓藥，順便也買了不少食材，準備給許氏和江月好好補補。

既已知道許氏懷有身孕，房嬤嬤自然不肯讓許氏再幫忙。而江月則才大病過一場，房嬤嬤顯然也是想讓她一併歇著。

江月便抬出自己的醫者身分，道：「我身上的熱已經退了，稍微動一動，多出出汗，反而對身體有好處。再者，前頭母親給我熬的藥還在灶上，我正好去喝上一碗。」

許氏和房嬤嬤都用手背試了試她的額頭，確定她確實已經退了熱，便都沒再說什麼。

江月跟在房嬤嬤身後進了灶房後，房嬤嬤自然不可能真的讓她做什麼重活，先倒出湯藥讓江月喝著，再把周大夫開給那少年的湯藥煎上，最後只拿出一顆剛在村裡買的大白菜，讓江月負責淘洗，後又覺得灶房的門窗漏風嚴重，光靠灶膛裡那點火不夠取暖，便又喊寶畫把那個大炭盆搬過來。

江月聽話地在小板凳上乖乖坐好，先聞了聞湯藥，辨認出周大夫開的湯藥確實對症，而後便一飲而盡。

後頭她剛捲好袖子，準備開始幹活，卻看忙完好一通的房嬤嬤從水缸裡打水過來倒進盆裡，又試了試水溫，似是覺得發涼，於是再從灶上提起熱水，給江月兌了一盆溫水過來。

江月怪不好意思的，她這哪裡是來幫忙？給房嬤嬤添亂還差不多。不然這麼一會兒工夫，都足夠手腳俐落的房嬤嬤洗完十來顆這樣的大白菜了。

不過她執意跟來自然是有原因的，此時她便一邊洗菜一邊問道：「剛才嬤嬤回來時神色凝重，可是外頭出了什麼事？」

房嬤嬤沒想到她能觀察得這麼細微，但自家姑娘在生死關頭走過一遭，又得了傳聞中醫仙的傳承，起了些變化倒也正常。短暫的驚訝過後，房嬤嬤有些猶豫地道：「其實也不是什麼大事……」

她和許氏一樣，只把江月當小孩子看，要擱從前，許多事都是不會和江月說的。但如今境況到底不同，許氏又剛被確認懷有身孕，這人口簡單的家裡，還真的只有江月可以拿主意了。所以猶豫半晌後，房嬤嬤還是在江月詢問的目光下，說明了來龍去脈。

原是房嬤嬤從城中回村，便察覺到村口聚在一起說話的婦人有意無意地瞧她，而等她回望過去，那些婦人則會飛快的避開視線。房嬤嬤留了心眼，假裝走過，實則是兜了個小圈子，繞到了她們幾人身後的大樹下，結果發現，那幾個婦人說的果然是江家的事。

細聽之下，原是秦氏從江家離開後，遇到了相熟的人寒暄，抖漏出了兩家將要退親的事。

退親在哪裡都不算是一件小事，尤其江、宋兩家在村裡都是有頭有臉的人家，自然跟冷水注入了熱油鍋一般，立刻引得眾人議論紛紛。

也難怪房嬤嬤方才聽寶畫提了一嘴秦氏來過的事，卻沒問秦氏突然上門所為何事，原是在外頭已經聽說了。

「算那老賊蟲運道好，瞅準老奴不在家的空檔來，下回讓老奴遇上，非叫她好看不可！」

房嬤嬤的性子可比許氏厲害多了，說到此處已經咬牙切齒地怒罵起來，若不是顧及到江月在，怕是還有一籮筐更難聽的話要罵出來。

江月卻不惱，眼下她固然是打定主意要退親的，但看許氏的態度還是不大贊同，覺得退了這家，後頭也尋不到更好的，不過是心疼女兒尚在病中，這才沒再跟她爭論下去，說不定此時且還想著如何描補呢。

如今秦氏這做法，無疑是堵死了後路，讓兩家退親成了板上釘釘的事。

是以江月神色淡淡地道：「嬤嬤不必惱，即便是那秦氏不到處宣揚，這親事也本就要退。只是當時秦氏說得等宋玉書從縣學裡回來，我想著退親這種事也確實須得本人到場，這才讓她走了，不然那會子已經讓她簽下退婚書。」

「那姑娘往後……」

「我已經答應了母親，一個月之內尋到新的贅婿，嬤嬤且往後瞧便是。」

房嬤嬤並不像許氏那般悲觀，在她眼裡，自家姑娘那是人如其名——高懸於天邊的一輪明月，配與宋玉書，都是他宋家祖上顯靈，祖墳冒青煙了，哪裡需要自家姑娘委屈自己，屈就他人？因而此時聽了江月這話，房嬤嬤並沒勸她大事化小，而是立刻道：「姑娘說得是，那等骯髒人家，不結親就不結了，等退了這樁，老奴便去尋媒婆，給姑娘找個更好的，氣死秦氏那個老賊蟲！」

往後的事江月倒是不急，左右車到山前必有路，便只接著道：「我尋嬤嬤說話，除了看您面色不善，其實還為了一樁事，便是當時我父親送往宋家的聘禮……」

原身只知道江父當初給宋家下聘，光是現銀就給出了一百五十兩。但江父那樣寶貝原身，不會只給銀錢，肯定還另外送了許多吃穿用度和宋玉書讀書科考方面的東西給宋家。既要退親，那肯定得退得乾乾淨淨，就算是送出去的一枝筆、一刀紙，也得全鬚全尾地要回來！

房嬤嬤立刻會意道：「老爺做事素來有章法，事關小姐的親事，自然是登記了禮單的。不過前頭老爺傷重，又有人來鬧過，還遣散了那麼些下人，弄得家中烏煙瘴氣……咱們離京匆忙，只收拾到姑娘的婚書，並未見禮單。實在是沒想到宋家好歹也算耕讀人家，會這般翻臉無情，不然當時說什麼都得再仔細找找。但姑娘也別著急，您和那宋秀才的親事，是大老爺從中撮合的，老奴曾聽老爺提過，說過去往宋家送東西，都是經由大老爺轉交，是以禮單在大老爺那兒也有備份。」

房嬤嬤口中的大老爺，當然就是指原身的大伯、江父的兄長了。

江月聽罷微微頷首，原身臨去之前，還在為惹得堂姊江靈曦受傷而自責不已，加上如今多了取禮單一事，她也確實該去江家大房走一遭了。

說著話，江月洗完了一顆大白菜，而房嬤嬤則已經炒好了一盤香蕈炒雞蛋，還用大骨頭吊好了湯底。

等接過江月洗好的白菜，只看她手起刀落，將白菜切成均勻大小，隨即和豆腐一起下入骨頭湯裡。

沒多會兒，骨頭湯咕嘟嘟地煮沸，從城裡買來的白饅頭也在鍋上蒸熱。

江父剛去，家中尚不能食用大葷，這頓飯食雖然簡單，和江家過去的所用不能比，卻也是極為用心了。

江月還是第一次親眼看人做飯，對這種具煙火氣的氛圍極為新奇，不知不覺就待到了飯食都做好的時候。

此時周大夫開給那少年的藥也煎好了，江月便端了湯藥和一份飯食送往小廂房——這時候就不得不提一句敞明了醫者身分之後，行事方便了很多。這要是從前，就算房嬤嬤她們知道是這少年驅逐狼群，救了江月的命，也不會讓他們單獨相處的。

這次江月沒和那少年說上話了。

前頭他能強撐那麼久的清醒，已然是強弩之末，江家老宅的環境雖稱不上太好，但溫暖又舒適，加上周大夫先前用過的藥起了效果，所以此時他是真的昏睡過去了。

江月看他睡得沈，替他把過脈，確認他的情況沒有再惡化，把湯藥和食物都擱在炕桌上就出去了。

她再回灶房時，房嬤嬤已經喊了在外間劈柴的寶畫洗過手來端飯菜。江月也幫著打下手，等端到最後一份主食，卻發現往前頭送完菜的房嬤嬤和寶畫回了灶房，並不準備再往前屋去。

在過去的江家，主人和下人肯定是分桌而食的，但眼下家裡一共就她們四口人，且房嬤嬤和寶畫在江家遭難後便不肯再要月錢，因此她們母女已經不算是下人了。

之前許氏和原身已經提過好幾次，她們母女卻堅持說在灶房吃著舒坦自在。

此時也是一樣，江月再次邀請，她們母女只催著江月去和許氏一道用飯，並不肯一起過去。

深秋時節的飯食易涼，江月也擔心許氏等自己太久，回頭吃了冷食影響腸胃，便也沒再勸。她端著饅頭進了主屋，許氏果然在等她。

許氏胃口不佳已有一段時日了，今日知道自己有孕，便努力吃完了一整個饅頭。

江月的胃口倒是比她還好不少，畢竟她師尊是個大老粗，自從她有記憶以來，就給她吃靈果、喝靈泉，一直吃到她踏入築基期，便開始吃辟穀丹了。因此，眼下這熱騰騰的飯菜，對江月而言委實是既可口又新鮮！

母女倆隨便揀了幾句家常說了說，江月又報備了一番自己下午要進城一趟，順帶親自去把藥給抓了，也不必房嬤嬤再跑一趟了。

她特地私下跟房嬤嬤詢問禮單，就是不想許氏再操心，是以此時也沒提這樁，只說要去探望江靈曦。

原身跟江靈曦素來要好，也一直對她的傷勢耿耿於懷，因此許氏也沒有起疑。

「那妳趁著午後日頭好的時候，帶著寶畫一道坐車去，天黑前就得回來。」說到這兒，許氏又思忖半晌後道：「另外，還有妳會醫術這件事，最好也不要顯露出來。」連寶畫都知道醫仙傳承十分寶貴，很容易惹來有心人的覬覦，許氏此時想的也是這個。雖說大房那邊是血親，但到底多年來沒怎麼在一起生活過，還是防備著一點更穩妥。

江月自然也曉得，點頭道：「您就是不說，我也打算跟您提一提這個，往後我的醫術肯定是藏不住的，但對外不能提醫仙傳承，只說是我自幼愛看醫書，父親在時也請先生教過我，只是沒對外宣揚過而已。咱家早先做的是藥材生意，且又遠在京城過活，也不會惹人懷疑。」

許氏點頭贊同，說回頭由她來叮囑房嬤嬤和寶畫，大家統一口徑。

用過飯後，許氏便起身開了箱籠，拿出裝銀錢的小匣子。

自家的銀錢，許氏自然不避著女兒，因此江月也就看清那小匣子裡頭只幾張小額銀票並一些碎銀錁子和銅錢，全加起來，至多也就一百兩。

這放在村裡不是一筆小數目，畢竟十兩到二十兩，就夠一個莊戶人家一年的花銷。但莊戶人家吃喝都在田間產出，自給自足，且也慣常儉省。

而江家在原籍這兒並無田地是一遭，再則儘管眼下家中已經縮減了吃穿用度，但是有句話叫「由奢入儉難」，也不可能一下子去過穿粗布衣衫、吃野菜豆飯的日子。尤其是如今許氏肚子裡還多了個孩子，不論在哪個世界、哪個時代，要好好撫育一個孩子，都是一筆不小的支出。

所以，這筆銀錢怕是也支撐不了太久。

許氏沒注意到江月若有所思的神情，拿了一個二兩左右的銀錁子和一小兜碎銅板，一併裝進荷包遞給她，又不忘叮囑道：「娘的身體還行，沒覺得哪裡不舒坦，安胎藥少抓一些也使得，至多不要超過一兩。剩下的銀錢和銅板留給妳坐車和買些妳自己喜歡的小玩意兒，知道不？」

一共二兩銀子，明明抓藥才是正事，許氏卻說這上頭的花費不要超過一兩，倒要剩一兩多給她買小玩意兒。

江月不由得想到上輩子。醫修當然不會如劍修那般窮，但很多時候遇到境況淒慘的傷患，也會倒貼藥錢，因此也不算富裕。

她家師尊就經常做這種「虧本買賣」，小老頭又要面子，不肯讓徒弟們接濟，因此身邊像樣的法器都沒有幾件。

但就是這樣的師尊，在得知她修煉出了岔子的時候，不惜成本地為她購置了許多天材地寶，甚至最後身無長物，只能把自己抵給那位大能卦師的師門，無償診治……

江月心頭一陣溫暖和酸澀，連眼眶都有些發熱。

她垂下眼睛，說自己曉得。

給完銀錢後，許氏又翻了翻箱籠，找出一疋從京中帶來的料子，讓江月帶著充當伴手。

弄完這些，許氏已經有些犯睏，一邊打著呵欠地收拾桌子，一邊讓江月把原封未動、尚有餘溫的饅頭給房嬤嬤和寶畫送過去。

江月讓許氏歇著，自己回頭過來收拾，而後便依言端了饅頭去灶房。

到了灶房外頭，江月就聽到房嬤嬤放輕了聲音，一迭連聲地催促道——

「妳吃快些，別讓夫人和姑娘瞧見了。」

寶畫口中含著食物，嗚嗚咽咽地應著聲。

等到江月走到灶房門口，就看到寶畫手裡正拿著一個窩窩頭大口啃著。

那窩窩頭做得很大，一個抵得上兩個饅頭，但卻是灰乎乎、乾巴巴的，和江月手中端著的白胖暄軟的白麵饅頭，形成了鮮明的對比。

也難怪房嬤嬤和寶畫堅持不肯同她們一道用飯，原來竟是私下捨不得吃精細糧，全省給她們母女了。

江月心酸感更甚，但也沒有冒然地直接進去。房嬤嬤和寶畫吃個黑麵窩窩頭都跟做賊似的，顯然是打定主意要給家裡省銀錢了，就算她勸得了一時，也勸不了一世，保不齊後頭她們又在旁的地方儉省。

終歸還是得先把婚退了，拿回全部的聘禮，待手頭寬裕了才好開始著手後頭的營生，改善家中生活。

於是江月略站了站腳，等裡頭的寶畫吃完了，才端著饅頭進去。

房嬤嬤見了她，笑道：「姑娘來得不巧，老奴和寶畫已經吃好了。」

寶畫附和地點頭道：「是呀，剛吃了三個大白饅頭，可飽了！」

江月也沒戳穿，只說清自己已跟許氏報備，讓寶畫跟著自己進城。

雖是青天白日的，房嬤嬤仍是有些不放心，可若是她跟著江月一道去，就得留下寶畫在家裡看顧許氏這個孕婦和小廂房裡那個病重的少年了，因此也只好親自送她們出門，扯著寶畫好一通叮嚀囑咐。

寶畫前兒個跟著自家姑娘上山，差點把人弄沒了，屁股挨了自家親娘一腳，到現在都還覺得隱隱作痛，自然也是打起了十二萬分的精神，一連保證肯定不錯眼地看顧好江月。

後頭到了村口，等了大約一刻鐘，江月就和寶畫坐上了去往城裡的牛車。

寶畫如前頭保證的那般，讓江月坐到最裡頭，再用高大的身軀把她給擋了個嚴嚴實實，沒讓她挨半分擠。

牛車走了不到半個時辰，便抵達了縣城。

江月按著原身的記憶，前往江家大房的住處。

江大老爺名喚江河，現任縣學教諭一職。正八品的官職雖稱不上高，但在縣城這樣的地方也算是十分有頭臉了，因此大房的宅子在城中繁華的城區，很是好尋。

到了宅子門口，江月輕輕扣動門環，過了半晌便有門房過來應門。

見是江月過來，門房認出來後便道：「二姑娘來了？您略等等，容老奴去稟報夫人一聲。」

兩家雖是血親，但到底分家多年，又有江靈曦受傷的事在前，江月便也沒見怪，略站了一會兒，很快就有丫鬟過來引她入內。

大房的宅子也就兩進大小，沒走一會兒，江月便已經到了主屋。

大夫人容氏比許氏年長幾歲，不到四旬，圓眼睛、容長臉，頭梳簡單的婦人髮髻，身穿一件家常的靛藍色長身褙子，雖然看著江月過來神色淡淡，不算特別熱絡，卻也沒失了禮數，已經使人備好了茶點，又喊了江月不必行禮，坐下說話，再問候了許氏。轉頭看到寶畫呈上前的布料，還說自家親戚走動，不必這般客氣地送禮。

簡單寒暄了一番之後，江月道明了來意，問道：「大伯父今日可在家中？」

教諭是縣學裡最高的職位，雖然每日都得去衙門裡應卯，但並不用像縣學的學生那般，隔幾日才能外出，每日至多也就上半日的課，下午多半是沒什麼事，可以自由安排時間。

今日卻是不巧，容氏道：「妳大伯父今日約了同窗在外頭聚會，已使人回來知會過，怕是得入夜前才回來。若事情要緊又方便告訴我，我回頭替妳轉達。」

其實按照常理，這種情況下，容氏這做長輩的肯定該客氣地提一嘴，讓江月留下一道用夕食的，也就省了代為轉達這一步。

不過江月本也不想在外多留，並沒有覺得容氏這話哪裡不對，點頭道：「事情其實也不算要緊，就是我們離京的時候匆忙，遺落了昔年給宋家送禮的禮單，想著大伯父這兒應有備份，所以想來取一遭。」

容氏頷首道：「原是這樁事，也是巧了，前兒個妳大伯父算著日子，說起妳也該跟玉書成婚了，便已經拾掇了一番，妳也不用等他，我這就使人去取來。另外還有一些東西，是妳大伯父和我給妳添妝用的，都存在外頭的鋪子裡，回頭一併使人抬到妳家去。」

聽她這話，江月就知道她是誤會了，以為自家要著手操辦和宋家的親事，這才來索要禮單。後頭退婚，江大老爺作為媒人和女方長輩，也是要到場的，且禮數上頭，大房既還給自己準備了添妝，那麼自己也該解釋一二。江月正準備開口，卻聽見旁邊的屋子裡驟然發出一聲尖叫！

江月和寶畫都被這尖叫聲嚇了一跳，寶畫更是下意識地立刻上前，擋在江月身前。

倒是容氏似乎並沒有被嚇到，權當沒聽到一般，只是唇邊淡淡的笑容僵硬了不少。

這時候，被容氏指派去取禮單的丫鬟剛好也回來了，容氏就對江月道：「時辰也不早了，就不多留妳了，免得妳母親擔心妳。」竟是不準備解釋這突如其來的尖叫聲。

事情固然有些詭異，但到底是大房的家事，江月並沒有探究什麼，平靜下來後神色如常地詢問道：「母親確實交代我天黑前就回去，只是許久未見堂姊，不知道她情況如何了？」

聞言，容氏的臉色越發不好了，像是一個勉強的笑容都扯不出來一般。「她還是那樣病著，並不方便見人。等她下次好些，我再帶她去瞧妳。」

「那堂姊手背上的傷……」

「已經結痂了。周大夫說他也沒法子，只能看看後頭能不能尋摸到祛疤的良藥。」

容氏這便還是不讓她跟江靈曦見面了。

不過既已知曉她是燙傷，且已經結痂，沒有再起炎症，江月心中就有了成算。

加上容氏話裡也透露出江靈曦的燙傷是周大夫瞧的，一會兒她正好要去找周大夫抓藥，多問幾句，回去也就能調配出祛疤的藥膏了。

後頭只把藥膏送來，江靈曦用了，去除了疤痕，也就算是了結原身的一樁心願了。

當然，若是江靈曦不用，那也是她自己的選擇，醫者也不可能強迫病患相信自己。

江月便沒再多言，把禮單簡單掃過一眼，確認過後便領著寶畫告辭了。

容氏親自相送，快到門口的時候，江月便提起先前未說的話。「前頭剛想告知大伯母，我不是要和宋玉書完婚，而是準備退親，這才特地來取禮單。」

容氏聽完很是吃驚。「妳這親事是妳父親在時就定好的，怎麼……」她作為官眷，是江大老爺的賢內助，人情方面自然也是練達的，因此她剛問到這處，便反應過來了，問道：「可是那秦氏上門了？」

江月頷首。「那宋家伯母親自登門，張口便是要把商定好的入贅改為出嫁。我母親不允，她更是口出『掉毛的鳳凰不如雞』那起子惡言，氣得我母親直抹眼淚，所以這親事便只好作罷。」

容氏並沒有以長輩的身分說教什麼，只道：「看妳經歷了一些事，成長得越發有主見了，既是那秦氏不知好歹，欺負妳們孤兒寡母，便也不必屈就他家。只一點我得提醒妳，若是妳退了這樁親，怕是族中很多人就該往妳家去了……」二房現在的那點家產和江老太爺傳下來的那家小飯館，他們大房是看不上，更也不屑去做那等蠅營狗苟的事的，但皇帝尚有三門窮親戚，江家還有旁的族親，自然也有那輩分高、家境差、心思不正的，到時候抬出宗族禮法，甚至本朝律法，再用長輩的身分倚老賣老，即便是江大老爺這做伯父的，也不好說什麼。

江月點頭說曉得。

容氏也正好把她送到門口了，只說過兩日到了縣學休沐，宋玉書回家的時候，便讓江大老爺也回村裡一趟，兩家當面鑼對鑼、鼓對鼓地把事說清楚。

送走她們主僕二人後，容氏臉上故作鎮定的神情再也偽裝不住，快步就往後罩房去。

後罩房是江靈曦的住處，安靜清幽，光線有些不佳，日間得門戶打開，才能讓日頭照進去。但此時的後罩房中，不只門窗緊閉，窗戶上更是釘上了許多木板。

好好一個女兒家的閨房，此時竟顯得有幾分陰森。

後罩房外只一個耳聾眼花的老僕婦守著，讓容氏進去後，便又把大門從外頭關上。此刻的江靈曦，正趴伏在案桌前嗚咽哭泣。

她比江月年長兩歲，十八歲的年紀本該如花一般鮮妍，但她卻是面頰消瘦、臉色慘白，好似生氣都叫人奪走了一般。

容氏心疼得肝腸寸斷，立時勸慰道：「我的兒，快別哭了，莫要哭壞了身子。」說著便上前為她拭淚。

江靈曦趴到母親懷裡許久才恢復了平靜，帶著哭腔問道：「阿月走了？」

容氏應道：「是，她來取宋家的禮單。我還當是她準備要和宋玉書完婚，沒想到是那秦氏見妳叔父去了，便翻臉不認人，鬧上門去，兩家這是要退親了。」

「從前就知道宋師兄那阿母厲害，擔心她苛待阿月，只如父親所說，阿月家是招贅，又不是出嫁，婆母厲害些也不妨事，左右不住在一起。如今叔父屍骨未寒，那宋大娘委實是……這般也好，退了這樁，咱們再為阿月……」說到這兒，江靈曦猛地止住話頭，又痛呼道：「娘，我頭疼！我頭好疼！」她整張臉都變得慘白，口中呼痛的聲音一聲比一聲高昂，最後變成江月方才聽到的那種尖叫聲。

容氏心疼得直抽氣，連忙餵給她好些安神的藥丸，方才讓她逐漸安靜下來，漸漸睡了過去。

第三章

天黑時分，大老爺江河從外頭回來了，進門的時候照舊詢問門房，有沒有人來拜會他。門房說，今日倒是沒有客人，只二姑娘來略坐了坐。

後頭江河到了主屋，容氏迎上前給他解披風，他自然也就問起姪女過來所為何事。

容氏簡單地把事情經過講了一遭。

「這無知婦人！」江河氣得不輕。「這樁親事本是他們宋家走投無路的時候，自己上門求來的，因那宋玉書確實人品出眾，我才願意幫他保媒，怎麼如今我二弟剛走，便立刻反口了？還把商定好的入贅改為出嫁，這是既瞧不上現下的二房，又放不下我二弟剩餘的那點家業！算盤打得著實響亮，真當旁人都是傻的不成？且也不想想，我二弟雖去了，可我這當大伯的還沒死呢！這宋玉書前頭既當了我幾年學生，後頭又成為我的姪女婿，我還能不把他看成半個兒子？」

「怕是那短視的秦氏看我們近來和二房來往甚少，便以為……」

說到這個，江河也是神色糾結，眼神不由得就往後罩房的方向去。「靈曦睡下了？」

「是，下晌阿月還在的時候，發作了一陣，後頭服了藥，就睡下了。」提到女兒，容氏又是止不住的淚。

江河溫聲勸慰了她幾句，隨即想到了什麼，面色一凜。「阿月可曾察覺？」

容氏擦著淚道：「那倒沒有，你也知道，阿月自小就是個懂禮數的孩子，如今經歷了事，看著越發知禮老成，就更不會非要一探究竟不可了。」

「那便好，沒人察覺便好。」

容氏又嘆息道：「說來也算是我自私吧，咱們靈曦怪病的發作，幾次都直接或者間接跟宋玉書有關，今日更是只隱隱聽到我在前頭提了一句宋家，她便發作起來……阿月跟宋玉書的親事退了也好，他們真要成了親，如你所說，宋玉書宛如半子，日後可真的避無可避。」說到這裡，她眼中又泛起淚意。「老爺，你說咱家靈曦這病到底如何是好啊？」

江靈曦病了，且病了很久。

一開始，是她有時候會直說頭疼，而後突然就性情大變，無端的嬉笑怒罵，神神叨叨的自言自語，淨說一些無人能聽懂的話，彷彿變了個人。

而等她後頭清醒，則會忘記這段時間發生過的事情。

江河和容氏請了許多大夫來給她瞧病，得到的都是她得了夢遊症、癔症那樣的結論，吃了許多湯藥也不見好。

但到底那病症並不算要命，夫妻二人就準備慢慢地尋訪其他名醫，甚至還發動了許多人去山上尋本地傳聞中的醫仙谷。

後來江靈曦這怪病發作得越發頻繁，有一次甚至還跑出了家門，去尋宋玉書說些曖昧不清的渾話！

要知道，宋玉書跟江靈曦雖也算相識，但就是單純的師兄妹的感情，從無僭越半分的，不然江河這做大伯的也不會從中撮合宋玉書和自家姪女。

所幸那次江河及時尋過去，並未讓外人瞧見，而宋玉書雖有個不可靠的親娘，本身的品性倒也過關，並未把那件事宣揚出去，只當是師妹發癔症了。

那次之後，江河和容氏就輕易不會讓她出門去了。

前不久許氏和江月扶靈而歸，他們都沒敢讓江靈曦露面，一直到江父快下葬時，江靈曦提出想趕在最後關頭替叔父燒一些紙錢。

那會子她已經許久沒有發病，且當時的言談舉止也沒有反常之處，江河和容氏便允了，卻沒想到又出了事！

從江家老宅回來後，江靈曦一度崩潰，甚至想了結自己的性命，原因並不是如旁人想的，是因為燒傷了手背，留下疤痕，而是她本是依照父母所言，乖乖待在家中，早早地就準備睡下了，不料再次睜眼，卻發現自己出現在叔父的靈堂，甚至眼睜睜看著自己的身體不受控地故意往旁邊一歪，讓靠在自己身上打瞌睡的堂妹往火盆上栽倒！

唯一值得慶幸的，大概是江靈曦立刻反應過來，掌控了身體的主導權，亡羊補牢，伸手把堂妹給托住了。

那次江河和容氏也確實是大驚失色，半刻都不敢多留便帶她回家了。

實在是江靈曦的情況，已經不是「夢遊症」或「癔症」可以解釋的了，而是像傳聞中的……鬼上身！且那「鬼」竟已經能模仿她平時的言行，而後去幹些傷天害理的勾當了！

這要是讓旁人知曉了，怕是要把江靈曦當成妖邪，活活燒死啊！

他們大房除了江靈曦外，還有個在外地書院求學的兒子，但凡這事走漏一點風聲，兒子的讀書路也就走到頭了。

茲事體大，稍有差池便要毀了一雙兒女，因此即便是二房那邊，夫妻二人也謹守秘密，不敢吐露半個字，每每被問起也只能說那燒傷並不礙事，不必探望。

這段時間，病急亂投醫的二人已經開始尋訪僧侶和道士，悄悄作了幾場法事，求了許多符籙，卻依舊無甚效果，只得常備安神的藥物，在江靈曦眼看著要發作的時候，就餵她服下，讓她昏睡。

可如此治標不治本的方法，終歸不是長久之計。

「周大夫曾說，既然『夢遊症』和『癔症』的方子都試過，卻毫無效果，或許咱們靈曦得的是古書記載的『離魂症』……只是古籍已經失落久矣，他不知道醫治之法。且再等等，萬一哪日機緣到了，說不定真的能尋訪到可以治療她這怪病的高人。」江河這般安慰容氏，同時也是安慰自己。

江月從大房那裡拿到禮單出來後，便去往周大夫所在的善仁堂。

這善仁堂是縣城裡最大的醫館，位置也同樣好找。

路上，寶畫拍著胸脯，驚魂未定地道：「方才那叫聲嚇我一跳！姑娘怎麼不問清楚呢？我聽著好像……好像是大姑娘的聲音？看來她那怪病是越發厲害了。大夫人也是，該讓您去瞧瞧的，旁人沒辦法，姑娘這醫仙傳人還能沒辦法嗎？」說到最後的時候，寶畫已經把聲音壓得極低，生怕被別人聽到的模樣。

江月無奈地看她一眼，道：「妳也知道，我那傳人身分不能對外言明，只說我是從前在家時，跟著先生學過幾年，大伯母能信任我？」

醫者素來是資歷越老越吃香，別說是這兒，就是從前在靈虛界也是一樣——不少傷患看她面嫩、資歷淺，都不太放心叫她診治呢！幸而她師門在整個靈虛界算是有些名望，有整個師門為她背書擔保，這才省去了很多麻煩。

如今只她自己一個，同樣的面嫩年少，毫無背景身分，想叫病患上來就無條件地信任她，實在是難辦。

但等日後她的本事慢慢顯露，則也不用擔心這個了。

步行兩刻鐘，二人就抵達了醫館門口。

善仁堂規模頗大，光是坐診大夫就聘請了十人，不只是在城裡，在附近十里八鄉也很有名，來求醫問藥的傷患病患甚多。

江月還想跟周大夫問問江靈曦的情況，就讓寶畫先去排隊，而她自己則拿出事先寫好的那張藥方，去櫃檯上抓藥。

掌櫃也是個負責的，拿到藥方後先仔細從頭到尾瞧過一遍，畢竟藥方雖不是他家開的，可若是在自家鋪子裡抓出的藥，吃壞了人，也是要擔負責任的。看完之後，掌櫃還笑著誇讚了句。「這方子字跡娟秀，瞧著不似是出自尋常大夫之手，用的雖是頂常用的藥，但君藥、臣藥、佐藥和使藥，相輔相成，渾然一體，不知道是哪位大夫開的？」所謂「君臣佐使」，乃是出自《神農本草經》的一句話，指的是方劑中各味藥的不同作用。能開出這樣方子的大夫，在這縣城裡，絕對不該是無名之輩。

家裡還有一個孕婦及一個傷患，江月往後還要常往藥鋪跑的，與其壓下不表，讓人猜度，不若打開天窗說亮話。

於是江月半真半假地笑道：「這方子也不是旁人開的，是我自己寫的，從前跟著先生學過一些罷了。本還有些擔心，得您老看過，我便也放心了。」

正說著話，寶畫領著周大夫過來了。

其實就算排到了隊，也應該是江月過去尋周大夫說話，但兩家交情匪淺，周大夫將她看成自家晚輩，又知道她前一天還發著熱，則也沒那麼多講究。

「方才聽妳家丫鬟說妳進城了，我還擔心妳是不顧自己的身體亂跑，現下瞧著臉色，倒像是已經大好了。」周大夫呼出一口氣道，說著又以詢問的目光看向江月新抓的藥。

時下婦人懷孕有講究，三個月前不會到處宣揚，但醫者不在這個行列，而且這藥方子看過大概，便也會知道，江月就沒瞞著，把自己診出許氏有孕的消息說了。

周大夫拱手道：「從前倒不知二姑娘也學過醫術，不過江二哥做的本就是藥材生意，也能稱得上是家學淵源了。代我向妳母親道喜，江二哥若在天有靈……」說到這兒，他止住了話頭，畢竟再說下去便要傷懷了。

江月又跟周大夫打聽了一下江靈曦的境況。

和前頭容氏說的一樣，周大夫也說江靈曦的燒傷已經痊癒得差不多了，只剩下疤痕不好祛除。

江月點頭表示曉得，隨後又在櫃檯上要了冰片、五倍子、牡丹皮等藥材。

周大夫知道江家二房現下不容易，好心提醒道：「二姑娘這是要為大姑娘調配祛除疤痕的藥膏？容周某多嘴，類似的藥膏周某已經調配過許多種，也都送去給大姑娘了。」

差不多的配方，但不同的比例和不同的熬煮時間，所呈現出的藥效那是絕對不同的，就好像同樣的食材，在不同的廚子手裡，味道上也能千差萬別是一樣的道理。

江月也不能說自己的本事強於周大夫，只道：「謝謝您的好意提醒，我只是略盡心意罷了。」

堂姊妹感情要好，周大夫也知道這個，便也沒再多勸。

許氏和江靈曦的藥很快都抓好了，至於那個傷重的少年，一來是周大夫前頭給他開的那些藥已經十分全面，暫且夠用，二來是江月還未定好醫案，所以便先按下不表。

兩服藥抓出來，便去了一兩多銀子。

江月將銀錁子交給掌櫃用戥子秤量，眼神不由得落到了櫃檯上的其他地方——那裡擺著好幾套嶄新的、針灸用的銀針。

銀針的工藝和靈虛界器修所煉不能相比，但已算十分不錯，足夠江月現下日常使用了。她雖多看了幾眼，卻也沒問價，畢竟一套銀針雖然用的銀子不算特別多，可工藝擺在那裡，手藝人的工錢同樣是不低的。

許氏總共給了江月二兩左右的銀子，現下已經去了一半，明顯不夠。

而且一般醫館也不會對外出售這些東西，都是訂做來給自家坐診大夫用的，所以江月就也沒提。

下晌，江月和寶畫就從城裡回到了村子。

江月先去看過許氏，又替她把了脈，看她經過休息之後，胎象越發穩了，便不再操心什麼。

後頭她又去後院的小廂房裡轉悠了一趟，少年仍舊在昏睡，只是炕桌上的湯藥碗和飯食碟子都已經空了，表明他中途醒來過。

傍晚的飯食依舊是房嬤嬤準備的，除了中午剩下的兩個菜，房嬤嬤還另外蒸了個雞蛋羹。

金黃色的蛋羹，滑嫩嫩、顫巍巍，撒上碧綠的蔥花，看著就讓人胃口大增。

不過那蛋羹就只一小碗，房嬤嬤自然捨不得吃，江月便也推說自己剛發過熱，不好吃太多雞蛋，都留給了許氏。

一頓夕食用罷，江月才發現，好像回來後就沒見過寶畫了。

這丫頭性子疏朗，不拘小節，又是自小在村裡長大的，因此來到這南山村後適應良好，已經交到了幾個朋友。過去她也時常在幹完活後，跑出去和朋友玩。

等到天色漸暗，房嬤嬤給燒好了一大鍋熱水，讓江月和許氏洗漱，她自己則開始收拾許氏的被褥。

之前兩對母女各住兩個屋，但現下許氏有孕，便需要一個有經驗的人看顧了。

江月其實也能做這差事，無奈許氏和房嬤嬤都心疼她，哪捨得讓她夜間睡不上整覺？便都說她才剛大病初癒，自己也得多歇歇。

於是就商量好，許氏和房嬤嬤換一起住，江月和寶畫一起睡。

寶畫這會子還未歸家，洗漱好後的江月看房嬤嬤兩個屋子來回倒騰，就也幫著打下手，把寶畫的東西搬到自己屋子裡。

直到東西都騰挪完畢，房嬤嬤陪著許氏回屋睡下了，寶畫才從外頭回來。

「吃夕食都不見妳，玩得也忒瘋了，回頭嬤嬤又該罵妳了。」等在堂屋的江月從老宅的藏書裡翻了本醫書來看，見她回來，先起身把大門閂上，又道：「嬤嬤在灶上給妳留了飯，我前頭也去看過幾次灶膛，沒讓火熄了，現下還熱著，快去吃點飯，洗漱一下，就該睡了。」

寶畫卻說不急，又嘿嘿笑著，從懷中掏出一個小包裹，獻寶似的遞到江月眼前。

小包裹層層揭開，裡頭是個一尺長、兩寸寬的木匣。

那木匣下晌江月才見過，就是善仁堂裡用來存放銀針的。

寶畫用胖乎乎的手把木匣子打開，得意地道：「下午見姑娘多瞧了幾眼，我就知道姑娘想要這個！我去跟掌櫃的磨了好久，他才肯賣給我呢！他還叮囑我許多事，說初學醫者不可擅用，保不齊就會出人命。我心想那初學醫者是不能用，但您是醫仙傳人，哪裡就使不得這麼一套銀針呢？只是不好說與他聽，只得又保證了一籮筐，掌櫃這才放我回來。」

江月這才知道自己誤會她了，既歉然又心頭發軟，問道：「這套銀針多少銀錢？妳又哪裡來的銀子？」

「多少銀錢姑娘就不用管了。」寶畫樂呵呵地擺手。「至於銀錢麼，自然是跟我娘拿的，但也不是她的錢，是我前頭那些年的工錢，都在她手裡替我攢著的。」

寶畫從前當丫鬟，一個月有一兩銀子的月錢，因她性子憨直，不夠穩重，月錢就都是房嬤嬤替她收著，輕易不肯給她支用，怕她叫人騙了。

今日從外頭回來後，寶畫就悄悄拉著親娘說悄悄話，用慣常的誇大其辭的口吻，說自家姑娘看中了一套銀針，看的那是挪不開眼，好不可憐！於是娘就給了她五兩銀子，讓她去買回來。

怕她不肯收，寶畫又接著說道：「我娘說了，前頭我陪著姑娘胡鬧，害得姑娘大病了一場，這也算是我給姑娘賠罪了，所以您就安心收著！」

東西既已買來了，且也確實用得上，江月就沒再推辭，只將木匣子接過，仔細摩挲。

「那我便收下了，先謝過妳，回頭再跟房嬤嬤道謝。」

寶畫笑呵呵地應了，然後依著方才江月的話，手腳飛快地去了灶房用飯和洗漱。

等回到屋裡，就看江月正在翻箱倒櫃，寶畫問她大晚上的找啥？

江月就道：「禮單已經拿到了，退婚還需要婚書。」

也得虧兩對母女換了屋子，不然若她還跟許氏住一起，也不好這麼大剌剌地直接翻找。

寶畫東奔西跑大半日，吃飽之後本是有些睏倦的，聽說是找婚書，她立刻來了精神。

二人分工合作，翻找了一會兒，還真把婚書給尋到了。

這下子是真的不用再忙什麼，只等著過兩日縣學休沐，宋玉書從城裡回來了，便可以把那門糟心的親事給退了。

待拿回聘禮，自家的日子也能過得寬裕很多，不然再拖下去，怕是房嬤嬤和寶畫要把前些年好不容易攢的私房都盡數貼補進來了。

很快到了縣學休沐的日子。

宋玉書從縣學出來後，先去書齋交付了抄書的活計，領了幾十個銅板的工錢，而後買了些東西，便往家回。

他是農家子出身，日常並不坐牛車，是以走了快一個時辰，才回到南山村。

宋家如今只剩下他和秦氏兩個，秦氏從前也不是多勤快的人，這幾年越發憊懶。

宋玉書也心疼寡母，每次從縣學回來，都會搶著家裡的活計幹了。

今日卻是奇怪，還不到辰時，秦氏居然已經起了，還穿戴整齊，收拾妥當，一副可以隨時出門的模樣。

宋玉書先喚了聲「母親」，而後覺得有些口渴，伸手碰了碰桌上的茶壺，發現並無溫水，便要去劈柴、燒水。

見到幾日未見的兒子，秦氏笑得格外開懷。「兒啊，先不忙做活，咱家有好事呢！」

宋玉書問什麼事？

秦氏道：「還能是什麼事？自然是你的親事！」

宋玉書到底年紀也不大，眼下還不到十九，聞言略顯羞赧，卻也不意外地詢問道：「是江家那邊定好日子了？在幾日後？可要我們家準備什麼？」

「確實是定好日子了。」秦氏笑得越發開懷。「不過不是成親的日子，是退親的日子！也不在什麼幾日後，就是今天！」

在宋玉書錯愕的目光中，秦氏不帶半點兒停頓地說清楚了來龍去脈。

「這江家二房真是不行了，那許氏只知道掉眼淚，看著就不頂事。那江丫頭也是一點眼力見兒都沒有，半點看不清局勢，還當眼下是她爹在的時候？現在誰該巴結誰，還不知道嗎？當時為娘可真是快煩死了，只沒想到，那江丫頭居然自己主動說了可以退親的事，這可不是天大的好事？既是她家提的，旁人也不會說咱家的壞話，不會壞了你讀書人的名聲啊！」

宋玉書是村裡出了名的孝子，從不對秦氏說一句重話，此時卻是急道：「原說這幾日恩師見我都無甚好臉色，我還當是功課做得不好，惹了恩師不悅……母親糊塗啊！這親事是江家伯父在世時就說好的，如今江家無子，若退了這親，江夫人和月娘往後如何生活？豈不是要讓她江家族親生吞活剝？而且——」

「哪裡管得了別家？我只管咱們自家！」秦氏拍著桌子打斷道。「從前是你爹和你弟弟缺救命錢，才把你抵給人家做贅婿，我本就不情願，現下你有本事了、出息了，難不成還做那等教人看不起的事？你那些同窗私下裡都不知道怎麼嘲笑你，娘可不想你讓人瞧不起一輩子！」

宋玉書閉了閉眼，強忍怒氣道：「出爾反爾、落井下石，就不教人瞧不起一輩子了？再說，娘怎麼知道外頭的事？」

秦氏眼神飄忽，沒有正面回答他的問題。「你別跟我掉書袋，那些文謅謅的詞我聽不懂。反正說出去的話，潑出去的水，你要不聽我的話，我可再沒臉在這個村子裡待了……」

說著話，秦氏就使出常用的一哭二鬧三上吊的戲碼，一屁股坐到地上，拍著大腿直哭宋父，哭他走得早，哭自己命苦，尖銳的嗓門吵得人耳朵生疼。

到底是自己的母親，宋玉書還是不捨得責備，先把她從地上拉起來，又見跟她說不清道理，便換了個說法道：「退親自然得退聘禮，江家光現銀就給了一百五十兩，更還有許多吃穿用度、筆墨紙硯，咱家眼下的境況，如何退得出這麼些東西？」

銀錢素來是秦氏的命門，而且那一百五十兩大多都給了已故的宋父和小郎吃藥，並沒有剩下來什麼。

果然剛提到這個，秦氏就止住了假哭。「怎麼是他家提的退親，咱家還得退聘禮？」說著又扯起她自己創的那一套歪理，說反正自家要錢沒有，要命一條，大不了一條褲腰帶去江家老宅門口吊死！

宋玉書一個頭兩個大，只道：「娘前頭還說退親是為了我的往後，我往後真要如您所言的平步青雲，難不成就為了這些東西，讓人指責一輩子？」

本以為這筆銀錢足夠嚇得秦氏改變主意，沒想到秦氏思考了半晌後，一臉肉痛地道：「那就都退給他們，這麼點銀錢，將來也不值當什麼！兒啊，你別不願意，娘是真的為你好。江家二房不只是死了頂梁柱，更得罪了京中的貴人，你要是沾染上了，那後頭可真得有數不盡的麻煩……」

這著實讓宋玉書吃驚，這還是自家那個鑽進錢眼子裡的親娘嗎？況且江家二房那是在京城出的事，京城距離南山村路途遙遠，此處的人都只知江父遭遇意外，賠付了整個身家，而不知具體發生何事，自家母親又是如何得知其中內情？

再聯想到她前頭閃爍的言辭，宋玉書確認必然是有人跟她說了什麼，又許諾了什麼。

正要詢問更多時，卻聽自家大門口有了響動——江月和大老爺江河已經到了！

話分兩頭，說到江月這裡。

前兩日從大房離開，容氏說稍後會讓江河回村一趟的時候，江月也問清楚了具體的時間，是以禮單和婚書都到手之後，便是萬事俱備，只欠東風了。

而在這兩日時間裡，江月也總算徹底說服許氏同意退親。

其實出力最多的也不是她，畢竟許氏雖知道她大病一場又得了醫仙傳承後，行事越發穩重，但到底還把她看成半大孩子，最後還是房嬤嬤勸好了她的——

房嬤嬤說：「夫人的思慮固然沒錯，全是為咱們姑娘打算，可夫人也該想想，您的性子是斷沒有那秦氏潑辣厲害的，這門親事就算成了，後頭那可真是舌頭碰牙齒。」

許氏張了張嘴，正要說「為了女兒，我也會剛強起來，並不會再被秦氏天長日久的欺負」。

許氏跟房嬤嬤是從小一起長大的，因此房嬤嬤看她的神情，就猜到了她要說的話，又接著道：「再則，夫人說得不錯，那宋玉書確實出色，不然咱家老爺也不會屬意招他入贅，但正是因為他出色，保不齊很快就能考出個舉人、進士的。今日他剛是個秀才而已，秦氏就這般看不上咱家，他日怕是……那時木已成舟，惡婆婆搓磨兒媳婦的戲碼，夫人應也沒比老奴少看。更還有一遭，那宋玉書是村裡出了名的孝子，真有飛黃騰達那一日，必然也要把親娘接回京城供養，咱家在京中也算有些舊交，稍微一打聽就能知道咱家姑娘從前並不會醫術，更不曾請過什麼先生來教導姑娘，說不得那秦氏就會逼問咱家姑娘一身本事的來歷，隨後將咱家姑娘當成搖錢樹……」

許氏雖然性子有些優柔，缺少主見，但優點是她也聽得進勸。

於是江月再從旁敲敲邊鼓，隱隱約約點了一句，透出大伯父江河會親自過來的消息。

許氏先嗔她一句「主意大」，竟然自己跑去大房那裡取禮單，隨即又想到，江河是江家最出息的讀書人，又曾是宋玉書的恩師，且也在縣學裡頭，他都沒對退親這樁事表示反對，說不定這門親事還真有她沒想到的，更不為人知的、更不好的一面，所以她也就沒再持反對意見，只開始發愁起後頭另選旁人的事。

到了約定這一日，一大早，江月就起了身。

寶畫的覺向來比她多，這日聽到動靜也是立刻揉著眼睛，一坐而起。

兩人點上油燈，寶畫就開了箱籠給她找行頭。用她的話說，那叫輸人不輸陣，越是這種時候，越得打扮得比平時光彩照人！

看她忙得起勁，江月也沒攔著，只盤腿在被窩裡打了會兒坐——現在的她成了凡人，也感受不到這個世界的靈氣，自然是無法修煉的，但到底是上輩子保存了多年的習慣，一時間改不過來。而且雖不能修煉，卻也能固本培元，使人頭腦清醒、耳聰目明。

打坐一刻多鐘後，江月徹底清醒過來。

寶畫也拾掇出了幾件襖裙和一些首飾。

到底身上還帶著孝，江月選了一件淡玉色的素絨襖裙。

至於釵環首飾也不必戴太多，只揀了根累絲小銀簪子並一副玉柳葉耳環。

挑選完之後，寶畫還拿起梳子說要給她好好梳個漂亮的髮髻。

但寶畫其實根本不會梳頭，每次自告奮勇做這種精細活計，都把原身扯得生疼。

江月也並不準備在這上頭浪費時間，找了條素色的絲絛，綰了簡單的髮髻便算收拾妥當。

此時天色也不過才亮，房嬤嬤也已經起了，燒好了熱水，準備好了簡單的朝食。

她們這邊朝食剛用完，江河也從城裡來到了村裡老宅。

江河比江父年長一些，年逾四旬，蓄著鬍鬚，穿一件寶藍色淨面綢緞直裰。無甚華貴的打扮，但背脊挺直，看著很有些當官的氣勢。

這倒是讓江月等人都有些意外，畢竟她們回祖籍老家後，大房那邊一直是不冷不熱的態度。然而眼下這個時辰江河便已經到了，顯然是天剛亮、城門剛開的時候，就已經出了城，倒不像是半點也不關心姪女的樣子。

許氏昨兒個半夜突然心口發悶，房嬤嬤給她揉到半晌，又熬了一服江月之前配給她的湯藥吃，快天明時分，她才勉強合了會兒眼，現下還沒起。

江河到了之後，江月跟他寒暄了幾句，說了些「煩勞大伯父一早便過來，您看著面色有些不好，平時該注意休息」之類的話，便提出直接往宋家去。

雖然前頭秦氏說等她帶著宋玉書上門退親，但江月並不喜歡把主動權交到旁人手上。而且舊宅總共就這麼大的地方，那秦氏又是個潑皮大嗓門，沒得擾了剛睡下的許氏的清靜。

江河也無甚不同意的，畢竟說起來這樁糟心的親事還是他從中撮合，且過去這段時間，他因為女兒的怪病分身乏術，對姪女這裡照顧甚少，實在是有幾分理虧。更因為他此番出面，也是和容氏一樣，存了幾分私心，希望兩家能儘早撇清關係，免得江靈曦的怪病再因為宋玉書而發作。

於是不甚親近熟稔的伯姪二人不再耽擱，就一併往宋家去了。

拜秦氏那大嗓門所賜，兩家要退親的事情已經傳得滿村皆知。

因都知道江大老爺乃是正經官身，倒是沒有人敢當面來說些什麼，只看熱鬧素來是人的天性，因此不少人都自發自覺地跟在他們二人身後。

等他們到了宋家家門口的時候，身後跟著的村民已經有十幾、二十人了，且眼看著還有越來越多的趨勢。

此番退親，江家並不理虧心虛，因此也不怕人瞧。

江月叩響門扉之後，宋玉書很快過來將虛掩著的木板門開到最大。

兩人打了個照面，都是微微一愣。

說起來，宋玉書和江月並沒有見過很多次，畢竟兩地距離甚遠。偶有見面，也是在江父帶著女兒回鄉祭祖的時候，兩人隔著大人打個照面，問候一、兩句便算是見過禮了。

在宋玉書的印象中，自己這小未婚妻是天真爛漫不知愁的模樣，臉上的神情永遠是嬌怯怯的。這也是為何他在聽到秦氏說退親的時候，第一個反應是往後她要如何生活？但現下的江月並不是那副柔弱模樣。她的穿著打扮和容貌並沒有特別的不同，但神色平和，眼神沈靜，和昔日判若兩人，不再是嬌弱到需要人操心她如何過活的模樣。

而江月微微愣神，卻不是在看宋玉書的模樣——縱然他也算有一副白淨俊秀的好長相，但讓江月吃驚的，還是他居然鴻運當頭，氣運頗強！修士感應天地，能觀人氣運，但穿成凡人之後，江月便失去了這個能力，起碼在見到宋玉書之前，她都沒在任何人身上看到過氣運。所以是她的能力並沒有消失，只是減弱了，只有遇到真正大氣運的人，才能觀察到一二？

兩人各懷心思，誰都沒有先開口。

江河便開門見山地對跟著宋玉書出來的秦氏道：「宋大娘，本官帶著姪女來了。聽說前幾日妳上門去，話說得十分難聽，惹得我那新守寡的弟媳直抹淚，不若今日把那番話也說給本官聽聽，咱們兩家當面鑼對鑼、鼓對鼓地來論一論！」

江河雖是正經官身，素日裡卻也不在普通百姓面前擺譜。但今日也別怪江河不給他們好臉，一則是秦氏上門尋釁實在欺人太過，二來是江河親自教導過宋玉書幾年，對他這位有理不饒人、無理也要攪三分的母親秦氏有些瞭解，若是好聲好氣的來商量，說不定要被秦氏歪纏。

秦氏前頭對著許氏和江月表現得厲害極了，對著江河這當官的卻有幾分畏懼。而且方才宋玉書也給她分析過一波利弊了，所以此時秦氏訕笑道：「江大人說的哪裡話？我也……我也沒說什麼啊！是我那親家母……不是，是那二夫人性子本就柔弱……來來，快請屋裡坐！」

跨進宋家大門後，江河也懶得和她多廢話什麼，就道：「婚書和禮單我們都帶來了，退婚書我姪女也已寫好，只需要玉書簽上姓名即可。至於聘禮方面……」說著看向江月。

江月遂道：「婚書寫明了聘財為一百五十兩現銀，另外禮單上還有衣料米麵、筆墨紙硯等物，我已經對著市價，另外整理出了詳細的金額，總數在五十兩左右，合計共二百兩。」她說完，便往江河身邊撤了一步。江河這大伯父在關鍵時刻也很可靠，順勢往她身前站了站。

在他們的設想裡，聽到要退還這麼大一筆銀錢，秦氏這潑皮無賴就該鬧起來了。可讓江月意外的是，秦氏雖然一臉肉痛，卻沒打算賴帳。

秦氏開口對江河道：「聘禮自該退還，只您也知道，那一百五十兩現銀，當初都用給我家那死鬼和我那可憐的么兒看病吃藥了，實在是沒剩下什麼，不然我們母子這幾年的日子也不會過得這麼緊巴巴的，所以一下子讓我家拿出這麼多銀錢來，實在是為難。」

這還真的是。宋家雖然不至於家徒四壁，但屋子裡像樣的家具也沒有幾件，且看著都有些年頭了。再看秦氏和宋玉書的穿著打扮，更是最普通的農家人打扮。

尤其是宋玉書，一身洗得發白的細布書生袍，頭上只插了一支木簪，袖口都短了一截，實在不像是身有長物的模樣。

江河看向江月，以目光示意秦氏這次倒是沒說假話，而後詢問江月這當事人的意思。

江月當然是想立刻拿回全部聘禮的，可宋家實在沒有，她也不可能逼著宋家母子去偷去搶，兔子急了還咬人呢，更遑論是秦氏這樣本不算純良的人。江月自己倒不怕什麼，但畢竟家裡還有其他人，尤其是需要靜養的許氏，可真是禁不起秦氏的鬧騰，於是沈吟半晌。

突然，宋玉書出聲道：「慢著。」

自從兩家人碰面後，他是一直沒有吭聲的。

江月便看向他，詢問道：「可是對帳目存疑？我都是對著禮單，按著市價一樣一樣整理的，你可仔細瞧瞧。若還信不過，也可請里正過來評判。」

宋玉書白淨的臉上泛起羞臊的紅，他搖頭說不是。「月……江二姑娘，可否借一步說話？」眼神裡隱隱有一絲哀求。

若是原身還在，或許還真的會心軟，仔細聽聽他要說的話。但江月和他並無甚交情，便只是象徵性地往旁邊走了兩步，便示意他可以開口了。

宋玉書的面色漲得通紅，其實他是想私下裡替自家母親賠不是，並詢問兩人的親事是否還能轉圜？但江月並不肯同他私下說話，而當著恩師的面、當著外頭越聚越多的鄉親的面，他也不願意直接說自家母親的不是。

看到他糾結為難到極致的神色，江月也品出來一些什麼了。

他也確實稱得上是雅正的讀書人，不然江父不會對他那般滿意，只見一面便同意招他為婿。但不論宋玉書本人多出色、多無辜，這門親事終究是要退的。

所以宋玉書囁嚅了半晌仍然沒有開口後，江月就道：「其實你想說的我大概能猜到一些，但你有沒有想過，你現下說不出口的理由，就注定這樁親事只能作罷。」

宋玉書現下說不出話的原因，自然是他不願意在人前批判母親的不是，孝順過頭，就成了愚孝。今日尚且如此，真要成婚了，他能做到約束秦氏嗎？

真要能做到，又怎麼會有前頭秦氏上門為難和羞辱許氏呢？他自然是辦不到的。

宋玉書並不愚笨，很快明白了其中關竅，頓時臉色煞白。

「所以多說無益。」江月平靜地道：「咱們還是就事論事，接著說如何退還聘禮吧。」

宋玉書閉了閉眼，接受了現實，並沒有再做那歪纏的事，只道：「我母親說得不錯，家中確實沒有那麼多餘錢，但是岳……江二老爺在時送的一些書籍筆墨和衣袍，我都妥善保存著，就先退還這一部分。另外，我素日裡為人抄書代筆，也積攢了一些私房。」說著他進了屋去，未多時便拿出一個小布包。「這裡有二十兩現銀。我知道遠遠不夠，所以便只好先寫下欠條，我簽字畫押，一年之內償還。」

別看秦氏前頭答應得很爽快，其實她是想著反正自家如今沒有錢，就算答應要還，那也是來日的事情，而且盡可以先拖著，說不定就拖成了壞帳。所以此時看到宋玉書拿出了全部家當，又答應白紙黑字寫欠條，一年之內就還上，立即捂著心口、哆嗦著嘴唇，眼看著又要鬧起來，只是不知道想到了什麼，才強忍著不發。

江月跟大伯父對視了一眼。

江河的意思是讓她答應宋玉書的提議，畢竟宋玉書也算是他看著長大的，言出必踐，且更是個注重名聲的讀書人，不會欠債不還。

江月其實也是這個意思，一來是江河想的她也能想到，二來是宋玉書是有大氣運的人。世人常說做壞事會倒楣、遭報應，其實並不是空穴來風。違背約定是會把氣運分走的，只不過有人氣運強大，分走一些也不顯什麼，有人氣運低迷，便十分明顯。若來日宋玉書真要賴帳，這麼點銀錢，能交換一些他的氣運，則也是穩賺不賠的買賣，是以江月同意了。

「那就煩勞大伯父清點一下書籍筆墨那些，估算價值。」

宋玉書卻道不必。「書籍我都看過，已算是得了便宜，所以不必再清點，只按著江二姑娘說的二百兩來立字據。」

江月不喜那秦氏，對宋玉書的觀感卻還算不錯，搖頭道：「不必，丁是丁，卯是卯。宋公子不想占我家的便宜，我也是同樣的想法。」

江河讚賞地看了她一眼，開口定論道：「書籍和衣料就按新的算，筆墨那些有使用痕跡的，則按市價的七成算。」

最後一通折算，宋玉書歸還的那些東西抵三十兩銀子，再合計他歸還的二十兩現銀，則還欠一百五十兩。

欠條連帶著退婚書，雙方一併簽字畫押，這樁親事最終塵埃落定。

事情比江月預想的還順利，前後不過用了半個多時辰。

退婚書和欠條都簽完後，伯姪二人隨即告辭。

秦氏直嚷著心口痛，也不相送。

反倒是宋玉書略有些失神地亦步亦趨跟在江月身後，送了他們出門。

宋家外，看熱鬧的村民們還未散去，本還只敢交頭接耳、輕聲議論的，此時見到他這模樣，不由得都哄笑起來。

雖說大家確實是為了看熱鬧而來，但其中有不少人都為江家打抱不平。

畢竟江家大房出了個八品官，很為南山村長臉；而二房雖然搬到了京城，但江父為人樂善好施，發達之後並未忘記祖籍，還出了不少銀錢修橋鋪路，是以前頭江父治喪的時候，村民們還湊出了比平日豐厚許多的白包想聊表心意，但許氏並不肯要他們的銀錢，說莊戶人家地裡刨食，日子都不容易，自家雖遇到了些困難，卻還沒困難到這般境地。

相比之下，秦氏在村裡就沒有這種好人緣了。秦氏早年仗著自家攀附了一門好親事而目中無人，後頭又仗著自家兒子考中了秀才，那更是趾高氣揚，用鼻子看人了！

所以很快就有人故意笑著嚷道：「宋秀才，你還跟出來做甚？這江二姑娘如今可不是你的未婚妻了！」

「就是啊宋秀才！聽說是你家老娘逼上門去，反悔不肯讓你當江家贅婿，人家這才上門退親的，怎麼如今瞧著，你倒像個受氣的小媳婦似的？」

戲謔的話語此起彼伏，不絕於耳，宋玉書白淨的面皮再次漲得通紅。

屋裡的秦氏不裝病了，抄起笤帚衝出來道：「我們自家的家事，輪得到你們管嗎？地裡沒活兒幹，都閒出屁來了是吧？」

秦氏厲害的性子在村裡也十分出名，因此村民們被她趕得退開了一些。

宋玉書這才有了開口的機會，神色認真地同江月道：「他們說得不錯，今遭的事情，是我家對不住在先。若後頭有事，但凡能用上我的，任憑江二姑娘驅策。」這後頭的事，自然是指今日兩家退親的事怕是很快就要傳開，江家那些心思不正的族親也很快會上門。雖說眼前的江月看著和從前不同，但也未必處理得了那樣的麻煩事。

他這話一出，村民們又是一陣嘲弄的笑。

江月是沒準備麻煩宋玉書的，正要謝過他的好意，卻看秦氏一把將宋玉書扒拉到身後，沒好氣道——

「還沒被人笑夠？退了親，兩家再無干係，你上趕著摻和旁人的事做甚？」

「娘……」宋玉書無奈地叫了秦氏一聲。

江月索性也不多說什麼了，只微微頷首謝過宋玉書的好意，而後頭也不回地跟上自家大伯的步伐。

別看是秦氏先挑起的事端，想要退這門親事，但眼下看著自家寶貝兒子不錯眼地目送江月離去，而江月卻頭也不回、半點都沒有留戀的模樣，秦氏心裡又不是滋味了！怎麼感覺自家才是成了被嫌棄的那一方？

心裡很是不爽快的秦氏又拉了宋玉書一把，氣道：「大丈夫何患無妻？舊的不去，新的不來，我兒回頭能娶到比那江二丫頭更好的！」

今日的事已經讓宋玉書十分羞愧，此時再聽到這話越發無地自容，恨不能找個石頭縫鑽了。

而剛準備散去的村民聽到這話，則紛紛站住了腳回嘴——

「江家二房就算遭難，那江二姑娘的人品跟相貌也是十里八鄉一等一的，這還能有更好的？」

「別是戲文看多了，等著宋秀才他日高中狀元，給妳尚個公主回來吧？」

「誰說沒有更好的？那不是還有……」說到這裡，秦氏猛地止住話頭，啐道：「自然有那更好的等著，你們別不信，且等著看吧！倒是你們，那江二丫頭被你們說得如何好，這不，我們兩家退完親了，你們怎麼不上趕著去跟她結親？」

村民們這才訕訕地閉上了嘴。

誠然，江月確實品貌出眾，但人家不是招女婿，是招贅婿啊！

本朝的贅婿地位比前朝高了不少，起碼可以科舉入仕，但同樣讓人瞧不起。

而且，現在的江家二房也不能和從前相提並論了。雖他們也不知道具體發生了何事，但看許氏在治喪完畢後都沒帶著女兒回京城，而是留在村子裡，便想也知道已然是沒落了。

最重要的是，甭管他們心裡樂不樂意吧，反正當著一眾鄉親的面，誰也不好意思主動提出想上趕著入贅這種事啊！

秦氏這才覺得氣順了一些，一邊把大門闔上，一邊沒好氣地罵道：「呸！就是站著說話不腰疼！真讓他們去當上門女婿，一個個的又跟鋸嘴葫蘆似的不吭聲了！」又想到方才江月那逕自走了的灑脫勁兒，秦氏磨咬得後槽牙嘎吱作響，恨聲道：「那江二丫頭對我兒半點不留戀，老娘倒要看看她往後能尋到什麼好人家去！」

第四章

江月和江河離開宋家之後，江月自然要邀請江河去自家歇歇腳，吃口熱茶，畢竟從宋家到村口，是要經過江家老宅的，十分順路。

江河卻說不用，只把她送回老宅門口，將宋家歸還的那些東西盡數交予她。「我今日只拿了半日的假，既事情處理完畢，這便回了。族老那邊……若實在沒轍，再給我傳信。」

江月跟大房雖然接觸不多，但也能看得出大房對自家是有幾分關心的。

但這順路的工夫，卻連家門都不進，又透著幾分生疏。

這種忽冷忽熱的態度，委實教人捉摸不透，好像生怕兩家熟稔起來一般。

江月兀自沈吟著，總覺得有哪裡不大對勁。

她蹙著眉頭往家門口走，卻看見房嬤嬤和寶畫都已經等候在那處。

房嬤嬤是特地留下來看顧還在屋裡沈睡的許氏的，而寶畫則是因為素來有些不著調、容易亂說話，今兒讓房嬤嬤給扣在了家裡的。

雖說江河既出了面，這事多半就不用操心了，但母女二人一看到江月回來，還是立刻擁上前。

寶畫急道：「姑娘怎麼這個神情？可是事情不順利？好啊，那個老賊婆！」說著就要去拿院子裡劈柴的斧子。

房嬤嬤這次沒攔著叫寶畫不要衝動，氣呼呼地沈下臉來，一副也要去跟秦氏拚命的模樣。

江月好笑地一手一個，把兩人拉住了。「解決了，很順利。宋家暫時拿不出全部的銀錢，但是歸還了一部分東西，更有宋玉書親手簽下的欠條，沒看我身上還挎著個小包袱嗎？剛我只是在想旁的事而已。」

她們二人這才鬆了口氣。

許氏在屋裡聽到她們在院子裡說話的響動，才發覺自己起晚了，連忙打開窗櫺，聽了一耳朵，知道事情已經了了，無奈地道：「怎麼不喚我起身呢？」

「有大伯父出面，他既是咱家長輩，又是那宋玉書的恩師，我便覺得夠了，想讓您多睡一會兒。娘也別折騰了，大伯父說縣學中還有事，已經回了。」

許氏知道她們都在呵護自己，笑著微微頷首。

隨後江月就進屋去，先把事情經過簡單說了一遍，又把宋玉書歸還的東西展示給眾人瞧，順便重新清點歸置一番。

別說，宋玉書確實厚道雅正，跟秦氏簡直不像一家人，沒說還些用壞了、用爛了的東西來噁心人，放到檯面上歸還的還都是看著簇新或者僅有極輕微使用痕跡的東西，詳細檢查下來都讓人挑不出錯處。

「筆墨這些我往後也要使，《四書五經》暫且用不上，但保不齊娘肚子裡是弟弟，往後讀書啟蒙也可以用到。倒是這料子……」江月看著那石青色竹葉紋的衣料。「顏色本也不合我們用，又已經裁成了男裝衣袍，也不知道還能賣回幾個錢。」

房嬤嬤就道：「這料子若不裁剪，怎麼也能賣個一、二兩銀子，但裁剪過了，確實是不好賣了。而且看這剪裁和針腳，多半是那秦氏憊懶又摳門兒，找了村裡手藝普通的婦人幫著縫製的，浪費了這上好的衣料，布莊也不會收。可若是再裁剪，便只能做些香囊、枕套之類的小玩意兒，越發不好賣。」

寶畫便說：「那還賣啥？給小廂房裡那個俊俏公子穿唄！」說到這兒，寶畫才一拍腦袋，道：「忘了跟姑娘說了，剛我娘讓我給那公子端熱水去，他已經醒了，還跟我問起姑娘呢！」

日前那少年真正的陷入昏睡後，江月每天都會給他把一次脈，後頭又調整了周大夫開過的方子，加大了補氣安神的藥物用量，再趁著他昏睡的時候用銀針刺穴，止住了他的內出血，便沒多關注他了。倒也不是她真的甩手不管了，基本上大夫對病患說的最多的一句話，就是讓其「多休息」，這並不是場面上的話，而是人體本身就是極為玄妙的存在，有很強的自我修復功能，少年那般傷重，其實跟他很長一段時間沒有好好休息有很大的關係。

眼下他既已徹底醒了，那麼江月是該去和他好好聊聊了。

江月聽完寶畫的話，拿上那衣袍和裝銀針的木匣子，就往小廂房去了。

小廂房裡，少年已經起了。

因他過去幾日昏睡的時間很多，房嬤嬤就把他的外衫褪下了。

他的中衣也不算乾淨，雖沒有塵土，卻有好幾處血污。

估計也就是因為家中沒有男子衣衫——江父的衣衫都在前頭做祭的時候燒掉了，不然以房嬤嬤那麼愛潔的性子，怕是早就看不過眼，給他從裡到外更換了。

這邊的朝食剛送過來，他一頭烏髮披散在腦後，正曲著一隻腿，伏在炕桌上喝粥。

這樣的衣著、這樣的姿勢，若換個人來做，那自然是不雅，甚至有幾分狼狽的。但也不知道是因為他生得太好，抑或是他的動作有條不紊，彷彿小口小口品嚐著的，不是最家常普通的白粥，而是世間難有的什麼珍饈美味，總之看著居然還挺賞心悅目的。

這少年的攻擊性不弱，前頭都傷成那樣了，還能把她一隻手腕捏得生疼，現下將養了兩、三日，臉色看著好了不少，應該是越發有勁了，所以江月也沒冒然靠近，而是先把那套石青色竹葉紋的衣袍拋到炕上，而後抱著胳膊問他。「能好好說話嗎？」

少年抬起烏灼灼的眸子看了她一眼，喝粥的手沒停，也沒說什麼，算是無聲的應承。

他雖不懂醫，但警惕性比旁人都強不少，這兩、三日昏睡期間，他其實醒過來好幾次，知道江月來給他施過針。

今日醒來，雖然說不上痊癒，卻比幾日前的狀況好上很多，他便知道前頭自己的懷疑是多餘的了。

眼前的少女確實會醫術，雖然她身上的醫術來歷成疑，連她家中的人事先都不知道，但確實是比他之前尋訪的那些個名醫有本事。

起碼即便到了現在，她也沒表現出半分「束手無策，另請高明」的意思。

江月搬了椅子放到炕邊，也不再跟他多廢話，一邊捲袖子，一邊道：「讓我看看你的腿。」

她之前和少年說好的條件，是他幫她擊退狼群，她幫他治腿。

說起來，前兩日就應該幫他看腿來著，但診過脈後，江月便知道，其實他腿上的殘疾不算什麼了——起碼不像他的內傷，會要了他的命不是？

還有就是，雖說醫者面前無男女，但這個世界男女大防卻很重，若是讓許氏和房嬤嬤知道她趁著少年昏睡的時候，擅自脫了他的褲子查看，說不定要又急又氣成什麼模樣了。

這少年也是這個世界的人，想來自小受到的也是這一套教育吧？

江月肅了臉，正要抬出醫者的身分讓他不必扭捏，卻看他已經放了勺子，只聽「嗤啦」一聲，他直接下手，把一隻褲腿給撕開了。

褲腿撕到膝蓋處，露出他肌肉緊致、線條勻稱的小腿。

他的皮膚很白，或許是因為尚且年少，體毛也不旺盛，並不五大三粗得惹人生厭。

但這條肌肉緊致的腿，此時正筋肉翻轉，呈現一種詭異的姿勢，歪扭在一側。

倒是省了不少口舌。江月略微詫異地挑了眉，而後簡單地淨了手，開始摸骨。

「忍耐一下。」江月伸手沿著他的腿骨按壓。

微涼的、帶著水氣的指尖，讓少年不自覺地打了個寒顫。

也就半刻鐘的時間，江月就給出了結論。「你這條腿的腿骨自膝蓋以下盡數斷裂，又沒有得外家能手立刻接上，這接骨的人手法實在拙劣……」饒是江月素少與病人共情的，說到這裡也忍不住頓住，因為照著這個完全錯亂的接骨手法來看，給這少年接骨的人不只是手法拙劣，還像是故意錯接，從而越發延誤他的治療時機一般，其用心之歹毒，令人膽寒。

少年沈吟未語，默認江月的猜測並沒有錯。

江月斟酌著用詞道：「耽誤得有些久了，這條腿已經完全照著錯接的骨位和經絡生長了，所以才會翻轉到一側。你來尋找傳聞中的醫仙谷之前，應當也有尋訪過別的大夫，知道這傷十分難治了。」

聽到這話，他的目光不由得一黯，因為她說的這結論，他已經不止一次從別的名醫口中聽說了。果然還是他多想了，這條腿再無恢復成從前的可能了？

正想到此處，卻聽江月接著不緊不慢地道：「好在我也不是完全沒法子，尚能……」

「尚能什麼？」

「尚能補救。要先打斷長好的筋骨，再以幾味藥草藥浴，泡上一段時間，泡軟了筋骨，然後施以銀針刺穴，重新接續。過程中若有接續不對的地方，要再打斷，重新接，重複上述的過程，直到每一寸筋骨都接對了地方，這腿便也能恢復到從前的模樣了。」

江月之所以沒有一口氣說出診治的辦法，等他追問了才盡數道出，不是為了要賣關子，而是因為人的承受能力是有限度的。

少年身上帶有內傷，不適合服用麻沸散，江月手邊又沒有其他靈藥可為他減去過程中的疼痛，因此這其中的疼痛便只能少年自己靠意志力硬撐。

這樣的過程自然極為痛苦，常人根本承受不住，更別說，他還帶有內傷。即便治的是腿，但疼痛到極致的時候，也很有可能牽扯到肺腑。

江月是因為信奉因果，所以會履行諾言，替他診治。

可若是真要照著這個辦法，把人給治死了，那這因果還真說不清了！

而且他拖著這條腿尚且能獨身戰狼群，就證明即便廢了這條腿也並不會影響他的日常起居。

一條腿跟一條命，江月覺得還是命更重要些。

所以，她又接著道：「我雖答應給你治的是腿，但你的內傷更要緊一些，更拖不得，不若還是以醫治內傷為先，你考慮一下。」他的內傷更耗費時間和精力，江月自覺已經做得十分厚道。

但是少年並不這麼認為，他斬釘截鐵、甚至略有些迫不及待地道：「我治腿！」

江月微微一愣。「可能會死。」

「我治。」他還是堅持道。「若真到了那一步，我會自己離開。」

意思是，他就算真要死，也不會留在江家，給她們一屋子女人添麻煩。

既是他自己的選擇，江月便也不多說什麼了。「我手邊還有一份藥膏需要做，下午應當就能做完，順帶還要再把整個醫治的流程在腦子裡過一遍。你今日沐浴更衣，收拾乾淨後，再歇過一晚，明早便開始治療。」

少年點頭。

後頭江月又詢問了他的年紀，畢竟用藥不只要結合傷患的身體條件，也得考慮他的年齡。

得知他還不到十六歲，倒是跟前頭她猜的差不多。

聊完醫案，江月便一邊想著事，一邊從小廂房裡出來。

結果剛出門，就撞上了守在門口的寶畫，寶畫胖乎乎的臉上堆滿了笑。

這丫頭跟村裡的大姑娘、小媳婦混熟了，旁的沒學會，打聽八卦的本事倒是學了個十成十，就差把「我有話想問」幾個字刻在額頭上。

江月好笑地伸手戳了戳她的額頭。「有話就問，別做這個鬼樣子。」

寶畫捂著額頭，誇張地「哎喲」一聲。「姑娘先問我的，那我可就問了！您為啥不能既給小公子治內傷，又給他治腿啊？」

聊醫案不算什麼秘密，是以江月和少年談話時並未刻意壓低聲音，老宅的牆也不厚，寶畫站在外頭自然就都聽到了。

「前頭我說了，幸好他那條傷腿錯位生長時間不久，現下才能補救，若再耽擱一段時間就難了。他聽明白了這個，所以只說治腿。」

「那姑娘再想想辦法，萬一兩邊能同時進行呢？」

江月無奈地道：「人的承受能力是有限度的，光治一樣都困難了……若有這樣兩全其美的辦法，我不就直接說出來了？」其實以她從前的本事，自然是有大把辦法的，就算不用法寶，光用她芥子空間裡的靈泉，也能吊著他一口生氣，同時治療內傷和腿傷，雙管齊下。不過眼下，卻實在是條件有限。

「姑娘這醫仙傳人都說沒辦法，那旁人肯定更沒辦法了。」寶畫老神在在地嘆了口氣。她心思單純，喜歡長得好看的人，但不是看異性的那種喜歡，純粹是欣賞。所以知道那俊俏無比的小公子選擇治腿，不治要命的內傷，想到這麼好看的人很有可能會沒命，寶畫還是覺得挺惋惜的。

這天午前，江月就調配好了給江靈曦的去疤藥膏。

碧綠色的膏體，泛著幽潤的光，清香撲鼻。

江月又在妝奩裡翻出一個白瓷小盒，裝填進去，看著越發像樣。

因為下午還要準備那少年明日的診治，江月就沒有親自進城去，只讓寶畫幫忙跑腿。

寶畫傍晚就回來了，說已經把藥膏送到，也抓來了明日要用的藥。

這幾味藥材就不是常用的那些藥了，因此價格也不低，一服就花去了之前許氏多給江月的那一兩銀子。

後頭到了天黑時分，一家子一起用夕食，其間許氏和房嬤嬤也都問起了少年的傷勢。

許氏她們不通醫理，前頭為少年診過脈的周大夫也未說得很詳細，所以她們一直以為少年是為了救江月才傷得這般重，心裡很過意不去。還是江月這幾日告訴了她們，說少年在遇到她之前就受了重傷，在狼爪下受的外傷反而不算什麼，她們這才好受了一些。

只是到底都是當娘的人，那少年看著又十分年少，所以兩人還是有些掛心。

江月看了想搶話回答的寶畫一眼，讓她把到嘴的話憋了回去，而後才道：「他的傷確實麻煩，不過明日就可以開始治療了。」

許氏和房嬤嬤這才沒有多操心。

飯後，一家子各自回屋歇下。

江月在睡前也同樣習慣打會兒坐。

可能是白日裡想過自己的空間，所以打坐的時候，不自覺地就進入了其中。

空間裡頭依舊逼仄無比，剛夠下腳的地，加上一個拳頭大的泉眼。然而出人意料的是，那乾涸的泉眼居然活了過來，正極為緩慢地往外滲泉水！江月頓時精神一凜。

泉眼滲出的那點靈泉水，很快就融進了土中。

若不是這空間跟江月的神魂相連，很有可能根本發現不了這點。

從前就多虧了靈泉的滋養，江月才能開闢出一方藥田。

現在靈泉水這般稀少，江月就不捨得這麼融進土裡了，連忙從空間外頭拿了條帕子和茶杯進來。

帕子覆蓋到泉眼上，等上大概半個時辰，終於濕到可以擰出水的地步，她再把泉水擰到茶杯裡。

雖然過程看著有些粗糙不衛生，但這靈泉本就是靈虛界的東西，潔淨不染塵，不用擔心人吃了會生病。

江月這下子不敢睡了，就守在空間裡收集靈泉。

因為過程枯燥而冗長，她不由得回想起這幾日發生的變化。

幾天前她剛歷劫過來的時候就進來確認過，泉眼是乾涸的。

所以是這三天裡，她做了某些事，觸發了某樣條件，從而讓乾涸的泉眼滲出靈泉。

這個條件很重要，因為江月有預感，只要照著這條路往下走，她的空間終有一日會變成從前的模樣！

如今穿成凡人，來日還要應「黑龍禍世」的劫，這方在靈虛界算是雞肋的空間無疑是她唯一能依仗的東西。

這三日她做了什麼呢？

除了去退掉那樁糟心的親事，就是給許氏診脈開藥、給江靈曦製作祛疤藥膏，還有今日給少年制定初步的醫案。

總共就這麼幾件事，三件都跟她施展醫術幫人有關。

所以是跟她上輩子的修行一樣，醫治傷患、積攢功德？

然後因為沒有實質性的藥到病除，所以功德少，才讓靈泉只恢復了這麼一點？

一邊思考，江月一邊手下不停。

一直忙到後半夜，江月才接滿一茶杯的靈泉。

無奈她這方空間不好示人，旁人也不能進入，便只好先接這麼多。

等來日泉眼恢復得更多一些，出水量比滲進土裡的多，也就不需要這麼操勞了。

時辰不早，忙得頭暈眼花的她趕緊睡下。

感覺不過剛合眼，江月就聽到寶畫在喊她了。

她昏昏沈沈地睜了眼，發現外頭天光已經大亮。

雖然多了一杯靈泉水，但她現在這個狀態，顯然是不適合開始為少年醫治的。

江月就道：「你去跟那小公子說一聲，我昨兒個睡得不大好，下午再開始醫治。另外還得多劈點柴，回頭他藥浴要用。」

「奇怪，姑娘跟我一起睡的，怎麼這會兒還睏？」寶畫一邊壓低聲音嘟囔，一邊擔憂地把胖胖的溫熱手掌覆到她額頭上，確認她並不是又病了，才放下心來。「那姑娘您睡，我去跟小公子說。」

江月於是又合眼補眠。

不過居然又是剛合眼，外頭忽然鬧了起來，就聽寶畫道——

「我們姑娘還在睡，您請留步！」

一把陌生的、略顯蒼老的女聲跟著道——

「這都日上三竿了，誰家大姑娘睡到這個時辰還不起來？傳出去真是讓人笑掉大牙！」

寶畫越發焦急。「我家姑娘前幾日剛病過！」

蒼老的女聲又道：「病了？那正好我看看去。妳家姑娘小時候我還抱過她呢，還有什麼怕我瞧的嗎？」

最後，兩人的聲音到了門口，寶畫似乎是把門堵住了。

「您要是硬闖，我對您可不客氣了！」

「還跟我不客氣？來啊，妳碰我一根手指頭試試！」

兩人爭執到了這一步，江月也已經起身穿好了襖裙，遂開口道：「我已經起了，寶畫，讓人進來吧。」

「聽到沒？妳家姑娘都起了！」

未多時，一個身形矮小乾瘦的老婦人率先進了屋，她約莫已經到了古稀之年，頭髮花白，臉上溝壑叢生，穿一件寬大、打著補丁的藏青色襖子。

而老婦人身後跟著的則是一個圓臉的中年婦人，同樣是荊釵布裙的打扮。

兩人看著都有些面熟，加上寶畫方才那副想攔又不敢攔的模樣，江月已經有了猜想，猜測她們應該是江家的族中長輩。

因為江家本家不是在南山村，而是在十里外的望山村，是原身的爺爺——江老太爺當年為了去城裡開飯館，圖南山村離城裡更近，才搬到此處的。

所以族中親戚是逢年過節才會見上一面，原身對他們的記憶都很淺淡。

江月不疾不徐地福身行禮。

很快地，房嬤嬤那邊也聽到這邊的動靜，跟著過來了。

雖然房嬤嬤對這兩個婦人擅闖廂房的事情頗有微詞，但也只能賠笑道：「兩位長輩今兒個怎麼有空過來？這廂房逼仄，快請堂屋坐。」說著又讓寶畫別乾站著了，泡茶去。

房嬤嬤跟著江父和許氏回來過好幾次，很能理事，兩個婦人還真給了她幾分面子，不情不願地去了堂屋。

房嬤嬤特地落後了她們半步，在江月耳邊提醒道：「走在前頭的那個是孫氏，她家男人是族長的弟弟，咱們老爺得稱呼她一聲叔母，姑娘該稱她叔祖母。她後頭那個則是她的兒媳婦，娘家姓楚，跟咱家老爺、夫人同輩，姑娘喚她堂叔母就成。未出五服，說起來跟咱家算是近親。」對著江月的時候，房嬤嬤就不必扯那客套的笑容了，神色都有些發沈。

前一天江月才退了親，今日這兩人便已經到了，而且進門後，兩人就直接問起江月。

寶畫跟江月一樣，都只大概知道是家裡族中的親戚，也不敢怠慢，就照實說了自家姑娘還未起，沒想到她們竟開始硬闖！

很明顯，就是衝著江月而來。

抑或說，是衝著江月背後、二房所剩不多的家財而來。

總之，就是來者不善。

江月伸手安撫地拍了拍房嬤嬤的手背，示意她不用擔心，兵來將擋，水來土掩就是。

兩人跟著孫氏和楚氏去了堂屋，許氏也從自己屋子裡出來了。

雖然江月說她前頭因為多思多慮、長途奔波傷了元氣，最近都需要靜養恢復，但到底來的兩人中有一個比許氏高一輩，許氏這做晚輩的，沒病到不能下床的地步，也不好避著不見。

看著許氏也是一副睡眼惺忪的模樣，孫氏就皮笑肉不笑地道：「我說妳家閨女怎麼睡到日上三竿還不起呢，原是跟妳這當娘的學的！姪媳婦，不是我說妳，雖說妳男人死了，可也不好這樣憊懶，遭人笑話……」

這孫氏不像宋家的秦氏那樣，還得顧及秀才親娘的身分，她就是個徹頭徹尾的村婦，說出來的話那是既端足了長輩的架子，又難聽得很。

江月哪聽得了有人跟許氏這麼說話？她張嘴正要應對，但許氏卻已經伸手把她拉住了。

許氏賠笑道：「叔母教誨得是，姪媳婦曉得了。」

孫氏這才暫且住了口，施施然地端起寶畫剛呈上來的熱茶。

那跟許氏平輩的楚氏此時則拿著帕子，假模假樣地擦起並不存在的眼淚道：「堂弟也是可憐，在世時只月娘一個姑娘，臨去時連個摔盆的孝子都沒有，回到了祖籍辦喪事，也只能由姪子出面代勞，可是聽說那個堂姪日常都在外求學的，幾年才歸家一次，怕是往後祭掃，連個主持的男丁都沒有……」

「是啊，這門戶中沒有男人支撐怎麼行呢？」孫氏故作惋惜地接話。「唉，前頭我就勸過他，說沒得去求娶個嬌小姐，就得娶個屁股大好生養的。後頭我又勸，說他不肯納妾，那提前過繼個嗣子也好啊！他卻說啥為月娘招贅也是一樣。妳瞧瞧，如今他意外走了，月娘的親事也黃了……往後可如何是好啊？」

婆媳兩人這就旁若無人地唱起大戲來了。

這要是從前，許氏說不定還真會被她們這半真半假的唱作念打給勾起傷心事。但如今不同了，一則是女兒比從前成長了，二來是肚子裡還多了一個，所以她底氣也足了，只跟著聽，半句話都不接。

孫氏、楚氏兩人唱了半天戲，說得嘴唇都發乾了，卻看素來柔弱好拿捏的許氏不往下接話，不由得也有些著急。

兩人對視一眼後，孫氏清了清嗓子道：「話都說到這分兒上了，我還是那句，家裡沒個男丁不成！阿楚啊，妳兒子多，不若就過繼一個到她們家來。」

楚氏回應道：「婆母說得是。我家老么，打小就愛讀書，偏生運道不好，托生到我肚子裡了。」說著又看向許氏。「虎哥兒前頭妳也見過，虎頭虎腦的，長得很討喜是不是？將他過繼給妳，讓他將來給妳掙個誥命來！」

前頭江父治喪，本家那邊的親戚都來過，所以那虎哥兒，許氏還真見過。

說好聽點那是叫虎頭虎腦，說難聽點就是有些癡肥。

在長輩的喪禮上都直嚷餓，要吃這個吃那個的。

而且年紀也不小了，已經十一、二歲，不是任事不懂的孩子了。

退一萬步說，就算自家真要過繼，也不可能過繼這樣一個孩子來。

許氏避無可避，只得回應道：「堂嫂抬愛了，月娘他爹故去前做壞了生意，賠付了好些銀錢，家裡怕是供養不起孩子讀書。」

「爛船也有三斤釘呢！」楚氏立刻接話，而後發現自己過於急切了，溜圓的眼睛在許氏素淨但不顯寒酸的衣服、首飾上打了個轉兒，訕笑道：「堂弟媳婦實在謙虛了，我瞧著妳家就挺好的。」

許氏低頭不吭聲，手下還是牢牢攥著江月的袖子，不讓她開口。

孫氏也有些急了，又道：「可是妳看不上虎哥兒？這也不妨事，我家還有很多好孩子，回頭我都把他們帶過來讓妳瞧瞧！」

聽著她話裡的意思，她們婆媳倆後頭還得再來！許氏前頭就因為奔波和悲傷而傷了些元氣，也就是身體底子好，才沒釀成大禍，江月此時哪裡還忍得住？反握住許氏的手，而後道：「謝過叔祖母和叔母的『好意』，只是我家並不準備過繼孩子。」

「長輩說話，哪兒有妳一個未出閣的小丫頭說話的分兒？」孫氏皺著眉，不悅地瞪向江月。她年紀不小，在家中也是很有話語權的老太太，板著臉瞪人的時候還挺嚇人的，起碼她家中的孩子被她這麼一瞪，就嚇得不敢吱聲了。

不過江月可不會被她嚇到，不卑不亢地道：「因說的是我家的事，母親又不擅言辭，所以才代她回您的話，叔祖母是長輩，應當不會跟我這個『未出閣的小丫頭』計較的是不是？」

孫氏對江月其實印象也不深，只大概記得她跟在江父身後嬌嬌怯怯的模樣，所以見她眼下淡定自若地回話，還挺吃驚的。「妳這丫頭，不過繼，妳家的產業怕是都要充公進族中了！」

充公進族中，那肯定是跟二房親緣最深厚的大房和族長家拿大頭，他們這些人就只能跟在後頭撿人家吃剩的。

若是二房過繼了她這一支的孩子，那麼家財可就盡數是他們的了！

江月又要接著分辯，房嬤嬤也拉了她一把，賠笑道：「您二位勸得有道理，只是給姑娘招贅，那是我家老爺的遺願……距離那百日期限，還剩一月呢。」

孫氏不悅地道：「前頭月娘她爹給她相看了那麼久，也只相中了那個宋秀才，現在時間這麼倉促，能說上什麼好人家？誰家好兒郎肯平白入贅呢？別回頭嫁出去了，白白把家財拱手讓給外姓人。」

楚氏也幫腔道：「就是！女子成婚是終身大事，可不好馬虎。還是先過繼，等上個三年，孝期過了，我們虎哥兒也長大了，自然能幫襯他姊姊尋個如意郎君……」

眼瞅著這婆媳倆又要展開新一輪攻勢，許氏忽然扶額說頭疼。

江月正要給她搭脈，卻看捂著頭的許氏對她眨了眨眼。

房嬤嬤比江月會意得還早，連忙道：「夫人沒事吧？咱家老爺剛走，您可千萬不能出事啊！真要有個好歹，旁人說不定會覺得是老夫人和堂夫人給逼的啊……」作戲嘛，誰不會啊？房嬤嬤和許氏可比這婆媳倆還有默契呢！

許氏的柔弱是出了名的，真要把人逼出個好歹來，到時還真是掰扯不清。

左右日子還長，望山村和南山村離得也不甚遠，孫氏和楚氏便只好起身，說明日再來。

江月和房嬤嬤一道送了這兩尊大佛出去。

等把自家大門關上，江月無奈地道：「嬤嬤和母親為何都不讓我出聲？今兒個一口回絕了，也省得她們後頭還來，攪了母親的清靜。」

房嬤嬤嘆氣解釋道：「打發了她們，總還有別人家來，不若把她們立在前頭做靶子，由得他們去爭。最主要是姑娘後頭還得在一個月內相看一門新的婚事，這當口，若是再傳出不敬長輩的名聲，怕是就更難了。」

所以孫氏婆媳二人也是故意針對江月的，實則就是盼著江月出言忤逆，她們好光明正大地敗壞她的名聲呢！

「不忤逆她們，她們就會說我的好了？怕是這會兒剛出門，就已經想好別的名目編排我了。」

話音未落，門外孫氏婆媳倆遇上了相識的人，便已經開始「家常」地聊起她們特地來探望許氏和江月，卻發現這母女倆到了這會兒還未起的話。

因確實是事實，孫氏又是族中的大長輩，江月和房嬤嬤也不好衝出去捂住這婆媳倆的嘴。

所幸，因為許氏還未徹底回絕這婆媳倆，她們也知道需要留一分情面，所以只說了那麼幾句無關痛癢的閒話就離開了。

房嬤嬤之前一直對自家姑娘在一月內另覓佳婿很有信心的，但這個時代，同族長輩的風評實在是重要，此時也不由得嘆氣道：「那……唉，老奴只能再多尋幾家媒婆。且再看看吧，總有那等不被她們蒙蔽的好兒郎！」

其實私心裡，江月還是不大想跟陌生人成婚。若對方知情識趣，肯跟她假成婚便也罷了，若遇上個受這時代的教育影響頗深，非得扯什麼世俗禮法，跟她做真夫妻的，那後頭可真是麻煩。

但不成婚，就完成不了江父的遺願，繼承不了家裡的家業，更打發不了這些蒼蠅似的黑心親眷，實在是讓人頭大。

正說著話，江月就聽到後院傳來「砰砰」一聲。

家裡一共四口人，都在前院呢！江月就問，這什麼聲音？

寶畫說道：「應該是那小公子在劈柴呢！我之前跟他轉述了姑娘的話，小公子就說他自己來準備藥浴用的柴火。我都說讓他歇著，我來就成了，他怎麼還是自己動手了？」

江月不由得往後院的方向看去，好像……自家就有個現成的成親人選？

她並非心血來潮，而是那少年確實很符合她的訴求。

首先，二人在山上偶遇，少年雖然不是那種俠肝義膽的高潔君子，而是被江月以利益交換才答應伸出援手，但起碼他也沒有趁人之危，所以應也不是什麼卑鄙小人。

然後，從昨兒個他直接撕開褲腿、讓江月摸骨的舉動就可以看出，他不拘小節，不受什麼世俗禮法的桎梏，大抵可以接受假入贅這種權宜之計。

還有一個比較現實的問題——現在的江家並不富裕。

宋家那邊的欠條雖然打了，但說好一年內償還。許氏手邊的錢不超過百兩，加上從宋家那邊收回來的二十兩現銀，家中滿打滿算也只有一百二十兩。

這一百二十兩也不能盡數充當聘財，不然後頭一家子如何生活？又怎麼開展掙銀錢的活計？所以至多只能出一半。

六十兩銀子，想找個肯上門入贅、自身條件也不能太差——太差的許氏和房嬤嬤肯定不樂意，而且還能同意跟她當假夫妻的……怎麼想都覺得有些困難。

當然最重要的還是，他有求於江月，且他所求的，這世間大概只有現在的江月能做到——他那傷勢即便是她全力救治，也需要長達數年的時間。

也就是說，未來有相當長的一段時間，那少年都會處在一個比較被動的位置。等到來日他養好了傷，江月自然也已經度過了眼前的困境，可謂是兩全其美。

江月越想，越覺得計劃可行。

雖然少年還未同意，但主要是他的出現給江月打開了一個新思路——她大可以自己的醫術為條件，去換一個重傷待治的假贅婿！

要是這個不行，總還有下一個等著她醫治的。

當然最好還是他同意了，畢竟也算是相識一場，雖鬧過誤會，捏痛過她的手腕，但為數不多的幾次接觸下來，他這人寡言少語卻不愚笨，溝通起來十分簡單。

而且，長得也賞心悅目。

即便是假女婿，招個歪瓜裂棗的要在家裡對上好幾年，也壞人心情不是？

她讓房嬤嬤去看顧一下冒然被喊起身的許氏，自己則抬腳和寶畫往後院去。

寶畫亦步亦趨地跟在她身後。「姑娘這是要開始為小公子治療了？柴還沒劈夠呢，不然您再回屋迷瞪會兒，睡個回籠覺？」

江月臉上帶笑地說不忙。「我有些事跟他商量，妳且劈著。」

寶畫應了一聲，又難得地腦子靈光了一回，想著方才自家姑娘還在煩著重新招婿的事，現下就臉色大好，不見半分愁容，又說有事跟那少年商量……她忙把江月拉住，問道：「姑娘這是屬意上那位小公子了？」

江月頗有些意外地挑了挑眉，沒想到這丫頭居然也有這麼機敏的時候。

「姑娘，妳不能就這麼去啊！」寶畫跺腳道：「哪有人這麼空手隨便就去提親的？而且提的還是入贅呢！沒得讓人覺得咱家輕佻、不重視，而且妳……」

舊宅總共就那麼大，兩人說著話，就已經到了後院。

寶畫前頭說得不錯，少年確實在劈柴。

房嬤嬤給他準備了熱水沐浴，經過沐浴之後，他換上了宋家退還的那件石青色竹葉紋袍子，烏黑順溜得跟上好緞子一般的黑髮簡單地用一根木簪固定住，整個人煥然一新，依舊是那般眉目如畫，少了幾分陰鬱，多了幾分書卷氣，活像個弱不禁風的小書生。

不過「小書生」也是看著文弱罷了，只見他一隻手將圓柱形的木柴立在木墩子上，斧頭裹挾著隱隱風聲飛快落下，木柴便立刻應聲被劈成了兩半，連帶著那放木柴的木墩子上都留出一道刻痕。

少年雖然來到江家已經有了幾日，但是寶畫又不是江月那樣的醫者，房嬤嬤便不許她跟少年離得太近。偶爾寶畫進屋去端茶送水的，少年也幾乎不跟她說話、對視，且小廂房的光線也不甚明亮，所以寶畫只囫圇地打量過他幾次，大概知道他長得極好。

此時看到這個畫面，徹底看清了他的模樣，寶畫到了嘴邊的「而且妳跟小公子才認識多久啊？不知根知底的，怎麼就能談婚論嫁」，就嚥回了肚子裡。

長成這樣的小公子，比那個號稱十里八鄉最清俊雅正的宋玉書還好看不知道多少倍呢！

這麼一來……好像旁的都不重要了。

不過寶畫雖然是把話嚥回肚子裡了，但維護江月的心卻沒變，她搶在江月開口前，一邊道：「小公子快歇著，你身上還帶著傷呢，這粗活我來就好！」一邊連忙搶過少年手中的斧頭，把斧頭拿得離江月遠遠的，活脫脫一副生怕少年聽了自家姑娘提出讓他入贅的話後，他會拿著斧頭暴起傷人的模樣。

其實也不怪寶畫多想，卻說前幾年江父為原身定下跟宋家那門親事之前，就鬧出過一件事。

那會兒他們二房在京城已經有一段時間了，首先想的，自然還是在京城尋摸人選。

因為他們家在京中無甚根基，認識來往的人家中又沒有合適的人，就請了京城享負盛名的媒人來說合。

為了表示自家的誠意，江父還特地設宴，跟媒人說清楚了自家的境況和對贅婿的要求。

也不知道是那媒人上了年紀還是吃酒吃糊塗了，竟然忘了最要緊的入贅的要求，只當是商戶招女婿，找了個家裡開鏢局的壯漢來相看。

那次原身是沒出面的，但江父帶了女兒的畫像，又跟那壯漢聊了一番。本來還相談甚歡的，誰知道等後頭那壯漢得知是招贅婿，當場直呼江父侮辱人。若不是有家丁攔著，說不定就把江父打出個好歹來了。

也是因為鬧得場面有些難看，後頭江父才託大老爺江河幫著尋摸。

「有事？」被搶走了斧頭的少年額間出了一層薄汗，他下意識地伸手進懷裡拿帕子，而後想起已經換過一套衣衫，身上並沒有帕子這種東西，便改為用袖子擦了擦額頭。

不知道是不是受寶畫影響，方才還覺得只是來跟少年打個商量——成就成，不成就算了，她再另尋他人，不過此時也不由得緊張起來。

她喉嚨發緊，點了點頭。「是有些事，讓寶畫在外頭劈柴，我們進屋去說。」

少年默不作聲地一邊放下捲到手腕的袖子，一邊拖著那條傷腿，行動遲緩地先進了屋。

江月提步跟上，卻看寶畫正狂對著她使眼色，又拍了拍自己渾厚的胸膛，還用氣音跟她道——

「一會兒他要是動手，就喊我！」

江月好笑地看她一眼，也進屋去了。

兩人在炕桌左右分別坐下。

因他方才冒然下床劈了會兒柴，所以進屋之後，江月還是先為他診脈。

他身體底子極好，脈象上雖然有些氣血翻湧，卻並沒有讓身體狀況變得更糟。

二人相對無言了半晌後，少年先打破了沈默，朗潤的聲線中帶著幾分沈滯，詢問道：「是我的腿傷……不能治了？」

也不怪他多想，她先是無故將前一日約定好的時間推遲了半日，而後一副欲言又止的模樣和他說有事商量，進屋之後更是只凝眉搭脈，不說話。

那句話怎麼說來著？不怕大夫笑嘻嘻，就怕大夫眉眼低。

正在打腹稿的江月立刻說不是。「你別多想，是我昨兒個睡得不好，而後族中又來了親戚，耽擱了一些時辰。眼下是有些旁的事要同你商量，但我還沒想好怎麼開口。」

少年輕輕「嗯」了一聲，不再發問，也不催促。

老是拖著也不是個事，江月就道：「方才不知道你聽到前院的動靜沒？是我族中長輩上門遊說我娘過繼個孩子。我家的境況你應該也知道一些，我父親意外身亡，家中只有我一個獨生女，父親臨去之前還叮囑我早日完婚，怕我和母親的生活無以為繼。但回到原籍之後，原先訂親的那戶人家反悔，親事也就退了。現下我母親懷著遺腹子，最是需要清靜休養，禁不住族親的折騰，且我也想保全父親留下的家業……所以，我想問問你，是不是願意幫我這個忙？」一邊說，江月一邊小心打量他的神色。

少年並沒有露出驚訝或是羞憤的神色，自始至終都很平靜，好像她的提議絲毫沒有讓他感到意外。

他波瀾不驚地下了個結論。「妳想讓我當贅婿。」

江月立刻道：「是假贅婿，只是個名頭。等來日你養好傷，我這邊的難關也度過了，咱們就簽了和離書，一別兩寬。抑或我母親誕下的是個男孩，等那孩子長到周歲，便也能有了打發外人的由頭。你若不放心，我也能提前簽好和離書，存放在你處，往後必不會糾纏你。」

少年微微頷首，轉而問道：「我的腿傷要治多久？」

說到自己的專業領域，江月便也恢復了鎮定，如實告知道：「恢復成行動自如的話，大概半年左右。若要習武，飛簷走壁的，則需要一年。倒是你的內傷，需要更長的一段時間，一年到三年吧，得視情況而定。兩邊同時進行，最少你也要在我家留一年。」

他抬起烏灼灼的眼眸，深深地看了她一眼。

江月立刻會意——前一天她還在跟他說腿傷和內傷只能治一個，眼下提出要招他入贅，又說都能治了，怎麼聽著都像蓄謀已久，故意拿這個要脅他似的。

她略顯焦急地解釋道：「不是你想的那樣！我昨兒個沒睡好，就是夜間在思量新的醫案，到了後半夜才有了法子。這完全是兩件事，你若不同意，我也是會為你醫治的，並無半分要脅你的意思。」

少年依舊定定地看著她，她柳眉緊蹙，神色略有些焦急，或許是因為太過擔心被誤會，頰邊都泛起一層紅暈。

他自小被人說心思深沈，半點沒有同齡人的朝氣，是個不祥的怪物。

眼前的少女大概跟他也是一類人，從山上初遇，到談交易條件，再到後頭為他診脈。她也是有著超出同齡人的成熟穩重，臨危不亂。

卻原來，她也會有這樣不穩重的時候。

大概，這就是旁人希望能在他身上看到的「朝氣」吧？

他不禁勾了勾唇，而後垂下眼睛，不辨喜怒地道：「我同意。」

別看是江月提出讓他假入贅，他真答應下來的時候，江月反而有些不敢置信。這也太順利了……順利得讓人不敢相信！

雖是假入贅，但也得走過場、入戶籍文書，在這個時代到底也不是小事，所以江月還是向他確認道：「你可想好了？」

少年伸手給自己倒了杯水，看了她一眼，難得地多說了幾個字。「我需在妳家治一至三年的傷，不論妳是被親族霸占家產，抑或是招旁人入贅，都有可能影響到我在這裡長留。我並無婚配，也無婚約，所以我們二人假成婚很合適。」這才是他應承下入贅的真正理由。

沒有半分綺思，卻很合理。

沒有比利益相合更穩定的合作了，聽得江月直點頭。「那聘禮方面……」

前頭宋玉書那樣的人才品貌，江父都許出去一百五十兩，這小少年的模樣確實生得好，即便是在靈虛界看慣了各類修士的江月都不能否認的那種好，而且他現下還未長成，來日怕是容貌更盛。

他雖看著不像讀書人，但看談吐氣度，也不像無知白丁，且即便傷重，也是武藝過人，能獨戰狼群。

性子那更是直接索利、不扭捏，也沒有說什麼要問過父母之類的話，應當是家中並無長輩的模樣。如此便也不會像宋玉書那樣，那麼大的人了，還作不了一點自己的主。

所以綜上所述，江月覺得聘他該比聘那宋玉書多出很多聘禮才合理。

無奈手頭確實不寬裕，也不能把宋家的借條遞給他當聘禮。

他卻神色淡淡地說不用。「本就是假入贅。而且我也並無銀錢支付診金和藥錢，若是能相抵，那便最好不過，若還不夠，來日我再籌措。」

要不說他是江月屬意的第一人選呢？這打開天窗說亮話的爽利勁兒，讓江月越發受用。

她在心裡算了算，少年藥浴一次的藥材大概花費一兩，後頭視情況而定，至多也就是十次，那便是十兩花費。

至於他那嚴重的內傷，在有靈泉水能保他一口生氣的情況下，則也不需要用多名貴的藥材，花費肯定在百兩之內。

並且用藥講究個循序漸進，這些銀錢並不是一口氣花出去，是分散在後頭長達數年的時間裡。

何況即便他不答應假入贅，江月其實也是要為了信守承諾和積攢功德、升級空間的靈泉而全力救治他。
所以可以說，招眼前這個少年假入贅，江月不必在原計劃上多花一分銀錢。
她便立刻說夠了，可以相抵。
他見她接受良好，並沒有露出半分不悅，便接著道：「我覺得該是我問妳，妳想好了？畢竟妳根本不瞭解我，若來日我反悔，不肯與妳簽和離書，抑或是圖謀些旁的……妳應也知道，我不是什麼正人君子。」
昨日說好了今日開始治療，所以江月的銀針盒子就放在炕桌上，此時聽到他這話，江月打開木匣，隨意捻起銀針，而後挑眉看他，似笑非笑地道：「真小人會現下就說這個？且自古醫毒是一家，別說這數年你還得靠我救命，就算來日你痊癒了……你盡可以試試。」
江月自問並不是壞人，但也不是什麼聖心氾濫的好人，只是做事顧及到功德入道和因果輪迴，才會循規蹈矩，若是真有人觸碰到她的逆鱗，下場淒慘的還不知道是誰。
雪膚花貌的少女，白嫩纖細的手指捻著閃動寒芒的銀針，而更為引人注目的，是她臉上神采飛揚的自信笑容。
少年又勾了勾唇。
於是兩個都自問算不上好人的人，就此達成了一種奇特的默契。
「那既說好了，我便去回我娘她們了，省得她們操心。」江月言笑晏晏地將銀針放回去。「等我去跟她們說完話，寶畫的柴火估計也快劈好了，午後便開始診治吧。今日先把腿骨打斷，筋脈分開，然後泡上一整日的藥浴，泡到明日再重新接骨。雖說是有事耽擱了，但其實午後開始也好，畢竟後頭你怕是用不下飯了，所以今日午飯可以多用一些。順帶我還得開個治你內傷的方子，等接完骨就得開始下一步。兩邊算是同時進行，也不知道後頭你還能不能下床……我這兒時間有些緊，一個月之內就得完婚，若是實在不成，還得為你準備一根枴杖。」

說起醫治的事，江月又變成了素日裡成竹在胸、老神在在的模樣，彷彿這令人膽寒的醫治過程，在她看來極為稀鬆平常。

她身上的醫術來歷到現在還是個謎，但少年依然並不準備發問。

「對了，」走到門邊的江月站住了腳。「我叫江月，『江畔何人初見月，江月何年初照人』的江月。還沒問你叫什麼？」總不能兩人都對外說好要成婚了，還互相不知道名諱吧？

他垂下眼簾，答道：「我叫聯玉，『何當碎聯玉，雲上璧已虧』中的聯玉。」

「姓『聯』？倒是個挺少見的姓。很不錯的名字。」江月誇完又問：「那你是何許人士？做什麼營生？家中還有旁的親人嗎？畢竟我母親她們不會同意我假成婚，得瞞著她們，而這些她們肯定會問起，所以……」

聯玉並沒顯出厭煩之色，不緊不慢地回答道：「我是京城人士，從前也無甚營生，便只是出賣一身苦力，與人賣命而已。」說著，他唇邊泛起一點自嘲的笑意，接著道：「至於家中麼……我沒有家，自然也無親人。」

這麼小的年紀能受那麼重的傷，想來也確實是個苦命人。他的身世背景跟江月猜的差不離，再看他也是一副不想多談的模樣，她便也沒再多問他的傷心事了。

第五章

從小廂房出去後，江月就看到拿著斧子心不在焉劈柴的寶畫。

在寶畫眨巴著圓潤的眼睛準備發問之前，江月先擺手好笑地道：「都談妥了，沒打我！我聽著外頭沒聲就知道妳偷懶呢，不用操心。」

「欸?!」寶畫的反應跟之前的江月一樣，吶吶地問：「這麼順利？」

「嗯。」江月應了一聲。「我這就去前院回稟了，妳且劈妳的柴，還是按著原來的章程，午後就開始為他診治。」

那小公子的傷勢耽擱不得，沒得因為自己拖拉而耽誤了。且後頭總也有仔細問的時候，寶畫就開始專心做起活兒來。

江月走到了前院，許氏和房嬤嬤都不在堂屋，她便去了她們住著的西屋，還未進門，就聽到了裡頭翻找東西的聲音。

許氏正和房嬤嬤說道：「家裡現銀有九十六兩，合計宋家退還的二十兩，連一百二十兩都湊不夠。但還好我還有些衣服、首飾，往後沒有太多出門交際應酬的時候，變賣一些也無妨。我準備把聘禮添作二百兩，妳拿著這筆銀錢去尋媒婆，阿月的親事該是會順利一些。」

前頭江家賠付銀錢的時候，許氏和原身已經賣出了很多名貴的珠寶、華服，如今剩下的，都是江父還在的時候，親自為她們母女置辦的，意義非凡，所以聽到這兒，江月立刻打了簾子進屋。

「娘不必這般，我的親事已經談妥了。」

她不過離開眼前一、兩刻鐘，就說談妥了婚事，許氏自然驚訝不已。

倒是房嬤嬤比許氏更快反應過來。「是後院那位小公子？」

江月說是。「他叫聯玉，是京城人士，家中人都無了，自小就流落在外，跟人學了一些拳腳，做苦力、跑單幫、給人賣命的。前頭在外頭遭了難、受了傷，主家又不給醫治，他又沒有銀錢，便只好隨便找了個大夫治，那庸醫害人，把他弄成現在這副病弱模樣。他也是實在沒法子了，聽說了咱們這兒醫仙谷的傳聞便想著去求醫，這才在山上遇到了我……」

聯玉給的訊息太少，江月便只好在這基礎上自己發揮了一些。

左右他們的親事是假的，也不是真要長相廝守、過一輩子，身分上也不必糾察太細緻。

而且許氏和房嬤嬤都是心腸軟和的人，說得更悽苦一點，她們只會更心疼他，而不會嫌棄他。

果然，許氏並沒有半分嫌棄的意思，只嘆息道：「京郊那一帶流匪作亂久矣，偏生官家不理會，妳爹就是這般……唉，也是個苦命的孩子。」

房嬤嬤神色也戚戚然。「不過姑娘跟小公子相識時間甚短，會不會倉促了些？」

江月實在偽裝不出小女兒獨有的那種羞態，便低下頭道：「前頭跟那宋玉書訂親，我甚至都沒見過他，更談不上相識。如今時間只剩一月，另尋他人也同樣倉促，而且……而且他很好。」長得好，性子又爽利，跟她目前利益一致，實在是再好不過。

許氏和房嬤嬤對視一眼。

她們兩人跟聯玉是差著輩分的，所以不用避忌什麼，都出於關心去探望過。他確實生得極好，稱得上是生平僅見，而且還跟江月一起共過難，所以沒怎麼接觸過男子的小丫頭會心悅於他，再正常不過，是以兩人都沒有生疑。

許氏又問：「他真願意？妳說清楚了？咱家可不是平常的招婿，是招贅婿。」

江月輕輕地「嗯」了一聲，怕她們看出端倪，依舊還是沒抬頭。「他說家中無人，也未受過長輩什麼照顧，所以願意入贅。」

「那他的傷勢……」許氏已然成了寡婦，當然不願看著女兒也有這麼一日，所以還是有些憂心。

「他的傷勢我能治。」江月道：「娘放心，調養個兩、三年，他必然跟常人無異。」

許氏又去看房嬤嬤，指著房嬤嬤給拿主意。

房嬤嬤就道：「不若夫人再去跟小公子聊聊？老奴幫著掌掌眼。」

過去那少年留在江家，那是以「江月的救命恩人」和「等待治療的傷患」的身分留下的，所以不必探究太多。眼下要成為自家女婿，那便另當別論，不可能連話都沒怎麼說過，就同意這門親事。

這也不算什麼出人意料的發展，江月點了頭，扶著許氏往後院去，又道：「他不擅言辭，若有不周到的地方，母親和嬤嬤擔待一些。」

江月是怕那聯玉被問得接不上話，讓許氏和房嬤嬤起疑。

許氏和房嬤嬤想的卻是——這親事八字還沒一撇呢，江月就已經幫著對方說話，怕是真的芳心暗許了！

三人各懷心事，到了後院。

江月正要陪著一道進去，房嬤嬤卻把她攔住了。

「有些話得單獨問，姑娘不必進去，自去忙自己的就好。」說完就把小廂房的門給帶上了。

江月無奈地被攔在了外頭，只能盼著那聯玉千萬別露餡。

畢竟許氏或許單純好騙，但房嬤嬤絕對是人精。也就是因為原身是房嬤嬤看著長大的，素來不說謊，所以房嬤嬤未曾懷疑她。

好在江月並沒有焦心很久，也就過了兩、三刻鐘，許氏和房嬤嬤就一起從裡頭出來了。

兩人的眼眶都有些發紅，但臉上卻都帶著笑。

許氏愛憐地替江月綰起耳邊碎髮。「一定是妳爹在天之靈保佑，才促成了這樁良緣。」

江月聽得有些懵，又聽房嬤嬤笑道——

「姑娘和姑爺月內就得完婚，雖說還在孝中得一切從簡，但到底是婚姻大事，不好馬虎，夫人快和老奴合計合計。」

兩人於是也不多留，手挽著手一邊往前院去，一邊說起做喜服、派請帖、置辦酒席等事項。

……不是，這也委實順利過頭了吧！江月愣然，往小廂房裡瞅了一眼。

聯玉還是坐在炕桌旁，一切都跟她方才出去時一樣，沒有任何變化。

那這到底是使了什麼法子，讓許氏和房嬤嬤在這兩、三刻鐘的時間裡，發生了那樣的變化？

不等江月進去發問，在院子裡忙活了半日的寶畫停了手，一邊擦汗一邊問：「姑娘看看柴火夠不夠？家裡就這麼些，我全劈完了。若再不夠，還得出門去買些。」

時下農人用柴火，都是去山上打了，再自己分砍、曝曬的。

但現在的江家只幾個女人，前頭江月在山上又差點出事，所以許氏和房嬤嬤都不許江月和寶畫再往山上跑。

甚至前兩天，江月提出想去山上採點草藥，她們也沒鬆口同意。

是以家裡現在用的柴火，也是使了銀錢跟同村的人買的。

江月便站住腳看了一下，見劈好的木柴已經堆成了一座小山，說夠了。

而後便是該準備藥湯了。

別看是熬煮泡腿的藥湯，其實也有講究。什麼藥材先放、什麼藥材後放、用什麼火……都注意好了，才能發揮這些藥材最好的效果。

兩人一起進了灶房，寶畫負責生火，江月負責下藥和吩咐寶畫隨時調整火勢。很快就到了午前。

家裡現在總共就一個灶臺，因江月要使，且家中也算有喜事，所以房嬤嬤乾脆不開伙，說進城去置辦一桌簡單的席面。

江月聽說房嬤嬤要進城，就先洗了手，另外寫了治內傷的方子來，麻煩房嬤嬤幫著抓藥。

房嬤嬤說不麻煩。「這幾日夫人的安胎藥也吃了一些了，合該再準備一些。」而後便臉上帶笑地進城去了。

江月接著準備藥湯，心裡想的卻是南山村雖距離城裡不遠，但家裡對藥材的需求量不小，且也不能提前預抓太多，得根據許氏和聯玉的身體狀況隨時調整方子，老這麼隔三差五地進城一趟，還是麻煩。

還有，南山村環山而建，周圍並無遮擋，這深秋時節已經滴水凝冰，冷得跟京城的冬日無甚差別了，真到了隆冬時節，不知道要冷到什麼模樣。

雖說屋子裡有炕，但也不能整個冬日都不開窗、不外出，只在炕上窩著，這不論是對要安胎的許氏，還是要養傷的聯玉，都不適宜。
還是得先完婚，等後頭把戶籍文書一改，自己成了戶主，便得想法子搬到城裡去了。
只不過城裡花銷肯定比村裡貴上一截，坐吃山空的速度很明顯會加快，所以另外還得開源。
直接開醫館顯然是不行的，一則這個世界的醫館普遍都是坐診大夫和藥物齊全，要備下那麼些藥，可不是幾兩、甚至幾十兩就能解決的。若是病患上門，說自家沒有這種藥，再讓對方去旁的藥鋪買藥，屆時會很難讓病患對自家醫館有信心。
二則是她毫無背景，又年輕面嫩，城裡更還有善仁堂那樣設施齊全、開設了經年、極具聲望的大醫館，設身處地而想，她要是生了病，肯定也會先往善仁堂跑。
所以還得想旁的法子，先尋摸個本錢低、起步快的營生。
一樁樁、一件件的，都需要銀錢，都是事，而且不能著急，真要著急能把人愁死，還得一步步來。
一個時辰左右，房嬤嬤提著食盒和其他東西回來了。
江家其他人都因為江父的離去而一般不吃大葷，但聯玉卻還不是江家人，又還是傷患，沒必要講究這些，所以房嬤嬤另外給他買了一份帶葷腥的飯食。
在跟江月確認過，聯玉能食用雞魚這些之後，房嬤嬤就先把聯玉的飯食分裝出來，而後立刻送到小廂房去，說怕飯食冷了，他吃了肚子會不舒服。

寶畫聞著葷菜的香味直嚥口水，不禁嘟囔道：「素日裡，娘把夫人和姑娘排在我前頭就算了，怎麼如今未來姑爺還沒過門呢，就眼瞅著也排我前頭啦？」

江月好笑地看著發饞的寶畫，道：「嬤嬤進城之前我提了一嘴，說今兒個開始診治之後，聯玉怕是後頭幾日都會用不下飯，只能吃些粥湯之類的東西，因此嬤嬤才特地給他準備得豐盛了一些。他食量也不大，應也吃不完，我讓嬤嬤給妳留一些。」

寶畫連忙擺手說不用。「我就是發發饞，我不吃！」

雖說自從回到原籍之後，許氏和江月提了好幾次，讓房嬤嬤和寶畫沒必要再把自己當作在江家做工的下人，但多年的習慣肯定是難改的，尤其就算不論主家和下人的身分，江父也是寶畫的長輩，她合該跟著自家姑娘一道守孝的。

見她堅持，江月遂也不多說什麼。

沒多會兒，房嬤嬤也過來張羅著家裡其他人吃飯。

等用過了飯，便到了正式開始為聯玉治傷的時候。

濃褐色的藥湯被灌進打了水的木桶裡，寶畫幫著提到後院。

因為治的是腿，寶畫這未出閣的女孩多有不方便，所以江月就讓她在外頭守著，回頭等藥湯涼了，還得讓她從灶房的鍋裡舀出新的來替換。

江月把屋門虛掩上，也不用多說什麼，聯玉便已經捲起傷腿的褲腿，在等她吩咐了。泡藥之前，首先得分筋錯骨。

江月先拿出那杯靈泉水，讓他服下，靈泉水和普通的水看起來並無差別。

聯玉雖然不明白為何開始醫治前還得提前喝一杯涼水，但還是照做了。

一杯靈泉水下肚，不過瞬息的工夫，聯玉便覺得臟腑的疼痛減輕了一些。

「你的內傷不適合服用麻沸散，我給你服下的這杯水主要是起旁的作用，鎮痛效果一般，所以還是會有些疼。」說完江月便伸手在他腿上虛指幾處，道：「你細看我指的位置，按我說的，從膝蓋下這處開始，到這一處，再到這一處，將腿骨盡數擰裂。」

其實江月對人體筋絡和骨位瞭解甚深，這份活計由她來做是最合適的，但現下的她手上沒有這份力氣，便只好讓聯玉自己來。

他是習武之人，對這上頭的瞭解不會比一般大夫差，手勁也比常人大出不少。

果然話音未落，只聽「哢嚓」幾聲，聯玉已經精準無比地按著江月的指示，將錯接的腿骨擰裂。

江月早就知道他能忍，卻沒想到他竟這般能忍，若不是聽到他呼吸沈重了許多，又看見他的唇色白了幾分、額頭起了一層薄汗，根本看不出他正在承受極大的痛苦。

江月伸手按壓，確認過他捏裂得極為精準，跟她說的並無二致，便開始下一步，為他重新疏理筋絡。

有些筋絡因為接錯，已經有些萎縮，所以得先以銀針刺穴，激發活性，再配合推拿的手法，重新疏理。

這個過程可能並不如斷骨疼痛，但所需時間甚久，畢竟有句話就叫「鈍刀割肉，文火煎心」，其實是更為折磨人的。

而這過程中，聯玉還得保持清醒，所以江月一邊手下不停，一邊道：「找些話說，分散注意力，若疼得受不了了就立刻告知我。」

聯玉帶著顫音輕輕「嗯」了一聲，而後頓了半晌，才又開口詢問道：「說、說什麼？」

「說什麼都成，海北天南的閒聊。」

他一邊重重的呼吸，一邊卻道：「我並未和人海北天南的閒聊過……」

這就是個連話題都不會找的悶葫蘆。江月也見怪不怪的，畢竟他若真是個話多的，可能她也不會屬意他來當自己的假贅婿。

江月就順勢把心裡的疑問問出來了。「那我來起話頭，你能告訴我，是怎麼說服我娘和房嬤嬤，在幾刻鐘之內就同意你我成婚的嗎？」

「其實也沒說什麼，跟妳前頭問我的差不離，就是籍貫和從前的營生那些……」

分筋錯骨的滋味委實不好受，即便是自詡早就習慣承受各種傷痛的他都不禁咬緊了牙關，此時他方才知道江月特地在這會兒提問的用心良苦，分一分心，確實就沒有那麼難受了。因此他又顫著嗓音接著道：「後頭妳母親又問我，對妳是不是真心的，我便說是。」

「你說是，她就那麼信了？這也太簡單了吧？」

畢竟前頭江月也說過類似表明心跡的話，許氏和房嬤嬤卻還是堅持要再觀望觀望的態度。

江月說著，納悶地抬頭掃了他一眼，卻看聯玉清俊白皙的臉上泛起紅暈，連眼尾帶耳朵都泛著一層粉粉的紅，烏黑的眸子同樣定定地看著她，眼神乾淨純摯又滿含熱烈和哀求，甚至隱隱還有一層水霧，彷彿天地之間，他只看得見她，滿心滿眼都是她。

被他這樣看著，江月不禁回想到在靈虛界的時候養過的一隻靈犬。

那時候她一閉關就是一年半載，出關之後靈犬就會這般湊到她跟前，搖頭晃腦地用這種眼神看著她，哀求她。

這已經不是「我見猶憐」可以形容的了，而是狠狠撞到了人心坎上，饒是再鐵石心腸的人都不禁為之心頭一軟。

江月不自覺地停了手，聲音也放柔了幾分。「太疼了嗎？」

卻見聯玉微微搖頭，水霧很快從眼中散去，臉上和眼尾、耳畔的紅暈也褪下，恢復了略顯蒼白的臉色，聲音平緩地道：「我就是這麼說的。」

江月無語一陣，回過神來，繼續手下的動作，吶吶地問道：「你……你怎麼做到的？」

聯玉扯了扯唇，不以為意地道：「這有何難？當只有這樣才能吃上一口熱飯、穿上一件棉衣時，便也自然就能做到了。」

江月不禁輕嘆了口氣。先前她隨口跟許氏和房嬤嬤她們編纂了聯玉的悲慘過往，眼下看來，怕是他受的苦，比她編的還多。

沒得把氣氛弄凝重，江月便想著法子誇讚道：「這也是一種本事不是？往後真要走投無路，還可以……」她想說「還可以登臺唱戲」，但隨即又想到戲子在這個世界是下九流，不像他們靈虛界。

由於修士的生命動輒數百上千年，也不是人人都道心堅固，只想著問道長生，也有很多修士專注於把這漫長而有限的人生過得充實而幸福，因此專心研究什麼的都有，可謂百花齊放。

所以在靈虛界，會演戲的可不是什麼下九流，反而還挺受修士追捧的。

然而在此間，說人可以去唱戲就不算什麼好話了，所以她止住了話頭，默默地說了句「抱歉」。

聯玉的神色自始至終都是淡淡的，只是在默默忍受腿上傳來的疼痛。「無妨。我是想著往後既要生活在一起，所以才展示給妳瞧。」

江月點頭，心裡對他越發滿意。

家裡其他人肯定是盼著她婚後幸福和睦的，眼下聽著他這話的意思，他往後竟然肯主動幫著作戲，那自然再好不過。

後頭兩人就沒話題聊了，大多數時候都是江月隨便揀些跟他傷勢有關的話說，聯玉安靜的聽，偶爾應上一、兩聲，表示自己意識還清醒。

一刻多鐘後，江月總算將他的經絡簡單地疏理過一遍。

而其中一些疏理不通的結節，則需要借助藥物，也就是放進藥湯中浸泡了。

此時江月額前的碎髮已經濕透，而聯玉則已經像是從水裡撈出來一般，都是累得或是疼得不輕。

江月將那盛放藥湯的木桶提到炕沿，讓他把腿放進去，而後又出去抱了些柴進來——這要是不把炕燒熱一些，回頭兩人怕是都得染上風寒。

這一泡，就得泡上一整夜。

江月守著他，一守就守了一個下午，中間添換了若干次熱水。

到了入夜時分，房嬤嬤送來夕食，頂替了江月的位置，江月便去了主屋用飯。

飯後許氏和房嬤嬤她們說什麼都不肯讓她守著了，畢竟她也才病好了沒兩日呢！

江月前一晚就沒睡好，今日確實累得不輕，加上也想去看看自己的芥子空間，便應道：「那我去睡兩個時辰，寶畫先幫我頂一會兒。若聯玉有任何不對的地方，立刻喚我。」說完又叮囑了她一些注意事項，叮囑完之後，江月便回了自己屋裡。

因不知道什麼時候還要起夜，所以在簡單的洗漱之後，江月就只脫了外頭的襖裙，穿著中衣躺進了被窩。

拿著茶杯和帕子進入空間之後，江月凝神感受了一下，靈泉眼果然又恢復了一些。

雖然滲水量還是很小，需要人手動來收集靈泉，但只要能恢復，就證明她想的方向沒有出錯，已經足夠喜人。

她又忙了一陣，接出了半杯靈泉水，直到睏得受不住了，便睡了過去。

這一覺，江月睡得十分香甜，沒有作任何夢。

再睜眼，天邊已經泛起蟹殼青，寶畫根本沒來喊！

江月立刻穿了衣服起身，出了屋子卻發現家裡燈火通明的，許氏和房嬤嬤都已經在灶房裡了。

不過許氏到底是孕婦，所以房嬤嬤並不讓她幹活，只搬了條凳讓她坐在灶膛前烤火，而房嬤嬤自己則已經在揉麵、擀麵了。

「妳們這是都沒睡？」江月揉著眼睛進了灶房。

「我是睡了的。」許氏立刻回答。

說來也奇怪，從前都是她管著女兒，但近來女兒成長得太多，反倒是她被管得多些，因此被女兒這麼一問，許氏莫名有些心虛，又立刻解釋道：「我和妳差不多時候睡了的，不過心裡掛著事，就不自覺地醒了，也躺不住，就起身了，左右白日裡犯睏還能再接著睡。」

江月順手給她搭了個脈，見她脈象安穩，便也沒說什麼。

「房嬤嬤沒睡。」許氏小聲地跟江月告狀。

但灶房總共就那麼大，房嬤嬤自然是聽到了，聽完卻是止不住的笑。

從前江父還在的時候，許氏就被保護得很好，叫房嬤嬤說，那就相當於江父養了兩個女兒，因此許氏雖然年過三十，其實經常也會露出孩子氣的一面。

只是江父去後，無人再護著她們母女了，許氏就變得鬱鬱寡歡，也穩重了許多。

如今見她這般，房嬤嬤當然不會不高興，只忍不住笑道：「夫人別告小狀，老奴是農家人出身，早先還未帶著寶畫回您身邊的時候，趕上農忙搶收，幾天幾夜不合眼都是常有的事。」

房嬤嬤說得不假，但既然就在江月跟前，江月自然也順帶給她看了一番。

知道她們都無恙，江月就穿過灶房，去了小廂房。

寶畫正打著呵欠守在小廂房門口，胖胖的身子縮在一個小馬扎上。

看到有人過來，寶畫就迷迷糊糊地嘟囔道：「娘，是不是燒好朝食了？」

江月好笑地拍了她一下，因看寶畫確實累得不輕，也沒說什麼，不然少不得打趣她一句胡亂喊人娘。

「怎麼不坐炕邊上去？門口風大，妳身體底子好也耐不住這麼吹。」江月說著就伸手摸了摸她的臉和手，確認她身上都是溫熱的，又接著道：「剛我來的時候嬤嬤已經把麵擀好下鍋了，不過大鍋還被藥湯占著，用的是小煤爐，所以還得等上一會兒。」

「那我吃完再睡……」寶畫說著側過身，讓江月進去，又解釋道：「不是我不愛惜身體，是裡頭的未來姑爺不是捲著褲腿嘛，我離得近了，他不自在。」

小廂房裡頭，聯玉的那條傷腿還浸泡在藥湯桶裡，上半身則仰面躺在炕上。

不過因為江月開的藥物都是有活血之效，為的就是活血化瘀，刺激他經絡的活性，所以分筋錯骨的疼痛等於又放大了數倍。

這種疼痛不暈死過去就不錯了，他自然也睡不著，只是閉眼假寐罷了，聽到響動，他就睜開了眼。

剛熬過一夜，他的眼神略顯迷茫，眼底還有一片濃重的青影，在他白皙的面龐上尤為明顯，加上略顯蓬亂的頭髮，使得他看著更加年少，難得的多了幾分稚氣。

「這一夜很難熬吧？」江月說著朝他伸手，他便很自覺地將自己的手腕抬起，給她搭脈。

「尚可。」他還是慣常的惜字如金，神色萎靡，只是眼神不由得掃向還守在門口的寶畫。

這一夜，他知道會很難熬。

但沒想到這負責守夜的胖丫頭，得了江月的囑咐後生怕他疼得昏死過去，每過一刻鐘就喊他一次。

然後她也有些閒不住，每次到了換水的時候，都會順帶從灶房裡摸點東西過來，時不時問他餓不餓、渴不渴，吃不吃這個、吃不吃那個？

這要擱從前，有人這般聒噪地煩他，早讓他扔出屋子了。眼下確實不行，他只能閉眼，告訴自己人在屋簷下，不得不低頭。而後再睜眼，對上寶畫那小心翼翼又滿是關切的眼神，一腔怒火更也啞了，便只好裝作不習慣被異性看到自己傷腿的模樣，讓寶畫離自己遠一些，這才算能清靜的假寐了一會兒。

江月看他這不覺帶出了幾分哀怨的眼神，便已經猜到了一些。

她忍住笑，勸慰道：「她有點憨直，也確實是我囑咐她得確保你一直意識清醒，所以才……她心還是很好的啊！」

「我知道。」聯玉用另一隻手捏著發痛的眉心，聲音裡多出了幾分無奈。

診過脈後，江月讓他把腿從水桶中抬起，而後在經絡處簡單地按了按。「泡得不錯，再過不久就能準備接骨了。」

這時候，房嬤嬤也端著兩碗疙瘩湯過來了。

就像江月前頭跟寶畫說的，用的是小煤爐，所以一口氣做不出一家子的朝食，房嬤嬤便先做了江月和聯玉二人的。

疙瘩湯的湯底是前一日剩的雞湯，浮油已經盡數撇去，只剩清澈湯底，配上白白胖胖的麵疙瘩、切成碎塊的大白菜，上頭還臥著黃澄澄的荷包蛋，既清爽又叫人胃口大開。

寶畫的肚子恰逢時宜地叫喚了一聲。

江月看著好笑，接過房嬤嬤手裡的兩個湯碗，都放到聯玉身旁的炕桌上，再叫守了一夜的寶畫先吃自己這碗，說自己剛起身，還沒胃口。

寶畫確實睏得不行，吃過就得去補覺了，不然得耽誤她白天給家裡幹活，因此也不推辭，跑出去洗了把手就坐到了炕上另一頭。

聯玉本也想說自己沒胃口的，畢竟腿上還疼著，又聞了一夜濃重的藥味。

江月猜他應是吃不下，正要開口詢問是不是幫他撤走時，一旁的寶畫已經大口大口吃起來了。

寶畫在江家當了幾年的丫鬟，所以吃相尚可，沒發出吧唧嘴那種讓人厭煩的聲響，但她確實餓得厲害，因此在飛快地撈完麵疙瘩之後，又捧起大碗，咕嚕嚕地把湯底喝了個乾淨。

最後碗裡只剩下那個荷包蛋，寶畫巴巴地捧著碗遞到江月跟前，說：「雞蛋給姑娘吃，我沒碰過的！」

於是一碗本是家常普通的麵疙瘩，突然就顯得格外好吃和珍貴起來。

江月催著寶畫把雞蛋吃了，去睡覺。

聯玉也撐著身子坐起，拿起調羹小口地吃起來。

後頭寶畫回屋去了，聯玉也吃得差不多了，江月把碗送到了灶房後，便回小廂房開始為聯玉接骨。

接骨之前，照樣是先拿出新收集的靈泉水讓他服下。

而後江月拿起巾帕給他簡單擦拭了一遍，先用銀針刺穴，再次激發經絡的活性，接著道：「我不確定手上的勁夠不夠，所以可能一次接不上……」

聯玉閉了眼，鴉羽似的長睫輕顫，輕輕地「嗯」了一聲。

江月便用盡全力嘗試起來，好在她確實對人體瞭解甚深，也會使用巧勁，所以也就一刻鐘，腿骨便已經接好。

只是骨頭雖然接上了，但腿上的筋肉短時間內卻恢復不了，因此還是呈現翻轉之勢，所以還得跟她前頭說的那樣，後頭要再泡藥湯，再重新疏理。

但無論如何，這條腿起碼在把褲腿放下之後，不會顯得畸形和怪異了。

江月用手背抹了一下額頭的汗，一邊給他的腿上夾板，一邊道：「情況比我想得好，或許是你尚年少，骨骼軟，一次就已經接好，後頭不用再次斷骨，只需要重新疏理筋肉。這幾日你先靜養，養過一旬，再泡下一次湯藥。」

聯玉又是輕輕地應了一聲，而後定定地看著自己的腿，久久未曾言語。

江月看他出神，便也沒再多留，去了灶房吃自己的朝食。

等江月吃完，許氏和房嬤嬤便說起要為她和聯玉選日子拜堂成親的事了。

按著江月的意思，既然是權宜之計的假入贅，那肯定沒必要大肆操辦，尤其家裡眼下境況本也不大好。

但許氏和房嬤嬤顯然並不這麼覺得。

她們當江月和聯玉是情投意合，成婚那是一輩子才有一次的大事，固然家中銀錢不稱手，也是想竭盡所能地給她最好的。

房嬤嬤又道：「畢竟不是嫁女，而是招贅，怎麼也得問問姑爺的意思，沒得讓姑爺覺得咱家不重視他。」

做完朝食後，房嬤嬤已經把聯玉的內傷藥給熬上，熬到了這會兒也差不多可以喝了，江月就去把湯藥倒出小砂鍋，順帶悄悄把半杯靈泉水倒進去，而後三人便一起去給他送藥。

小廂房裡，聯玉本正垂著頭，兀自出神，不知在想什麼，聽到門口傳來三個人的腳步聲，虛掩著的房門被敲響，他立刻換了副受寵若驚的面孔，掙扎著要下炕相迎。

許氏和房嬤嬤見了，連忙讓他不用多禮。

儘管江月已經領教過他的演技，但此時仍然忍不住在心裡對他豎了個大拇指。

因他還得靜養，許氏也就不跟他兜圈子，開門見山地詢問他對婚禮有沒有什麼要求。

聯玉垂下眼睛，鴉羽似的長睫在眼底投下一片陰影，白皙的臉頰以肉眼可見的速度漲得通紅。「夫人和小姐肯收留我，又不嫌棄我，便已經是我的福氣了，哪能提這麼些要求呢？」

懂事的孩子可人疼，既懂事又好看，還帶著傷的，那真是叫許氏和房嬤嬤疼不夠。

房嬤嬤摸著湯藥碗，覺得已經溫了，便讓他先喝藥。

許氏則遞出了乾淨的帕子，讓聯玉喝完藥之後擦嘴。

聯玉自然又是一通道謝，而後飛快地把藥喝完了。

許氏便接著道：「哪有什麼嫌棄不嫌棄的？等你和阿月成了親，咱們便是一家子了。你若有想要的，儘管提出來，莫要不好意思，我們會盡可能做到的。」

聯玉便對著許氏感激地笑了笑，道：「旁的都無所謂，倒是有一樁事，還得請夫人拿主意……就是我跟小姐相識的日子尚短，便是到了如今，滿打滿算也不過幾日，後頭宣布婚訊，外人不知我們共患難過，難免非議。我倒是無甚，只是對小姐的閨譽到底不好。」

這話聽得許氏和房嬤嬤不禁笑起來。誠如他所說，他和江月相識的日子到底短了些，雖說前頭被他那誠懇的姿態打動了，但她們到底還隱隱有些顧慮，如今聽他這番話，竟全然是為了江月考慮，足可證明她們二人並未看走眼。

「這沒什麼難的。」房嬤嬤道：「小公子是京城人士，咱家從前也在京城，便只說從前兩家就相識，前頭小公子就是受雇於我們老爺，抵抗山匪時受的重傷，後頭您為了弔唁我們家老爺又不遠千里而來，聽聞我們姑娘正需要招贅婿支撐門戶，便應了下來，成就了這段良緣。」

要不說房嬤嬤是許氏跟前第一能幹人呢？這話到她嘴裡過了一遭，還真是合情合理起來，既不會損害江月的名聲，也不會讓人質疑聯玉這一身傷勢的由來。

許氏和江月聽了，都覺得這個說法可以。

「還是嬤嬤有辦法。」聯玉點頭道：「那我的戶籍……」

他前頭說過，自小就無家可歸，沒有家人，只與人出賣苦力、賣命過活。

時下很多世家大族家中都會豢養這種無依無靠的隱戶，以此逃避徭役和賦稅。

「這也不難。」許氏回道：「只說你來弔唁的路上遺失了戶籍文書，左右你也馬上要入贅，直接把戶籍添進咱家就是。阿月的大伯父大小也是官身，縣太爺看在他的面子上，也不會刻意刁難。」

聯玉聽完慚愧道：「原來家中還有血親長輩，我還未曾拜見，便跟小姐談婚論嫁，實在是失禮。」說著，聯玉不自覺地咳嗽起來，他用帕子捂住嘴，連忙說抱歉。

江月叫他別忍，解釋說：「你的體內有瘀血，吃過藥，咳出來一些反倒對身體更好些。」

聯玉這才沒有再隱忍，劇烈地咳嗽起來。

一旁的房嬤嬤伸手撫上他的後背，聯玉下意識地把身體歪向一側，而後又覺得不對，便沒再躲避，讓房嬤嬤給他捋了好幾下。

他總算順過氣來，接著道：「只可惜我現下還不能下床，只能過幾日再去拜見。」

江家大房和二房雖然分家多年，但現下都在原籍，前頭江月退婚，江河這大伯父也是出了力氣的，於情於理都該去拜會一次。

於是便商量好讓聯玉先養傷，房嬤嬤和許氏去操辦別的，等過幾日看看聯玉是不是能下床，再決定何時去拜會。

等到許氏和房嬤嬤兩人開始具體說起要置辦什麼聘禮、家具、喜服、喜宴菜色的時候，江月才想起來自己還沒跟她們說聯玉不要聘禮這件事。

這事她不能主動提，畢竟許氏和房嬤嬤心腸軟又性情厚道，肯定不願意苛待聯玉這討人疼的未來贅婿，所以她連忙對聯玉使了個眼色。

還好兩人自打交道以來，還算有些默契，因此聯玉便很快說道：「我眼下身子不好，又身無長物，累得您二位長輩操持這些。我是這麼想的，往後既是一家子，且小姐又熱孝在身，便不用講究那些虛禮，還是一切從簡吧。」

許氏正要勸他說正是一家子，所以才不能薄待他，卻看他又捂著嘴劇烈地咳嗽起來，咳得臉色煞白。

江月也適時地道：「就聽他的吧，他身子且得調養好一陣子，沒得因為這些事，讓他心裡過意不去，對身子反而不好。」

許氏和房嬤嬤便也沒說什麼，只說旁的都可從簡，但紅燭、喜服、喜宴這幾樣總不能省的。

這幾樣東西裡頭，也就喜宴花銷多，但賓客會送喜錢，表示祝福，其實也不會虧損，因此江月便沒再多說什麼。

經過許氏和房嬤嬤一通翻看黃曆，二人的婚期最終定在了一個月之後。

這一個月裡，許氏偶爾也會邀請有些交情的村民來家中坐坐，再按前頭商量好的，適當地提一提，說江父從前聘請過的小武師不遠千里趕來弔唁了，路上不知道受了多少苦，如今正在家中養傷，也免得後頭到了婚期，村民對著憑空冒出來的聯玉感到驚訝。

中間那煩人的孫氏和楚氏婆媳還來過一趟，打的依舊是勸說許氏過繼的主意。

此時許氏的身孕已過了三個月且胎象越發安穩，便直接告知自己懷上了江父的遺腹子，或許是男丁也說不定，且家中也已經為江月招到了新贅婿，擇日便要成婚了。

急得孫氏和楚氏直跺腳卻又無可奈何，最後也只得說些「不知道招的什麼亂七八糟的人，後頭有妳們母女的苦頭吃，到時候可不要回族中求助」之類的閒話，便無功而返。

一旬之後，江月為聯玉二次治療傷腿。

這次治療之後，他又躺了五、六日，再下地行走的時候，便不會那般狼狽的深一腳、淺一腳的步履蹣跚了，只有細看的時候才會發現他那隻傷腿微微有些跛。

江月自詡對人體瞭解甚深的，看到他這強大的恢復力都稱奇不已，若不是眼下還有旁的事要忙，少不得要好好研究研究他這奇特的體質。

此時距離二人婚期也只有半個多月的時間了，該去縣城給大房那邊派喜帖了。

房嬤嬤本是要攬這個活計的，畢竟天氣一日比一日冷，去縣城只有牛車可坐，吹一路冷風的滋味可不好受，但江月把這個活計攬下來了。

歷劫過來之後，她只去過一次城裡，那次許氏只給了她小半日的活動時間，又是取禮單、又是抓藥的，根本無暇去做旁的事。

這次再進城，她就想去看看江老太爺留下的那間祖傳小飯館，順帶也得琢磨一下後頭搬到城裡的事，提前瞭解一番情況。

聯玉跟著說他也去，又道：「前頭提過還未拜見大伯，實在失禮，而且我雖無家人，卻有從前一起討生活的兄弟，如今要成家了，我也想給他們送個信。」

小夫妻兩個既然提出來要結伴外出，房嬤嬤便笑著沒說什麼。

許氏又進了屋去，拿了十兩銀子，一半給了江月，讓她自己看著買些成親時能用到的東西，另五兩給了聯玉，讓他作傳信之用。

為了她成親，縱然說好一切從簡，但光是訂喜宴上的廚子、食材和紅燭、喜帖、喜服等各色東西，已經花出去近三十兩。

江月把銀錠子揣進荷包裡，說自己曉得，其實並不準備花用，而後便和聯玉兩人一道出了老宅。

聯玉腿腳還未完全恢復，行動比常人慢些，江月便陪著他一道慢慢走。

兩人的容貌俱是百裡挑一的出色，自然很引人注目。

路上遇到熱情的同村村民，少不得上來攀談幾句——

「你就是二老爺從前聘請的小武師啊？生得這般好樣貌！」

「前頭聽二夫人說，二姑娘要配給一個帶傷的武師，我心裡還惋惜來著，如今看著可真是登對啊！」

江月其實不大擅長應對這種情況，大多時候都是微笑頷首。

好在聯玉很有一套見人說人話、見鬼說鬼話的本事，一一禮貌應對，叫人挑不出半點錯處。

應付完熱情過頭的同村人後，兩人總算坐上了去往城裡的牛車。

莊戶人儉省，進城大多是靠兩條腿，加上天氣也確實冷了，因此牛車上便只有他們二人。

趕牛車的是個頭髮花白的老爺子，十里八鄉出了名的耳背。

江月便直接道：「我大伯父一般午後才在家，眼下時辰還早，所以我們先分頭行動，你去給你朋友傳信，我則去巡視一下祖產，正午我們找個地方碰頭，再一道去送喜帖。」

她可太迫不及待要去看看那祖傳小飯館了，畢竟這也是家中眼下唯一能成為營生的東西了。

卸下偽裝的聯玉也不多言，「嗯」了一聲後，只道：「妳自己小心些。」

江月說自己曉得，畢竟許氏和房嬤嬤雖然放她和聯玉出來了，卻還是像擔心小孩似的，拉著她說了好些年關將近，拍花子假裝成乞丐拐賣心善的婦女和小孩的事。

後頭二人進了城，便在城門口分開。

江月開始和人打聽江老太爺留下的那間小飯館——家裡雖然有地契和房契，寫明了在哪條街巷上，但許氏等人和原身卻都沒去過，也沒聽過那條街，便只好跟城中百姓打聽，一連問了好幾人，他們卻也都沒聽說過那地方。

後頭聯玉都傳完信回到城門口附近了，看到江月居然還在附近，正盯著角落的一個老乞丐思索什麼，便問她怎麼了？

「回來得這麼快？此處驛站送信這麼便捷嗎？」江月道：「也沒什麼，只是一連問了好些人都無果，本是想找乞丐問問的，只不過又有些擔心他們會為了銀錢故意誆騙我去往不認識的地方，你來了便好了。」

聯玉雖然身上帶傷，但旁人並不知曉，他肅著臉的時候，也有些難以言明的威嚴，有他陪著，自然也不擔心乞丐使詐了。

果然，在給出幾文錢之後，江月順利地問清了祖產的位置。

原來那鋪子所在的夕水巷，二十年前就改了名，改叫梨花巷了。

據說是當年剛上任的知縣途經那處，見一樹梨花開得正好，便吟詩一首，呈送到御前，得了當今的誇讚，一時間傳為佳話，那夕水巷便就此改名了。

江月前頭問的一些人年紀都不大，便都不知道其中淵源。

知道那巷子現在的名字，後頭再打聽起來就簡單多了。

二人又走了兩、三刻鐘，總算到了梨花巷附近，已經隱隱能看到那棵巨大粗壯的梨花樹了。

江月不自覺地就快走了兩步，而後才想起聯玉腿腳不方便，似乎是有些累到了，行走的速度比出村的時候更慢了一些。

「抱歉，早知道不讓你和我一起了，該讓你找地方歇歇的。」江月歉然地站住了腳。

聯玉卻說無礙。「是我自己想來的。」

說著話，二人就看到了一個十分古樸的、立在街巷口的大型豎招，上頭寫著祖傳老店。

「應該就是這附近了。」江月說著，提步過去。

不過讓她失望的是，那個帶「祖傳老店」招牌的店，走近後能看到的卻是「姜記」。同音不同字，這間店鋪自然不是江家的祖產。

還好梨花巷也不大，江月便讓聯玉先在梨花樹下等待，她自己再找找。

結果卻是她轉了一圈，各種「記」也都看完了一圈，依然沒看到自家的鋪子。

「地契、屋契不會出錯，難不成是那乞丐當真胡亂給我指路了？」一邊自言自語，江月一邊回到了梨花樹前，卻看聯玉此時正和一個賣絹花的老婆婆說話。

見到江月過來，老婆婆笑著誇讚道：「這就是小公子的未婚妻吧？你倆真是登對。」而後便捧著一簍絹花離開了。

老婆婆的手藝還算不錯，那大紅色的絹花雖然稱不上栩栩如生，卻毛茸茸、胖乎乎的，十分可愛討喜。

「怎麼還特地給我買這個？」卻看聯玉拈花的那隻手根本沒往她跟前遞，而是指著那梨花樹。

「巷子總共就這麼大，我看妳去了許久未歸，想著妳該是沒尋到。正好那位婆婆經過，便跟她打聽了一番，原來是『一葉障目』，妳家的祖產就在那兒。」

原來他是為了打聽消息才跟老婆婆買的絹花，並不是特地為了她買的。表錯情的江月略有些尷尬，但左右找到了地方也是好事，便立刻循著聯玉指的方向走過去。

梨花樹後，竟還藏著一條只容二人並肩通過的小巷子。

找到了這個位置匪夷所思的巷口之後，江月倒是沒再費功夫了，因裡頭只有一家鋪子，而那店鋪掛著的半掉不掉的招牌上蛛網密布，隱隱能見一個「江」字。

招牌下的大門更是不知經歷了多少風霜雨雪，破爛得彷彿一陣風吹過都能把它吹翻。門前那更是堆了許多枯枝殘葉，散發出一股令人不適的腐爛味道。

江月是知道這祖產不甚值錢的，卻沒想到這店鋪能破爛陳舊到這個地步。

連江月都這般愕然了，聯玉就更別提了。

他素來不怎麼以真實的喜怒示人，此時卻也是忍不住眼角抽搐，詢問道：「這便是妳想盡辦法與我假成婚要保住的……家產？」

「我是知道這鋪子不怎麼好，但也沒想到它會這麼……」到底是江家的祖產，又是許氏心裡的寄託，江月還是止住了話頭。

門上的老鎖頭已經鏽死，江月帶來的鑰匙根本用不上，她便拜託聯玉幫著把那破敗不堪的門板卸了下來。

鋪子裡頭的境況也跟外頭沒差，鋪面倒是不算小，但只剩下幾套看不出本來顏色的木桌、木椅及一個沾滿塵土和蛛網的櫃檯，而後便再也沒有其他東西了。

但好消息是，這鋪子後頭還連著一個小院子。

雖然同樣破舊，也搬空了，卻也有帶土炕的屋子，以及灶房、茅房、水井。

分布格局和江家老宅差不離，但總體縮小了數倍，少了後院那部分而已。

大概江父從前修葺老宅的時候，也是參考了這處的布局。

「這不是起碼搬進城裡之後，有個暫時落腳的地兒了嗎？」裡頭塵土實在太多，江月說著一邊咳嗽了兩聲，一邊接著道：「位置還算清幽，也方便往後給你和我娘調養身體。」

聯玉並不是不能吃苦的人，不然當初也不會在荒山野嶺和江月相遇，只是他真的震驚於江月竟為了繼承這樣的鋪子而招他假入贅。

若不是江月從未對他展露過那方面的意思，不然他都要懷疑江月是不是對他存了別的心思了。

所以他並沒有嫌棄這個住宿環境，也很快整理好了情緒，淡聲道：「按妳說的就成，我住哪裡都可以。」

別看江月說得還挺樂觀的，其實她也發愁了。

這鋪子裡頭雖然還算寬敞，也真的十分清幽，但門臉本就不大，如今讓那棵得了皇帝誇讚而成為象徵性地標、野蠻生長了二十年的梨花樹擋了個十成十，委實清幽過了頭，這還怎麼做營生？

莫說發家立業了，怕是簡單應對家庭支出都難。

也難怪江老太爺後頭就把這兒閒置了，大房那邊也沒心思繼承這裡。

簡單查看過鋪子後，時辰也不早了，聯玉又重新把門板扣上之後，兩人便一道相攜往江家大房的宅子去了。

第六章

如江月所言，此時江河才從縣學回去，雙方正好在宅子門口遇上了。

江河的臉色和上次他前往南山村幫著江月退親的時候差不多，隱隱呈現病容，見到江月過來，一邊喊她跟自己一道進門，一邊問起她怎麼突然過來了？是不是族中長輩去為難她們孤兒寡母了？

江月先說不是，又道：「叔祖母和堂叔母確實去過，想勸我母親過繼族中的孩子，不過眼下卻是不用愁了，因為我就是來給您家送喜帖的。」說著江月便呈上喜帖，順帶把之前家人都商量好的言辭說給江河聽。

其實早在江月開口之前，江河已經狀似不經意地掃了聯玉好幾眼，畢竟聯玉的容貌太盛，很難讓人不注意到他。

得知聯玉從前護送過江父做買賣，江河倒未曾提出質疑。

說著話，一行人走到後院，卻看內宅跑出來一個老嬤嬤，焦急地跟江河耳語了幾句。

江河臉色微變，便說：「請帖收到了，明日我便讓人把我和妳大伯母給妳準備的添妝送妳家去，今兒個家中有些事，便不留妳了。對了，上次妳給靈曦送來的藥膏十分好用，才過沒多久，她手背上的疤就淺淡了許多，估計再過不久，她那傷疤就能完全消褪，妳也不用再掛心了。」

江月和聯玉都不是沒眼力見兒的人，便就此告辭。

出了大房的宅子，聯玉便言簡意賅地道：「妳大伯父家……有些奇怪。」

他私下裡向來惜字如金，其實大房哪裡只是有些奇怪呢？是他這外人一眼都能瞧出來的怪異。

江月點頭。「聽說我大堂姊得了怪病，不方便見人，想來又是她發病了。」

「妳都治不好的怪病？」聯玉驚訝地挑了挑眉。畢竟在他的認知裡，他之前尋訪了不知道多少名醫，都對他的傷腿束手無策，而他卻在江月的治療下，不到一個月就可以下地行走，照理說，她那來歷古怪的醫術，應是強過許多名醫才對。

「唔……那倒是不知道，畢竟我還未去給她診治過。不過後頭搬到城裡，來往方便了，有機會我再去瞧瞧吧。」畢竟原身是真的很喜歡也很在乎這個堂姊，而且現下她給人醫治，也能積攢功德，升級空間。

聯玉不再多問什麼，卻忽然目光沈沈地掃向不遠處的角落——

「什麼人鬼鬼祟祟的？出來！」

隨著話音落下，江月循著聯玉的視線看過去，只見本來空無一人的拐角後頭，默默走出來一人。

來人一襲書生袍，手上拿著幾本書，不是宋玉書是誰？

被人察覺到自己躲在暗處窺視，宋玉書也鬧了個大紅臉，忙解釋道：「月……江二姑娘，抱歉。我是來尋恩師的。」

「是認識的？」聯玉斂起肅穆防備的神色，輕聲詢問江月。

江月點頭，而後問宋玉書。「既是偶然遇到，你直接上前便是，為何躲起來？」

宋玉書臉紅脖子粗的，支支吾吾了半晌。

自從和江月退親後，他便回了縣學一邊求學一邊接下各種散碎的活計，想著早日把江家的聘財歸還。

或許是他的努力感動了江河，江河沒再對著這個從前的門生冷言冷語了，還幫他介紹了一些私活。

關於這些私活的事，自然不方便在縣學裡說，所以他才趁著午休的時辰，出來了這一趟。

而到了江宅附近，近來總是失神的自己才恍然想起，江河說過，讓自己無事不要去家裡尋他。

於是宋玉書站住了腳，然後一抬頭就看到江月跟一個少年從宅子裡頭出來。

兩人並肩而走，雖然未做出任何親密舉動，可大庭廣眾之下，能挨那麼近說話，便已經證明關係匪淺。更別說，那姿容出眾的少年，身上穿著的還是他退回江家的那件袍子。

鬼使神差的，他就不敢上前了，縮到了拐角處。

江月看宋玉書的眼神不住地往聯玉身上掃，這才後知後覺地感覺到了些許尷尬。

現任未婚夫穿著前任未婚夫退回來的衣裳這種事，也得虧她是換了個芯子的修士，不然換成臉皮薄的小姑娘，怕是已經羞臊得恨不能找個地縫鑽了。

江月摸了摸微燙的臉頰，道：「既沒什麼事，我們就先走了。」

「等等！」宋玉書忽然出聲，又看了聯玉一眼。「江二姑娘能不能借一步說話？我把銀錢……」

是了，再尷尬也不能不要銀錢。總不能欠債人主動還銀錢，她這債主還不要吧？

江月便頷首，跟他往旁邊走了幾步。

宋玉書從懷中掏出一個小銀錁子。「這裡是五兩銀子，本是想湊十兩，換成小額銀票再送上門歸還的，但沒想到今兒個會這麼湊巧遇到。二姑娘若是信不過，可以找附近的商鋪借戳子……」

江月說不用，信得過他。

畢竟那秦氏為人很差勁，宋玉書的為人卻在為數不多的接觸裡，很讓人放心。

而且若不是真心籌備還債，這才半個月，他也籌措不出五兩銀子。

「我身上也沒帶個紙筆，不方便寫收據。」

宋玉書也說不礙事。「我也信得過二姑娘的為人。」

江月掂了掂到手的銀子，臉上的神色輕鬆了一些，再次提出告辭。

沒承想，宋玉書又出聲道：「容我多嘴問一句，這位面生的小公子……」

是了，宋玉書日常都在縣學，最近都未回南山村，所以並未聽到江家放出去的消息。

這事上頭沒必要遮遮掩掩的，江月就坦然道：「他是我父親從前聘請過的武師，也是即將與我成婚的夫婿，喚作聯玉。今日我們就是來給大伯父送喜帖的。」

她倒是淡定，但宋玉書的反應則激烈多了。

他方才還漲得通紅的臉頓時變得煞白，不敢置信道：「這……這麼快？」

「百日之期近在眼前，也不算快。」

「可是……」宋玉書神色糾結，囁嚅了半晌才痛心疾首道：「可是他的腿……二姑娘怎可為了保全家產，委身於一個殘廢之人？」

江月一直對宋玉書感觀不差，因此才願意跟他多說幾句，聽到這話卻是蹙了眉頭，也不由得轉頭看向聯玉。

雖然她跟宋玉書走開了幾步，但練武之人本就耳聰目明，是以縱使他唇邊還噙著淡淡的笑，江月也確信他是聽到了，並且是不高興的。

正如江月所料，聯玉本不好奇他們二人私下說甚，沒有刻意去聽，但那姓宋的書生，眼神卻一直往他身上掃，想讓他不注意都難。

眼下他臉上的笑容未變，卻在江月看過來之前，已經用足尖踢起一顆小石子在手裡。

以他現在尚未完全恢復的內力，一顆石子自然是打不死人的，但打傷眼前這文弱書生的筋脈，讓他也當上十天半個月的「殘廢之人」，卻是不難。

不過他這假未婚妻似乎跟這文弱書生有舊，而且為醫者，自古都有一副好心腸，好像當著她的面出手也不大好，畢竟後頭還得仰仗她治傷，還是得給她幾分面子。

聯玉心思百轉，這才沒有直接出手，卻聽江月不悅地出聲道——

「他是殘疾，不是殘廢。」

「這……這有何區別？」宋玉書未曾想過昔日的未婚妻不只變得處事沈穩鎮定，不怒自威的模樣更是比縣學裡最威嚴的夫子還讓人忌憚。

「他眼下身負殘疾是事實，卻並不『廢』。」江月骨子裡繼承了師門護短的傳統，比起眼前的宋玉書，當然是跟她達成協議且默契合作的聯玉更親近，所以說完更接著道：「而且有句俗語叫『打人不打臉，當面不揭短』，縱然是事實，你這般言語，也實在侮辱人。我和他即將成婚，辱他等同於辱我，宋公子請同我未婚夫婿道歉！」

宋玉書慌忙解釋道：「抱歉，我、我……」

見他已經致歉，江月也不跟他廢話什麼，轉身朝聯玉微微頷首，招呼他一起走了。

宋玉書這才回過神來，吶吶地追了兩步道：「二姑娘，我不是那個意思，我只是……只是……」

只是什麼呢？不過是覺得昔日的未婚妻，該尋一個起碼比自己好的夫婿。

或者說，他也是個普通男人，很難接受未婚妻在堅持跟自己退親之後，卻甘願嫁給一個腿腳不便的人。

說到底，不過還是不甘心罷了。

那邊廂，在聽清江月的話後，聯玉便已經隨手丟開了手裡的石子。

江月這次沒再不顧他了，陪著他慢慢地往城門口走。

一路上，她也用餘光偷看了好幾次聯玉的臉色。

直到快到城門口了，聯玉才無奈道：「有話就說，學那書生的鬼祟樣做甚？」

「那個書生，人雖有些迂腐，但其實不算壞，而且……」

話還沒說出口，聯玉便道：「而且他還跟妳訂過親。」

之前那秦氏上門，只在堂屋停留了一會兒，後頭他就陷入昏睡了。等他睡醒，她那門糟心的親事也已經退掉了。

因為這也不是什麼好事，所以江月並未對他提過，許氏和房嬤嬤也只提過一嘴江月訂過親、又退親的事。得了聯玉「不介意」的回覆後便也不再多提，未曾具體告知對方是誰。

因此江月愕然道：「我不是要說這個，不過你怎麼知道？」問完，也不用聯玉回答，江月自己就想明白了。

也是，她跟聯玉交流起來一直很輕鬆，就是因為兩人都不蠢笨，且觀察細緻。

方才宋玉書那反常的反應，自然逃不過他的眼睛。

「他就是我父親在世時給我招的贅婿，不過我父親去後，他又考中了秀才，他母親便反悔了，因此親事作罷，我才需要在百日內另外尋個贅婿……」

「好繼承家業。」聯玉翹了翹嘴角，語氣略帶幾分促狹。

江月不由得又想到那個破爛到令人髮指的小飯館，怨懟地瞪他一眼。

不過瞪完，江月也分辨出他這會兒的笑是真實的，便也跟著彎了彎唇。

「那妳方才『而且』後頭想說什麼？」

「我是想說，而且他還欠著咱家一百多兩聘禮沒還呢，你可別因為一時口舌之爭，把人打壞了，那他可還不上咱家銀錢了。」

江月說著，卻看聯玉臉上笑容更盛，這時候她都忍不住開始懷疑自己的判斷了——難道他不是真的笑，而是怒極反笑，憤怒到極致的反應？不然怎麼讓人罵了之後，越笑越厲害？「我說真的。」江月認真地再次重申。「他說錯話固然惹人厭煩，但你要真把人打了，我還得給他治，沒得平白耽擱他還債。那小飯館你也見到了，想重新修葺到能住人的地步，且得花不少銀錢呢……你別笑了，我說認真的呢！你聽到沒啊？」

「聽到了。」聯玉總算止住了笑，懶洋洋地伸了個懶腰，順勢把手裡一直拿著的絹花往江月髮上一插，說：「回家了。」

江月摸索著把絹花摘下，從懷中拿出帕子包好。「我還有孝在身呢，等成親那天再戴。」

聯玉又笑了笑，說隨妳。

二人復又去城門口坐牛車。

又是半個時辰左右，二人回到了村子裡。

上午出去時，出了日頭，天色還算不錯。此時卻是忽然陰沈下來，還起了大風，隱隱就要下雨。

房嬤嬤已經拿著傘和披風在村口等著了，一見到二人，房嬤嬤上前先給兩人一人裹上一件披風，再一手攬一個，擁著他們往家回。

宅子裡，寶畫已經生起了炭盆，許氏則去盛出薑湯，一人給他們手裡塞一碗，讓他們快點喝了祛寒。

江月和聯玉一個是身體弱，另一個則是重傷未癒，確實都凍得不輕，臉色發白。熱辣辣的薑湯下肚，兩人才緩過來一些，吐出一口長氣。

房嬤嬤心疼壞了，說：「早知道會突然變天，說什麼也不讓姑娘和姑爺外出了。過沒幾日就是婚期，在這檔口生病就不好了。」

江月說還行。「城裡真的不冷，路上的行人還都只穿夾衣，沒穿襖子呢！是出城以後才忽然變了天，起了風。」她們肯定想知道自己進城半日做了什麼，所以江月又把自己去巡鋪的事情說與她們聽。「祖父留下的鋪子還帶個小院，倒是挺寬敞的，格局和這老宅差不多，雖荒置了許多年，但好好收拾一下，卻也能住人。尤其是那鋪子從前畢竟做的是吃食生意，是以灶房比咱家現在的還大一些，灶眼也有三個，也省得像現在似的，我有時候用大鍋熬藥湯，嬤嬤就不方便做飯了。」說完，江月沒忘了自己的「道友」，一邊說：「聯玉也挺喜歡那裡的，是吧？」一邊用手肘拐了拐坐在自己身旁、正捧著薑湯慢慢喝的聯玉。

聯玉被他拐得嗆了一下，卻還是配合地違心道：「那處確實還不錯。」

他們說話的時候，許氏和房嬤嬤又拿起針線在做女紅了。

江月的嫁衣是江父還在時就為她準備的，但男方的喜服卻得現做。

而且聯玉的替換衣裳也不夠，到現在還穿著宋家退回來的外衫，暫時應付幾日還好說，總不能天長日久的只這麼一件衣袍，因此兩人便分工明確，針線好些的許氏給他縫製喜服，針線粗糙一些的房嬤嬤便給他縫中衣和常服。

聽著江月這話，許氏和房嬤嬤便明白過來她是要搬到城裡去。

許氏其實覺得住在村裡也挺好的，雖冬日裡確實有些冷，但搬到城裡去，花銷真的要高出不少。但馬上女兒就要成家，便也是大人了，又是當著女婿的面，不好一下子駁了她的話，便看向房嬤嬤。

房嬤嬤停了手，想了想，道：「姑娘說得是，夫人和姑爺的身子都要養著，冬日這村裡確實冷得不成，不如老奴帶著寶畫去打掃一番，等姑娘和姑爺成婚後，就帶著夫人一道搬進城裡住。老奴和寶畫就守在這老宅裡，每隔一日或者兩日，去做一次活兒。」

江月和許氏立刻都說不成。

母女倆再沒把房嬤嬤和寶畫看成下人的，哪有他們自己搬到城裡去，留房嬤嬤和寶畫在老宅受凍的道理？

再說，房嬤嬤和寶畫這還背著她們不肯吃細糧呢，怕是等他們一走，她們更捨不得吃喝了。

許氏難得地有了一次主見，堅定地道：「要搬一起搬，要留就一起留！一家子哪有分開的道理？」

江月也點頭附和。

房嬤嬤便沒再多說。

不過江月也知道房嬤嬤心中的顧慮，說到底還是擔心搬到城裡開銷太大，加快坐吃山空的速度。

「那這樣吧，」江月換了個說法。「等我和聯玉完婚後，咱們先搬到城裡去過冬，這期間呢，我就試試看能不能在城裡尋摸到營生。若營生能開展了，咱家有了進項，便在城裡安家；若不能，開春再搬回來就是。」

這法子倒是不錯，左右只是去城裡過個冬，花銷再大也不會多到現在的江家難以接受的地步，許氏和房嬤嬤便都點了頭。

正說到這兒，大門就有了響動，原是大房那邊送給江月添妝的東西到了。

這份添妝裡頭有鴛鴦喜被兩床、料子兩疋、小銀簪子兩支、銅鏡兩塊、木梳子一雙、紅燭一對……

都是些雖不名貴，卻很實用的東西，且成雙成對，代表了各種好意頭，一眼就能看出是花了心思的。

核對過禮單沒錯之後，房嬤嬤把人送出了老宅。

許氏看著難免有些自責地道：「早知道不該聽你們孩子說一切從簡，如今看著，咱們自家準備的，竟還沒有妳大伯家給的多。也是我這當娘的不夠盡心……」

江月挽上許氏的胳膊輕輕晃了晃。「娘怎麼這樣想？不應該說幸虧咱家沒有準備很多東西嗎？不然好多相同的東西，也不知道哪年能再用上，擱在家裡也是落灰，沒得浪費了。」說完她又習慣性地用另一邊胳膊去拐聯玉。

聯玉這次早有防備，敏捷地躲開了，穩穩地端著湯碗，帶著笑意道：「小姐說得是，您別自責。」

許氏的情緒來得快也去得快，被他們幾句話哄好了。

轉眼就到了江月和聯玉的婚期。

成婚前一日，江月在屋裡試了一下嫁衣，確認沒問題之後，便把嫁衣在床頭堆疊好。

房嬤嬤領著寶畫忙進忙出的，借了附近村民家好些個桌椅，留作明日待客用。

許氏幹不得體力活，便把喜糖、紅雞蛋、喜餅等東西一一看過，確認萬無一失。

江月從屋裡出來，有心要幫忙，卻被她們以「哪有新娘子成親前一日還幹活」的道理給擋了回去。

她無所事事，便晃到了後院。

聯玉正在劈柴。

這幾日家裡都在籌備婚禮，江月只需要琢磨往後的營生，其餘時間都沒什麼事，便每夜都能在不影響自己休息的前提下，於空間裡接出滿滿一杯靈泉水。

在靈泉水的加持下，經過又一旬多的服藥和休養，他的身子再次好了一些，行動越發自如，也不至於行走站立得稍微久一些就難以支持。

只是內傷還得來日方長地調養，眼下正處於通過咳嗽排出體內瘀血的階段。

於是便能看到容貌俊美、身形頎長單薄的少年，一手拿著帕子捂嘴咳血，一手拎著斧子舞動得虎虎生風劈柴的奇異情景。

江月抱著胳膊靠在門框上看了會兒，道：「我確實說過，適當的鍛鍊有助於你身體的恢復，但你要閒不住也尋些別的事情做，等明日完婚後，咱們便要搬進城裡去了，這麼些柴火也帶不走。」

聯玉沒吭聲，只抬眼看了她一眼，那眼神裡也滿是無奈。

江月這便懂了，估計他這也是遭遇過「哪有新郎官成親前一日還搶著幹活的道理」這句話，所以才無所事事到在這裡劈柴消遣。

果然話音未落，寶畫已經從前頭過來奪聯玉手中的斧子了，又把兩人各自趕回屋。

「就算是我，也知道成婚前一日，新娘子和新郎官不得碰面呢！姑娘也別盯著姑爺瞧了，您倆再有話說，也等著明日洞房慢慢說。」

這丫頭說話依舊直來直往，即便心知肚明是假成婚的江月和聯玉，都被她這大剌剌的話說得有些發臊。

江月笑著啐她一口，便回了自己屋裡。

沒多會兒，許氏也進來了，挨著江月坐下，而後從懷中掏出一本小冊子放到江月手裡。並不懂凡人成婚規矩的江月隨手接過一翻，頓時鬧了個大紅臉，又倏地把小冊子給合上。「您怎麼給我這個？」

許氏笑看她一眼。「明日妳就是大人了，自是該懂這些了。娘跟妳說，妳別不好意思，這種事上頭，我們女子容易吃虧受傷，所以得當心一些。」

江月心道她和聯玉自然是不會發生什麼的，但也不好和許氏明說，便只道：「那也是往後的事了，眼下他那身子，看著好像能下床了，其實且還得調養呢。」

「也是。」許氏說著，便沒再勸說江月現下就習看那避火圖，只讓江月收起來，來日圓房之前看。

江月把小冊子塞到枕頭下面，又發現許氏雖然滿臉的笑意，但眼神卻透著一股若有若無的憂傷。

也是，江父從前最寶貝女兒的，前幾年就不止一次說起往後嫁女時，他這當爹的要如何如何，眼下，最在意這件事的人卻不在了。

而且即便她不是出嫁，而是招贅，完婚之後也代表長大成人，可以支撐門庭，不再是從前那個事事都需要依附母親的小女孩了。

許氏這做娘的，心裡當然是既替她高興又有些糾結不捨。

江月便尋了話頭道：「今兒個天確實冷，咱們好久沒有一道睡了，不若咱們一起睡？」

抱著柴火來給燒炕的寶畫進來，小小聲嘟囔道：「我也想跟姑娘睡呢！」

江月說成啊。「那咱們就都一起睡，也喊上房嬤嬤一起，咱們晚上好好說話。」

要擱平時，按房嬤嬤持重的性子，未必肯同意，少不得勸著許氏和江月早些休息，但今兒個嘛，家裡新娘子最大，她便也笑著應下了。

於是後頭四人排著隊洗了個澡，便都包著頭髮擠到了一個炕上。

等待頭髮晾乾的時候，江月就特地對房嬤嬤道：「有件事我早就想說了，嬤嬤別一口一個『老奴』了，您總說是積年的習慣難改，但明日我成婚，母親又不能太過操勞，好多事都是您出面主持，到時候您再一口一個這樣的自稱，難免讓人看輕，覺得您還是我家的下人。嬤嬤就跟寶畫一樣，從今以後稱『我』就行了。」

房嬤嬤連忙擺手。「是寶畫這丫頭沒大沒小，從前就胡叫一通，得虧夫人和姑娘不和她計較。再說，老奴本來就是……」

江月不緊不慢地道：「剛嬤嬤還說新娘子最大呢，您這是想讓我明日成婚都笑不出來？」

房嬤嬤這才沒有堅持，笑著應承下來自明日開始就改口。

後頭一家子揀了些家常閒話聊了聊，很快便到了入睡的時辰。

因屋裡不只有睡熟後就完全不知事的寶畫在，所以江月晚上就沒再進空間去接靈泉水，一覺睡下去了。

剛到後半夜，房嬤嬤就輕手輕腳的起來了。

天亮前，來掌勺的廚子、來給江月梳頭的全福太太和被雇來幫忙做活的婦人等便都要到了，所以她得起來先把熱水燒上，燒好就得喚新娘子起來梳妝打扮了。

房嬤嬤一邊想著今日婚禮的流程，一邊去往後院抱柴火。

剛到後院，卻看小廂房的門居然開著，而聯玉正背對著她站在院子裡。

「姑爺怎麼這會兒就起了？」房嬤嬤一邊說話，一邊似乎聽到了「撲簌簌」的聲音，眼前更是依稀飛過一個小小的白影，不禁納悶道：「再過兩日就要入冬了，怎麼這會兒還有鴿子？」

聯玉轉過身來，咳嗽了兩聲，如往常一般乖順地笑道：「嬤嬤說得是，這天氣哪來的鴿子呢？我剛也是聽著聲響覺得稀奇，才出來瞧了瞧。」

「再稀奇也沒有姑爺的身子重要。」房嬤嬤說著也顧不得想太多，只催著他趕緊回屋裡去，回頭等她燒好了熱水，給他送水進去洗漱。

天邊剛泛起蟹殼青的時候，江月便被喊起來了。

她剛把柳枝叼進嘴裡，牙還沒刷完，負責梳頭的全福太太已經到了。

所謂全福太太，就是父母健在、夫妻和睦、兒女雙全的婦人。

「一梳梳到尾，二梳舉案齊眉……」全福太太一邊唸著祝福的唱詞，一邊象徵性地給江月通了一遍頭。

而後便有手巧的梳頭娘子接手，給江月梳起繁複的髮髻。

江月雖有些不大習慣這些複雜的禮節，但看許氏眼眶發紅、唇角帶笑地看著自己，她也沒有露出不耐煩之態，乖順地配合著走完了流程。

不過等到上妝的時候，江月還是向許氏詢問說能不能把妝弄得淡一些？

畢竟她不是嫁為人婦的新娘子，大部分時間只需要待在喜房裡，而是要出面招待賓客的主家。到時候她忙進忙出，難免出些汗，這濃妝要是半脫不脫的，丟人不說，還得回屋重新再補，且得麻煩一遭。

桃腮杏眼的女孩在梳了個精緻的髮髻、換上大紅色的喜服之後，少了素日裡的幾分清冷，多了些許嬌憨妍麗。

許氏看著她，不自覺地出了神。

江月猜著她估計是又想到江父了，便也不再抱怨，讓梳頭娘子照常給自己上妝。

回頭丟臉就丟臉吧，今日說是她成婚，其實還是讓許氏高興更重要一些。

等她這邊裝扮完畢，外頭的賓客也先後到了，人聲漸漸喧鬧起來。

於是幾人也不在屋裡待著了，江月扶著許氏出去待客。

因沒想著大操大辦，所以除了縣城裡的大房外，只邀請了族中五服內的近親。

但架不住江父在世時人緣太好，因此聽到江家二房辦喜事，村子裡、甚至其他村子裡上門來道喜的人也不在少數。

那麼些人，老宅裡自然是招待不下的，但房嬤嬤事先已經想到了這一層，便多準備了許多喜糖和紅雞蛋，正好派給他們。

很快到了天光大亮的時候，江月讓應酬個把時辰的許氏進屋去休息，自己則接著等在門口。

沒多會兒，五服內的族親都先後到了。

五服之內的親戚說是近親，其實平時來往也不多，也就婚喪嫁娶那樣的事才會見一面，所以其實也沒有太多話可以聊。

江月按著房嬤嬤的指點一一喊過人後，再簡單的寒暄兩句，便請他們進屋落坐。

本來氣氛還挺好的，卻聽一把略微熟悉的蒼老女聲忽然不冷不熱地問道——

「怎麼不見妳娘，也不見妳大伯父，更不見新郎官？總不能這偌大的婚禮，只妳這新娘子裡外忙活吧？」

江月轉眼一看，發現問話的正是前頭來過自家、逼迫許氏過繼的叔祖母孫氏。

大喜的日子，又當著滿堂賓客的面，江月再看一眼一旁老神在在攏著袖子的族長，便猜到孫氏此番發難不只是個人恩怨，而是族長拿孫氏作筏子。這是不滿自己招了贅婿，既沒有讓族中子弟過繼，又沒把家產充進族中呢！

是以江月雖心中不耐，但也只能耐著性子解釋道：「我母親懷著身孕，前頭忙活了半早上，我就讓她歇著去了。大伯父住在城中，怎麼也得等早上城門開了才能出來，算著時辰也快到了。至於我那夫婿，他身子有些不好，是我跟他說可以行禮的時候再出來。」

孫氏冷哼道：「這十里八鄉的，誰家成婚像妳家這樣啊？沒得叫人笑話！」說完，孫氏臉上忽然帶起嘲弄的笑。「也是，我聽說妳家這夫婿，從前是妳父親聘請的武師，這種莽夫不懂禮數也很正常。」

她兒媳婦楚氏也幫腔道：「或是那武夫長得醜陋不堪，堂姪女這才不好意思讓他在門口待客，免得嚇壞咱們。」

族親中還真有跟孫氏、楚氏這對婆媳倆臭味相投的，竟也都跟著笑起來。

江月的好脾氣也很有限，臉上客套的笑容淡了下來，她正要把話頂回去，卻看正哂笑的楚氏等人忽然止住了笑，兩眼發直地盯著她身後，她轉過臉一瞧，原是聯玉出來了。

他換下了那件其實並不適合他的書生袍，穿上一身剪裁得體的大紅喜服，黑髮也沒有束起，而是用紅色髮帶紮成一個高馬尾。

這身更適合他的著裝打扮，將他襯托得意氣風發，顏色越發出塵。

所以也難怪連同楚氏在內的一眾媳婦看得愣住，連江月這素來知道他模樣好的，都忍不住多瞧了幾眼。

聯玉施施然走到江月身邊，模樣出挑的兩人並肩而立，彷彿畫中走出來的神仙眷侶，那更是讓人看得挪不開眼。

聯玉對著一眾族中長輩歉然一笑。「我確實身子不好，剛在屋裡喝了藥才出來的，實在失禮，還請長輩們原諒則個，莫要同我計較。」

孫氏沒好氣地瞪了兒媳婦楚氏一眼，把楚氏瞪回神了，而後把聯玉從頭到腳打量了一遍，繼續雞蛋裡挑骨頭道：「這就是妳那夫婿？倒不像是粗人莽夫，只是看著也忒文弱了些，走路都走不快的樣子。招個這樣的夫婿，妳可別像妳娘似的，年紀輕輕就剋死了男人……」

說到許氏，那絕對是觸到江月的逆鱗了。她沈了臉，下意識地把手伸進寬袖，這才恍然想起今日穿的是喜服，所以平時不離身的銀針並不在身上。

聯玉快她一步，一邊說道：「您雖是長輩，卻也不能說這樣的話侮辱我岳母！」一邊捂著心口咳嗽起來，咳得面色慘白，彷彿是因為太過著急而觸動了傷情，隨時會背過氣一般。

江月見了，連忙道：「你別……」

孫氏又囁著牙花子冷笑，這一支的二房眼看著是真不行了，雖說沒有成為絕戶，但這招來的贅婿卻是一看就短命的，還沒爭上兩句就眼瞅著不成了。而這江月，自己都罵到她親娘頭上了，這會兒了還只會喊著「別」，估摸著是還想著息事寧人呢，也是個蠢笨無用的東西！

孫氏的嘴剛咧開，卻突然眼前一紅，臉上一熱——卻是聯玉對著她兜頭兜臉地噴了一大口黑血！

其他賓客立刻著急慌忙地圍上前。

「不好啦，這老婆子把新郎官氣吐血啦！」

「剛我聽著這老婆子嫌這嫌那的，就覺得刺耳，只想著是江家的家事，才沒插嘴呢！」

「天殺的老婆子，這麼好看的新郎官，要是有個三長兩短……可得把這老婆子抓去報官！」

「對，把這老虔婆抓去見官！」

在眾人一聲高過一聲的打抱不平中，江月穩穩托住站立不穩的聯玉。

那孫氏駭得面無人色，臉上的血污都顧不上擦，一邊後退一邊道：「不是我、不是我，是他自己本就身子差！我什麼都沒幹！」而後撥開人群，逃也似的跑了。

而和孫氏一唱一和的楚氏等人，也立刻跟著一併躲了。

連族長都嚇得面若金紙，說要去好好問責孫氏一番，而後也腳下抹了油。
等到這幾個糟心的親眷離開後，方才還歪著身子的聯玉便緩緩睜開了眼，神色迷茫又誠懇地道：「讓諸位擔心了，我這咳血之症也不是要命的毛病，只是方才怒氣攻心，才看著駭人，讓諸位擔心了，實在抱歉。」
他病懨懨的還特地出來待客，此時也是只顧著拱手道歉，都來不及擦擦唇邊的血跡。
留下的都是真心來道賀的賓客，哪裡會跟他計較？
這個誇他有孝心，那個說他為人實誠，不愧是江月挑中的夫婿……
一籮筐的賀喜接踵而來，婚禮上隨即又恢復了熱鬧。
江月也總算能在他耳邊說出那尚未來得及說出口的話——
「你別點自己的穴位催著吐血啊，要是沾到你身上，這喜服不就毀了？我還想著這麼好的衣裳只穿一次，後頭留著也沒用，還能賣些銀錢呢！你且等我回頭拿針扎她不就完了？保管叫大夫來了都查不出任何問題！」
聯玉聽完這話，低頭看了看自己的胸前。
方才噴出那麼大一口瘀血，雖然主要目標是那孫氏，但他胸襟前確實也沾染到了一些血點子，只因喜服是大紅色的，不仔細瞧的話瞧不出來。
但若是像江月說的，要再賣出去，那自然是賣不出去了。
濺了血的喜服，也忒不吉利了，手頭再不寬裕的家庭都不會買。

不過眼下說什麼也晚了，所以江月也沒再跟聯玉咬耳朵，接著接待賓客。

很快地，聽到動靜的許氏也出來了，問發生了何事？

知道是聯玉吐血，嚇退了上門刁難的孫氏等族親，許氏倒是沒被嚇到。

畢竟江月早就跟她們說過了，聯玉吐出瘀血，對他的身體反而是有好處的，且這幾日聯玉三不五時就咳血，許氏都習以為常了。

而且江月和聯玉兩個小輩也沒做任何冒犯長輩的事，後頭那孫氏也是無的放矢。

所以短暫的插曲之後，婚禮照常進行。

午時之前，江河和容氏相攜著到場。

江月在門口接待了他們，並往他們身後掃了一眼。

成婚是一輩子只一次的大事，容氏歉然道：「靈曦本是要來的，還說要親口跟妳道謝，說多虧了妳那藥膏，她手上的疤痕已經消得差不多了，沒承想出門之前突然又……所以我和妳大伯父這才耽擱到現在才到場，靈曦她也沒能過來。」

江月對病患還是挺包容的，便理解地點點頭，說不礙事。「我家正準備辦完婚禮就搬到城裡過冬呢，到時候離得近了，我跟堂姊過年的時候再見也是一樣。」

容氏勉強地笑了笑，沒有接話。

很快到了午時，收到喜帖的人家都已經到場。

各自落坐之後，午宴也正式開始。

負責喜宴的廚子是房嬤嬤特地從鎮上請的，做出的菜不算多精緻，卻是量大管飽，有吸足了湯汁的滷肉、八寶鴨、五香燒雞、紅燒鯉魚、小雞燉蘑菇、白菜丸子湯，再配上廚子自釀的米酒，雞鴨魚肉齊全，在這十里八鄉絕對是排得上號的體面宴席。

江月和聯玉一道給長輩敬酒。

兩人一個是年輕面嫩的新娘子，另一個是方才才在眾人面前吐過血的新郎官，而不當人的長輩如族長、孫氏之流都走了，所以也沒人故意灌他們酒。

不過到底賓客不少，因此敬完酒一圈下來，兩人喝米酒也喝飽了。

婚禮的「婚」通「昏」，到了黃昏時分，便是該拜堂行禮的時候了。

喜娘和梳頭娘子陪著江月回屋補了個妝，把紅蓋頭給她蓋上，而後便扶著她出了喜房，到了堂屋。

隨後一條紅綢抖開，一頭遞到江月手中，另一頭則在聯玉手中，二人隔著一個身位，站到了堂屋中間。

「一拜天地——」

兩人調轉方向，對著門口的方向拜了拜。

「二拜高堂——」

主位上，許氏坐在一側，而江父的靈位則在另一側，她受了二人這一拜後，眼眶頓時紅了。

「夫妻對拜——禮成，送入洞房！」

在禮者的唱調聲中，江月和聯玉便被眾人簇擁著進了新房。

這新房其實就是江月日常住著的東屋，半夜她起身之後，房嬤嬤再次裡外清掃了一遍，而後便鋪上喜被、掛上喜帳，放上桂圓、蓮子和喜燭、合巹酒那些。

房嬤嬤知道自家姑娘不喜歡這種喧鬧，而且聯玉身子也不好，禁不住折騰，就客客氣氣地把準備鬧洞房的賓客攔在了外頭。

賓客們倒也識趣，沒說一定要進去，只在屋外起鬨。

「新郎官快替咱們看看新娘子美不美？」

「瞧你這人說話，新娘子都待了大半日的客了，你還不知道人家長得多好看？」

「知道歸知道，這不是怕新郎官看呆了，把咱們這些賓客給晾著嗎？」

說著眾人哄笑起來。

江月坐到炕上。

喜娘把秤桿往聯玉手裡一塞，而後清了清嗓子。「新郎新娘，像對鴛鴦，早生……」她正準備開始一長串的唱詞，卻沒承想，她剛起了個頭，聯玉已經手腳俐落地把蓋頭挑起來了。

紅蓋頭下的江月自然是好看的，尤其她因為飲了不少酒，此時桃腮泛紅，如同海棠春醉一般，叫早就知道她貌美的喜娘都看得有些眼睛發直。

只是海棠春醉的新娘子一開口，卻是壓低了聲音催促道：「前頭只我母親在，她不大應付得來這些場面，所以勞您快一些，走完了這邊的禮數，我還得去前頭待客。」

喜娘似乎是沒想到她會這麼說，因此愣了愣才道：「可後頭還得鋪床、喝交杯酒……」

鋪床就是把花生、桂圓、蓮子那些撒到床上，取個「早生貴子」的好意頭。

江月便對聯玉使了個眼色，兩人各自抓了一把桌上的乾果，手腳麻利地給鋪好了。

交杯酒那更是簡單，兩人各執一個酒杯，然後交扣手臂，一仰頭便都一飲而盡。

這可真是讓喜娘開了眼了——她年近半百，經手的婚禮沒有千場，也有百場，自詡也是經驗豐富的，但從來沒見過這麼心急的新郎官和新娘子。

尤其是最後這交杯酒，兩人都是豪氣干雲地一口喝了，眼瞅著不像成婚，倒像是拜把子！

不過喜娘對江家的境況也知道一些，曉得眼前的這對小新人也是怕外頭的賓客等得太久，鬧到懷著遺腹子的許氏跟前。

到底是兩個孩子的一片孝心，所以喜娘也沒說什麼，幫著他們把所有流程都快速過了一遍，最後無奈道：「流程都結束了，但是你們啊……這成婚是一輩子的大事，這麼倉促，以後後悔了可怎麼辦啊？」

江月笑了笑，輕輕說了聲不會。

她跟聯玉本就是假成婚，又談何後悔呢？

聯玉則跟著笑了笑，想法大抵跟她也是一樣的。

新房裡的流程結束後，兩人就接著出去招待賓客了。

江河和容氏沒待多大會兒就提出告辭。

江河到底是官身，跟官老爺坐一處喝酒，其實很多賓客都有些不自在，所以等他們夫妻一走，賓客們喝酒的速度頓時快了起來。

後頭自然也有那喝糊塗的，非拉著聯玉要灌他酒不可。

聯玉也不拂對方的面子，端著酒碗就準備喝，然後那酒剛沾上嘴唇，他便開始咳嗽。

其他人見狀，哪能真讓他喝？連忙幫他把那酒醉者給扒拉開，說：「新郎官你別理他，他這人喝了酒就發酒瘋。」

一通鬧到了入夜時分，月至中天，把賓客們盡數送走，這場婚禮才算正式結束。

第七章

房嬤嬤把大門關上，催著眾人快回屋休息去。

江月確實累得不輕，一邊呼出一口長氣，一邊慶幸道：「得虧我這是招贅，還算能作自家的主，便已經累成了這樣，這要是出嫁去別人家，不知會如何呢。」轉頭看到房嬤嬤已經拿起了掃帚和抹布，江月又道：「嬤嬤也別再收拾了，都是半夜就起來，您的身子也不是鐵打的，就都先放著吧。等明日睡醒，咱們再一道收拾。」

寶畫一手推一個，推著江月和聯玉往新房走。「姑娘和姑爺別管了，我跟娘就幹一會兒，累了自然就歇下了。你倆快入洞房去吧，剛我還聽人說，這啥一刻值千金呢！你倆這會兒，可浪費了好多金了！」

寶畫也喝了酒，下手沒個輕重，累了一天的江月和聯玉齊齊踉蹌了一下，拉住對方的手，才勉強穩住了身形。

說起來，兩人的肢體接觸雖然不少，但那會兒他們是醫者和傷患的身分，自然生不出半分旁的心思。此時兩人身著顏色一致的喜服，便脫離了那層身分。

因此江月難得地想到了一些旁的——聯玉還不到十六歲，怎麼手已經生得這樣大了？好像很輕易就能把她整個手掌都包裹住似的。而且他的手也跟他的人一般，生得十分好看，骨節分明，手指纖長，只是微微有點發涼。

聯玉的神色同樣也有一絲不自然，垂下眼睛，不知道在想什麼。

寶畫看著兩人交握在一處的手，又是嘿嘿一笑，連忙轉身拋開，幫著房嬤嬤一道幹活去了。

江月一陣無奈，連忙鬆了聯玉的手，搶在他前頭進了屋。

聯玉收回手，跟著她進了新房，順帶就把屋門給關上了。

寶畫還在嘿嘿笑著，一旁的房嬤嬤卻覺得有些不對勁。

自家姑娘和姑爺明明是情投意合，所以才在認識短短幾日的情況下，便商量好了成婚事宜，可哪有新婚夫妻拉個手都這麼彆彆扭扭的？不該正是蜜裡調油、拉上了就不捨得分開的時候嗎？

而且之前兩人被送入洞房後，沒待多大會兒就出來了，急得像走過場似的。

可那日聯玉對著她和許氏表明心跡，那般真情流露，又不似作假啊！

房嬤嬤手下活計不停，兀自沈吟半晌後，就對寶畫道：「妳摸到新房窗下頭去聽聽裡頭怎麼樣了？」

散席之前，好幾個男客喝大了不肯走，嚷著要留下聽牆根來著，所以寶畫立刻嘟囔道：「娘，您怎麼跟那些人一樣啊？」

房嬤嬤瞪了她一眼。

寶畫便縮了縮脖子不敢吱聲了，不情不願、躡手躡腳地摸過去了。

半晌後，寶畫紅著臉跑回房嬤嬤身邊。「姑娘正在新房裡頭咯咯直笑呢！姑爺好像也在笑，我就沒好意思多聽了。」

房嬤嬤這才放下心來，接著幹自己的活計。

此時的新房中，江月確實挺樂不可支的。

因為她進了屋之後，才發現桌上多了一個木盒，裡頭裝的也不是別的，就是今兒個賓客們包的喜錢。

一般時下男女成婚，喜錢肯定是都由家中長輩保管的，但江月婚後就算是戶主了，且許氏也不想拿賓客們給孩子們賀喜的錢，所以就趁著他們送客的時候，把裝喜錢的木盒子放過來了。

江月讓聯玉幫著謄寫禮單，她自己則負責拆這些個寫著各家名字、大小不一的喜封。

頭一個拆的，那就是大房送來的，那喜封看著薄薄一層，拆出來卻有十兩銀票！

而其他賓客也大多給了一、二兩的銀錁子。

一通算下來，這喜錢不只抵消了喜宴的花銷，還倒賺了一、二十兩。

這喜錢雖然不是白給，來日還得對著禮單回禮，但眼下家裡正是要用錢的時候，這些銀錢也是來日才要慢慢再回禮的，可不是讓江月高興？

看她高興得兩眼放光的模樣，聯玉都被她感染了，促狹地笑道：「收了這樣多的喜錢，總不會再計較我把喜服上吐了幾個血點子吧？」

江月也不管他的打趣，已經開始盤算起明日就搬家的事了。

也不是江月心急，實在是村裡天氣真的冷。

而且江家那族親也不省心，今日確實被聯玉吐血嚇退了，但是明兒個就能從今日留下的賓客口中得知聯玉並無大礙，保不齊還得上門來。

說來說去，還是住處離得近，所以閒來無事的時候，腿兒著就能過來了。

若搬到城裡去，來回且得折騰呢，想也知道能少許多麻煩。

江月先把禮單晾乾，然後怕聯玉謄寫、計算出錯，便再重新比對了一番。

還別說，聯玉寫字的速度雖然快，字跡卻十分工整，不見半分馬虎，比原身和江月的字都強了不止一星半點，應也是有些學識在身上的。

她心下對他越發滿意，想著看來往後自家這假贅婿不只是可以幫她作戲，做個帳房先生也綽綽有餘。

聯玉看她一會兒對著喜錢直樂，一會兒又在認真地想事情，也是一陣好笑。

他當然也知道銀錢很重要，從前也經歷過因為手頭不富裕，只得節食縮衣的日子，只是眼下也不過是倒賺一、二十兩而已，有必要這麼高興嗎？

就跟他身上的喜服似的，畢竟已經穿過，轉手再賣，至多也只能賣個一、二兩銀子，她之前卻因為上頭濺了幾個血點子而心疼不已。

沈吟半晌，他問出了心中所想。「其實，我一直想問，妳既然缺銀錢，為何不直接去給富貴人家治病？」

越富貴的人越惜命，若真能救他們的命，莫說是十兩、百兩，怕是千兩、萬兩也唾手可得。

「我也不是什麼人就治的。」江月立刻說。「若求診的是奸邪之輩，給再多銀錢也不頂用。」她也懂一點入門的相面之術，相由心生，這話並不是以貌取人，而是說人做過的事情是會反映到面相上。那種一看就犯過很多惡事的人，給再多銀錢，她也不會醫治，因為既沾染因果，也跟她上輩子受到的師門教誨相悖。「當然，我也不是說富貴人家都為富不仁，肯定也有好人。但你不知道華佗怎麼死的嗎？給有權有勢的人看病，我也不大樂意，畢竟高門大戶陰私事多，若惹了對方不悅，怕不是會落個和華佗一樣的下場？抑或非得逼著我為他一人所用，那也夠麻煩的。」畢竟現在江月不是從前那個師門後臺強大的醫修了，只是個沒什麼身分背景的商戶女，且也得替原身照顧這個家。

說完這個，江月頓了頓，接著在心中道：而且我給普通人治病也是攢功德，冒著身家性命的危險去給身分顯赫的人治病也是攢同樣的功德，何苦來哉呢？

「最後，就我如今這個年紀，又沒跟過時下的什麼名醫學習，也沒治好過什麼顯赫的人物，人家憑什麼信任我呢？」

聯玉不鹹不淡地看了她一眼，心道：妳不是有本事治好我嗎？

怕是來日等他安然無恙地回京後，多的是人打聽他是被誰治好的，可不用再擔心旁人信不過她了。

屆時若是他將她的名諱告知，怕是頃刻間就能令她名動天下。

不過到時候隨之而來的，估計還會有數不盡的麻煩，且眼下還不是說這些的時候，所以聯玉也沒再接著說下去。

看江月又高高興興地在數第二遍喜錢了，聯玉覺得有些口渴，便起身打算去灶房提壺熱水來。

灶房裡，房嬤嬤和寶畫已經簡單打掃過外間，正在清點剩下的吃食。

聯玉剛走到門口，就聽房嬤嬤道──

「沒往前頭送的饅頭還有六個，正好明日夫人、姑娘、姑爺一人兩個。還有，鍋裡剩了些素菜，也有沒往外盛的，明日午飯再燒個熱湯就好了。」

寶畫問：「娘，這裡還剩了不少肉菜，也是沒往外盛，沒人碰的，怎麼辦？我看今天夫人和姑娘、姑爺都沒怎麼碰席上的大葷，想來是吃不慣那喜宴廚子的手藝。」

「喜宴廚子做的葷菜確實油水多，夫人懷著孕，姑爺身子弱，吃了也不好消化。」

房嬤嬤說著話，就聽寶畫「咕嚕」一聲，響亮地嚥了口口水。

連灶房外的聯玉都聽了個一清二楚，這胖丫頭想來是犯饞了。聯玉便站住了腳，畢竟現下進去撞見了，也有些尷尬。

房嬤嬤接著道：「這些肉菜都沒動，確實浪費。這樣吧，明日廚子會來結工錢，他們做這行的最眼尖，這菜又是他裝盛的，應該一眼就能看出來我們後頭也沒碰過，我問問能不能抵掉十幾個大錢。」

「還是娘有辦法，這就為家裡省了十幾個錢！」寶畫真心實意地誇讚著自家親娘，然後又「咕嚕咕嚕」地連著嚥了好幾口口水，催道：「娘快把菜都擱起來吧，我這喉嚨像不聽使喚似的。」

房嬤嬤笑著啐了她一聲。

聯玉不禁低頭看了看自己胸前的血點子，心裡莫名有些不是滋味。

要不……試試立刻搓洗看看？畢竟血點子濺上去也就大半日工夫而已，或許還能洗掉。

此時灶房裡說話的聲音也停了，聯玉便提步進去，道：「可還有熱水？」

寶畫的眼神還落在盤子裡的肉菜上，似乎是沒想到他這會兒會過來，抬起頭吶吶地問：「這……這麼快？」

房嬤嬤連忙拉了她一把，又瞪了她一眼，而後轉過臉笑著回答道：「有的，我這就給姑爺盛。」

很快地，房嬤嬤就給聯玉盛好了一銅壺溫熱的水。

聯玉跟房嬤嬤道了聲謝，提著銅壺回到喜房，看到了穿著喜服的江月，才猛然回過味來寶畫說的「這麼快」是指什麼！

江月已經把禮單和喜錢都收起來了，她正想卸妝、洗手洗臉的，便站起身到了擱置銅盆的木架旁邊，卻看見聯玉彷彿被人點了穴似的，遲遲都沒有動作。

「你發什麼愣呢？臉怎麼紅了？」

聯玉一邊往銅盆裡倒水，一邊帶著些咬牙切齒的語氣說：「沒什麼。」

兩人很快各自洗好臉。

房嬤嬤又抱了些柴火來，在門口叮囑他們把炕燒得更熱一些，卻沒進屋。

此時實在是夜深了，江月累得眼睛都睜不開，轉頭看到聯玉已把喜服脫了，泡在銅盆裡，只著白色中衣站在那兒搓洗衣服。

他那手勢一看就是沒怎麼洗過衣服的，而且血跡這種東西，就算用上皂角也不一定能洗得掉，更別說這樣只用水洗了。

「先睡吧，萬事等睡醒再說。」

聯玉也跟著忙了一天，便也停了手。

兩人一起把炕上的乾果掃到中間的位置，然後在乾果兩側，各鋪一床鴛鴦喜被，再吹熄了炕桌上的油燈。

農家的炕都做得很寬大，因此說是同床共枕，其實中間也隔著四、五尺的距離，足夠再睡下寶畫的。

靜謐無聲的夜裡，兩人很快就睡熟了。

第二日晨間，一夜好夢的江月按著平時早起的時辰醒了，醒了以後也不睜開眼，習慣地從被窩裡一個鯉魚打挺，一坐而起，而後便開始閉眼打坐。

打了半刻鐘，她清醒過來，想起眼下同住的換人了，便立刻睜開了眼。

如她所想，她剛一下子起身的時候，炕上另一邊的聯玉便也睜開了眼，此時已經饒有興致地打量了她好一會兒。

兩人對上了視線，聯玉問：「妳這是……」

江月尷尬地用被子把只穿著中衣的身體裹成蠶蛹。「養生……養生手段！忘了你不知道我有這個習慣，沒嚇到你吧？」

聯玉沒再多問，只說沒有。

昨兒個吹了油燈後，兩人才各自寬衣，而且那會兒江月都快睏得人事不知了，便也沒怎麼覺得尷尬，然而眼下天光大亮，再當著對方的面穿衣服，便有些尷尬了。

最後還是聯玉先動了，起身去櫃子裡找到房嬤嬤給他新縫的外衫穿上，便逕自出去，把空間留給了江月。

「這方面倒還算得上是真君子。」江月帶著笑意，小聲地嘟囔了一句。

聯玉出去沒多會兒，房嬤嬤就提著熱水進來了。

對著她，江月自然不用尷尬什麼，從被窩裡出來，尋了衣服穿上。

房嬤嬤笑道：「姑娘和姑爺都完婚了，姑爺還特地去外頭洗漱？」

江月含糊地「唔」了一聲，也沒回答。

又聽房嬤嬤問：「怎麼銅盆裡泡著姑爺的喜服？」

江月就解釋了一下他昨兒個吐血沾到前襟的事了。

房嬤嬤道：「姑娘和姑爺不懂，這沾了血的衣裳得用冷水洗，遇到熱水便再也洗不掉了。」說著她又把喜服拿出來瞧瞧，說不礙事。「瞧著也不甚明顯，左右也只是留著作紀念而已。」

既然洗不掉了，江月也就沒說自己想過把聯玉的喜服賣出去這件事。

一通仔細的洗漱之後，江月去了堂屋。

房嬤嬤如她昨天說的那樣，已經用前一天沒人動過的饅頭和剩菜做了朝食。

簡單的吃完後，前一日來幫工的人也先後上門來結算工錢。

江月沒讓許氏再用家裡的銀錢，而是用了已經被劃到她名下的喜錢。

全部結算完畢之後，跟江月想的差不離，還盈餘了十三兩銀子。

看過禮單之後，許氏也是一陣無言的感動。

前兒個給江父治喪，這些個親朋好友都想乘機接濟他們。

但許氏並不想藉著丈夫的喪事斂財，尤其是那會兒因為江父的棺槨從京城運回，雖沿途用了不少冰，卻也不能久留，便也沒時間擺席，儀式十分簡單，只是設了靈堂而已，哪好平白收人那麼些錢，就都給拒了。

沒想到此次他們還是悄默無聲地塞了這般豐厚的喜錢。

也得虧女兒跟女婿的婚禮上旁的都從簡了，連喜樂隊伍都未曾雇，但喜宴這部分的開銷卻並未縮減，絕對不會失禮於賓客。

等忙完了這些，江月便提出搬家的事。

這是前頭早就說好的，許氏和房嬤嬤自然沒有異議。

只是到底有些匆忙，房嬤嬤就道：「不如今兒個上午我和寶畫先把家裡的東西歸置一番，然後下午去清掃城裡的祖產，等明兒個再搬過去？」

江月說沒必要。「咱家搬回老宅的時間短，好些個東西都原封未動，而且祖產那邊地方小，老宅的家具也不合用，便也不用搬，只收拾細軟和常用的鍋碗瓢盆那些，也用不了太久時間。而且去城裡一來一回也得一個時辰，沒得讓您和寶畫來回折騰。」

許氏也捨不得她們母女辛苦，就也同意江月的說法。

於是朝食過後，一家子就動了起來，各自收拾行李。

聯玉的東西自然是最少的，但江月也沒讓他閒著，就讓他到處幫著搭把手。

到了午前，幾人便都收拾妥當。

房嬤嬤雇了輛牛車來，所有行李剛剛好裝了一牛車。

許氏又去和附近的鄰居打了聲招呼，說自家要進城過個冬，若有事可去城裡的梨花巷尋自家。

縱然是初冬時節，日頭正盛的中午，天氣也並不怎麼寒冷。

所以趁著日頭好，一家子便就此出發。

江月和許氏幾個挨著坐在牛車前頭比較寬敞的地方，聯玉則和行李擠在後頭。

寶畫乘機就和江月咬耳朵，說：「姑娘回頭跟姑爺說說，我昨兒個也不是故意的，我哪裡想到你們沒那啥呢！讓他別用那種愛答不理的眼神瞧我了唄！」

收拾行李的過程十分枯燥，自然也會適當地聊聊天。

寶畫也就知道了自家姑娘為了姑爺的身體考慮，並未洞房。

江月好笑地伸手戳了戳她的額頭。「妳是想到什麼就說什麼慣了，現在也知道怕？」

寶畫也說不清，反正儘管姑爺日常臉上都帶著笑，又頂客氣有禮、再和善不過了，但不知怎的，寶畫總覺得他今日看自己的眼神涼颼颼的，讓她腿肚子都有些打顫。

「好啦，妳也長個記性，回頭別再說些有的沒的。我幫妳跟他說一聲，回頭妳再跟他賠個禮。」

寶畫笑著直點頭。

半個多時辰後，牛車進了城，停到了梨花巷附近。

又來回折騰了半個時辰，行李才算全部搬進了那破敗的鋪子裡。

只是裡頭實在髒污，叫房嬤嬤這種帶點潔癖的人來說，那根本是無處下腳，所以也不能就立刻把打包好的家當拆開，而是先從水井裡打了水上來，把鋪子前頭最大的櫃檯擦出來，而後把所有家當都跟壘城牆似的，全壘在上頭。

在附近的鋪子裡簡單吃過一頓午飯後，便要開始灑掃，江月就給大家分配活計。

聯玉和寶畫去外頭購置柴火，然後立刻回來劈柴、燒水。

畢竟時下這個季節，用冷水做活也不方便，而且有些積年的老灰，不用熱水也擦不乾淨。

另外這鋪子中還有些陳年破爛之物，例如已經破洞的水缸，需要他倆一趟趟地往外扔，斷了腿的條凳之類的，則也需要他們劈成柴。

而她跟房嬤嬤，就負責灑掃和擦洗。

許氏這孕婦，自然還是歇息為主，就做點最輕省的活計，等有熱水的時候再幫著擰擰抹布、換換水。

一家子立刻分工明確地動了起來。

到了黃昏時分，日常起居用的後院便都灑掃乾淨，家當也都擱置到了該放的位置，總算能歇口氣了。

江月也累得不輕，但相比其他人的狀況都好一些，畢竟房嬤嬤和寶畫都寶貝她，搶著幫她幹了不少她分額內的活計。

她便讓大夥兒都歇著，說自己去外頭買些夕食。

城裡的治安比村裡好，而且從鋪子出去，繞過那棵梨花樹，就是眾多商鋪，許氏和房嬤嬤也就讓她去了。

不過江月出去後才發現，外頭的鋪子都關得差不多了。

江月跟一個準備收攤的攤販打聽了才知道，因梨花巷的地段也稱不上好，所以基本上到了傍晚就沒什麼生意，商販們也就散了。

「那您可還有東西能賣予我嗎？」

前一天家裡辦喜宴，囤的食材便都用得差不多了，所以搬家的時候，也只有米麵和臘肉那些好拿好帶、不容易被磕碰壞的食材被帶上了。

今兒個大家都累得不輕，江月想給大家弄點清爽開胃的東西吃。

攤販在已經收拾好的攤檔裡頭翻了翻，最後翻出小半塊冬瓜、一小塊瘦肉道：「本是留著給自家開火的，不過小娘子看著是新搬來的，想來家中正缺食材，便賣予妳。」說著話，還用油紙幫她包好，紮上麻繩。

江月道了謝，付了三十文錢。

提著東西往家裡走的時候，江月忍不住想，這城裡別的不說，買東西是真便利。

像這冬瓜，因也可以入藥，她算是有些瞭解。
這冬瓜雖然名字帶個「冬」，卻是喜溫耐熱，成熟於夏季，只是成熟之時外皮都有一層白粉，就像是冬季的白霜，且這層白霜也能幫它越冬儲存，這才得名。
南山村裡住著的就是普通莊戶人，比起需要仔細儲存的冬瓜，大家更樂意種些好存放的東西，放在地窖裡慢慢吃。
所以自從回到村裡老宅住下後，一家子日常能吃到的蔬菜就是豆芽、白菜、蘿蔔、各種醃菜等。
縱然房嬤嬤在準備飯食上也算花了不少心思，但同樣的菜吃久了，不只是讓人提不起胃口，對許氏這孕婦也不好。
眼下倒是方便，出個門的工夫就能買到反季的食材。
這冬瓜就很不錯，有利尿消腫的效用。
許氏近來月分漸大，下肢已經開始浮腫，適量地吃一些冬瓜，能幫她消除水腫。
當然，價格也不便宜。那商販知道自己是搬來定居的，看著面相也和善，想來給出的價格應是公道的，那算起來的話，若買整個冬瓜，得要一百來文錢了。
還是得開源啊，總不能往後吃點冬瓜還得算來算去的。
想著事情，江月回到了鋪子裡。
家裡靜悄悄的，江月先把東西擱到灶房，然後去幾個屋子裡轉了一圈，發現許氏、房嬤嬤和寶畫都已經和衣躺在炕上睡著了。

而自己屋裡，聯玉倒是沒睡下，只是白日裡做了太多重活，大大促進了瘀血排出，此時他正躬著身子大咳特咳，白帕子的背面都洇染出血跡了。

於是指使他這傷患團團轉了一整天的江月便摸了摸鼻子，又把屋門給關上了，實在沒好意思再喊他來幫忙。

那便只有自己來了。

在原身的記憶裡，她是幾乎沒進過廚房的。

但好在江月曾經從頭到尾圍觀過房嬤嬤做飯，感覺步驟其實跟熬藥也沒有什麼差別，都是先處理食材、藥材，然後放到鍋中。

江月也沒有托大，只準備做個最簡單的、步驟跟熬藥最相近的粥湯。

她舀出一些米淘淨，而後放到一邊備用，再把瘦肉和冬瓜洗了，切成小塊。

至於熬粥該先放哪個、後放哪個，江月就不大知道了，便憑著感覺，先把瘦肉和米一起放進去。

而後再調整了一下灶膛裡的柴火，弄了個她日常熬藥時候習慣用的文火。

等待米湯煮沸的時候，江月無所事事，就把灶房的門帶上，而後進到了空間裡——反正她是神魂進去，就算家裡其他人看見了，也只能看到她坐在小馬扎上打盹，只要後頭從裡頭拿東西出來的時候警醒些便好了。

進入空間之後，江月自然還是先觀察一下泉眼的恢復程度。

可惜的是，最近一個月以來，她都沒有再接手新的患者了，所以泉眼的出水量還是不夠喜人。

她在裡頭忙活了一陣，也就弄了小半碗。

從空間裡出來後，鍋上的米湯也沸騰了，江月便把冬瓜塊放進去。

而後江月又看了看那半碗靈泉水，想著今日都累得不輕的大家，就也擱了進去。

聯玉現在傷勢也穩定了，不用日日服用，而無傷病的人喝這靈泉水，也能消除疲憊，強身健體。

當然因為量少，所以可能效果也有限罷了。

後頭江月便接著坐在灶膛前看火，沒多大會兒，鍋內再次沸騰，江月便把灶膛裡的火熄到最小。

想著房嬤嬤她們都睡著了，江月便只拿了兩個碗過來，準備只盛自己和聯玉的。

沒承想，她這邊剛拿好碗筷，那邊寶畫就揉著眼睛摸到灶房來了。

「好香啊！姑娘怎麼自己做飯？該喊我起來的。」說著話，寶畫已經攬下了開鍋盛粥的活計。

鍋蓋掀開，一股鮮甜的清香便撲鼻而來。

「姑娘真是聰明伶俐，從前從來都沒下過廚的，第一次下廚就這麼有模有樣！」寶畫真心實意地誇讚著，飛快地盛出一碗。

江月知道她肯定餓壞了，就讓她自己先吃，不用忙著給自己盛。

寶畫確實餓得眼前發黑，也怕把老宅帶過來的為數不多的幾個碗給摔了，就也沒推辭，一屁股坐到小馬扎上喝了起來。

江月又準備盛粥，然後才猛然想起——她光顧著把做飯和熬藥對比，只想著要控制火候，忘記放調味料了！

她正想叫寶畫先別吃了，好歹在碗裡擱點鹽，卻聽寶畫不敢置信地喊道——

「姑娘！這粥也太……太好喝了！」

寶畫這丫頭說話素來誇張，江月忍不住笑道：「我剛想起來忘了擱調味料，妳別是餓得太厲害，開始說胡話了。」

寶畫忙說不是。「姑娘快自己嚐嚐，真的好喝！」

瞧著她信誓旦旦的模樣，江月就將信將疑地自己盛了半碗。

因為沒擱蔥花那些東西點綴，所以這冬瓜瘦肉粥的賣相十分一般。

但入口之後，便是撲鼻的清香，雖然確實並無任何調味，卻能吃到冬瓜、瘦肉的鮮甜和醇厚的米香，而食材不好的味道，比如冬瓜的澀味、瘦肉的腥味，則一點都嚐不出來。

這種感覺怎麼形容呢？反正就是食材本身最好的味道都兌到了這粥湯裡頭。

江月一邊慢慢喝著，一邊慢慢回想了一下自己熬粥的步驟，裡頭並沒有任何與眾不同的，唯一的不同，大概便是加了靈泉水。

她上輩子不食五穀，更沒試過做飯，也就沒試過把靈泉水加到食物中。

不過靈泉水本就蘊含生氣，能催發藥物，所以能催發食材的好味道好像也說得通？

正想到這處，房嬤嬤也過來了，先瞋寶畫一眼，才接著說：「我在屋裡就聽到妳大呼小叫的，把夫人都吵醒了。」後頭聞著飯食的香味，看著熬好的粥湯，也是跟前頭的寶畫一樣，自責累過頭睡著了。

「娘先不忙說那些，快喝姑娘熬的粥，真的好好喝！」

江月初次下廚的東西，房嬤嬤自然也重視得很，盛出一碗嚐了起來。

她是家裡眼下最擅長廚藝的人，嚐過以後，說出了很多寶畫說不上來的東西。「姑娘這粥湯雖然步驟不大對，沒有把米提前浸泡，但火候控制得非常好，一點也不糟爛，而且這冬瓜、瘦肉和米的香味盡數熬煮得恰到好處，所以就算不擱調味料，喝著都十分鮮甜。」

因許氏也醒了，所以房嬤嬤嚐完以後，便又給許氏和聯玉各盛去一碗。

一家子索性坐到一處，一邊喝粥，一邊說話。

許氏和聯玉給出的評價也都很不錯。

幾人都沒覺得江月初次下廚就這麼成功有什麼不對的，畢竟許氏她們都是自家人，打心眼裡覺得江月聰慧；而聯玉那是前頭就見識過她超越年紀的精湛醫術，已經見怪不怪了。

許氏欣慰道：「之前阿月說進城後尋摸營生，有了進項後就能長留在城裡了，我前兒個還在發愁，咱們一屋子女眷，加阿玉一個傷患，能做什麼營生呢？且阿月他爺爺過身前也有交代，說這鋪子供養出了一個改換門庭的舉人，不論繼承的是誰，都不得變賣和轉讓，甚至都不能作他用。如今阿月居然第一次下廚就這般厲害，顯然在廚藝上頭十分有天賦，咱們往後是不是接著做吃食生意？」

房嬤嬤也笑著點頭道：「夫人說得是，往後姑娘只管把做法交給我，自己不必辛苦，後廚那些活計我來做就行。前頭就讓寶畫跑堂。」

江月便道：「娘和嬤嬤說的都有道理，不過我方才想了想，我們不做簡單的吃食，畢竟這一條街都是鋪子，賣吃食的少說也有十幾家，咱家鋪子的市口又那麼差，叫那棵大梨花樹擋了個嚴嚴實實，哪能競爭過別家呢？」

房嬤嬤試探著問：「那咱們賣得便宜些？今兒個在外頭吃午飯的時候，我聽了一耳朵，這街上一碗菜肉小餛飩賣五文錢，一碗菜粥賣三文錢，那我們就賣二文，粗算算其實也有得賺，只是賺得少些。」

江月搖頭，說不是這樣的。「嬤嬤算得不對，您只算了食材的成本，沒算您和寶畫的工錢，若把人力也算進去，再定低價其實是虧的。」

「我和娘不要工錢……」寶畫急急地說。

江月朝著她一擺手，讓她不必往下說，接著道：「所以，我們不做普通的吃食，我們做藥膳！」

所謂藥膳，就是將藥材與某些具有藥用價值的食材相配做出的吃食，藥借食力，食助藥威，具有保健強身、美容養顏等各種不同功效。

江月這提議是經過深思熟慮的，首先她自個兒知道，這粥湯能熬得這麼好喝，是多虧了靈泉水，而靈泉水的產出量，則跟她醫人積攢的功德掛鉤。

若不積攢功德，這靈泉水的產出量是絕對不夠的。

做藥膳，那可謂是一舉兩得，既解決了家裡的營生問題，也能積攢功德，升級靈泉。

而且製作藥膳雖同樣也需要準備藥材，卻只需要根據菜單準備，不用像開醫館似的，將所有常用藥材囊括，成本上頭也就縮減了許多。

往後等做得好了，她的名聲也傳出去，再去行醫，也就不擔心被人小瞧了。

江家從前家境尚可，也曾請過會配藥膳的師傅來給許氏調理身體。

許氏張了張嘴，想說這裡頭的講究可不少，畢竟藥材和很多食材相剋，若配得不好，不只不能強身健體，可能還會反過來損害人的身體。

但轉念想到自家閨女得了醫仙傳承，這些東西她能不知道？

她知道，且還提出要做藥膳，那自然是胸有成竹的。

於是許氏也不說什麼，而是去拿了家中裝銀錢的匣子來。

聯玉一直捧著粥碗在旁邊安靜地喝著，看到她們要開始清點家中銀錢了，便自覺地提出先回屋。

許氏攔著沒讓他動，笑道：「總共也沒多少銀錢，不用避讓什麼，遑論如今咱們是一家子，那更沒有避讓的道理。」說著便打開銀錢匣子。

之前許氏清點過，裡頭一共就現銀一百一十六兩。

扣除掉辦喜事的花銷、這一個月以來家中的開銷和前頭江月和聯玉進城，給了他們二人的十兩，現在還有七十二兩並幾十個大錢。

江月也掏出了全部家當，裡頭有宋玉書才還上的五兩、喜錢十三兩、許氏給她的五兩。

房嬤嬤見狀，也要拿出自己和寶畫的體己銀子，讓江月和許氏攔著沒讓。

她和寶畫的銀錢都是當下人時候攢的，那都是辛苦錢，而且前頭寶畫偷偷給江月買了一套銀針，已經花了不少銀錢，哪還有讓她們接著出錢的道理？

所以現在家裡所有可支配的現銀子一共是九十五兩。

其中五十兩江月並不準備動，得留著以備後用，畢竟再有半年，許氏就該生了，而且一家子日常也要吃喝，不可能把所有現銀都投入到營生中。

也就是說，現在的啟動資金是四十五兩。

其實這筆銀錢做點簡單的吃食生意那是完全夠的，畢竟鋪子是祖產，不用另外出租子，房嬤嬤和寶畫兩個也堅持先不要工錢。

但要做藥膳，藥材的價格是另當別論的，得好好計劃菜單才行。

時辰不早，江月說自己先想想，等想到了，明早再一起討論，於是眾人各去歇息。

江月回到屋裡，拿出紙筆靜靜地想了半晌。

等到差不多有思路的時候，轉頭發現聯玉不知道什麼時候把喜帳給掛上了，而且是掛到江月睡著的、靠裡頭的那方。

今日收拾妥當，她先是下廚，又想菜單，忘記這邊的屋子比老宅小很多，兩人再同睡一個炕，便不能隔著「楚河漢界」遙遙相對了，而是伸直手臂就能搆到對方。

如今這帳子一掛，倒是免除了很多尷尬，最主要的是也方便夜間江月進入空間，拿出靈泉水來。

「你快別忙了，去洗洗睡下吧。」江月道。

前頭兩人說好，聯玉假入贅，幫著她度過難關，而她則免費為他提供治療。

但今日缺少人手，他縱然身上還帶著傷，也被她指揮得團團轉，卻半點都沒有不耐煩和不情願，叫江月實在有些不好意思。

聯玉應了一聲，逕自去外頭洗漱。

江月便接著想菜單，她先列舉了數十道適合冬日進補的藥膳，而後劃掉例如北芪黨參燉羊肉、蟲草熟地老鴨湯這些，需要用到昂貴藥材的。

等到她差不多最終確定好的時候，已經不知道是什麼時辰，而聯玉也早就洗漱完回來，躺進了他自己的被窩裡。

江月掃了他一眼，從他標準到有些僵硬的平躺姿勢上，確認他其實並未睡著，便趕緊拿走油燈，去了灶房接著苦思。

第二天，江月就把列好的菜單給眾人瞧。

菜單上打頭的，是一道常見的枸杞藥膳雞湯。這道藥膳有靜心安神、滋補肝腎的效用，最主要是沒有特殊的同食禁忌。

第二道，則是枸杞桂圓豬肝湯，能益精明目、補血強身、養肝補氣。

第三道，是杜仲燒豬腰，有壯陽補腎的功效。

第四道，是四物木耳湯，這湯能補血、活血、養血，常服可令顏面紅潤、皮膚細膩。

第五道，是山楂蘿蔔排骨湯，可健脾胃、通脹氣、消食化積、止咳化痰。

別看只這五道，用料也不多名貴，卻是把男女老少的受眾群都給囊括了。

江月又解釋道：「我的想法是這樣，先準備這幾道藥膳，試著賣賣看，若有食客上門吃著覺得功效好，賺回一些銀錢了，則可再推一些別的，抑或是根據患者……根據食客的身體情況，再單獨訂做。」

許氏他們都不懂這些藥理，又見江月為了擬出菜單，眼底下都浮現出青影，就更不會說什麼了。

因前一日才搬過來，只打掃了後院，所以今日還得接著把前頭的鋪子打掃出來。

另外，到底準備把前頭的鋪子開張營生了，所以裡頭那些二、三十年前留下的傢伙什物也該扔了換了。

於是便再次分工，房嬤嬤、寶畫和許氏留在家中打掃，江月和聯玉出去採買新的傢伙什物、食材和藥材等。

另外再過一日，便是新人三朝回門的日子。

他們二房是招贅，所以該回門的其實是聯玉，但他又無家人，所以許氏的意思是，明日晚間弄個簡單的家宴，既算過了這個回門禮，也算是慶賀一下喬遷到城裡這件事。

家裡幾人都沒有異議。

江月心裡知道，許氏這麼提議，多半是怕明天藥膳營生第一日會賣不出去，藉著這個擺家宴，則可以乘機消消食材，也就不會浪費，因此便道：「那我一會兒去大房那邊一趟。」

雖知道大房跟自家不算親近，多半不會來，但前頭婚禮，大房既送來了極為用心的添妝，又給了特別豐厚的喜錢，禮數上周到一些也算是一份心意。

商量好之後，江月便和聯玉準備出門了。

出門前，江月不由得多看了房嬤嬤和寶畫幾眼。

私心裡，她其實更願意跟她們二人一道出門，畢竟房嬤嬤會殺價，寶畫則孔武有力，哪個都比昨天被她稍微用了用、今日看著就越發虛弱的聯玉得用。

房嬤嬤送他們出門，笑著跟江月耳語道：「姑娘跟姑爺前兒個才成婚，隔天就忙著搬家，婚後怕是連話都沒說上幾句，明日又要開始製藥膳，那更是得忙上一陣子呢！今兒個只打掃前頭鋪面，只我和寶畫綽綽有餘，姑娘就放心跟姑爺出去，買到的東西只管使人往鋪子裡送，你倆玩晚些再回來。」

既是房嬤嬤特地這麼安排的，江月也就沒有拂她的好意。

傢伙什物那些簡單，梨花巷附近就有各色店鋪，逛了幾家雜貨鋪，比對了一番價格，江月便淘換到了幾套桌椅並鍋碗瓢盆。

因桌椅不講究什麼好料子，只求結實耐用，而鍋也以砂鍋、陶鍋為主，碗則是粗瓷大碗，所以價格也便宜，總共花費了六、七兩。

食材上頭，因為即便是初冬，食材放過夜也會不新鮮，不像藥材那樣方便儲存，所以江月也買的不多，只花費了一兩。

而後頭去善仁堂購置藥材的時候，江月則一改能省則省的本性，要的都是品質上乘的，花去了十幾兩銀子。

倒不是她區別對待，而是自家的藥膳坊，主打的是療效，而不是吃東西的環境，所以旁的都能省，藥材上頭卻是絕對不能省的。

再買了些調味料等零碎的東西，又花去一兩。

這麼些銀錢花出去後，時間也快到中午了，江月就提出是時候去江家大房了。

去那邊知會完，兩人便該回家去了。

畢竟不是真的一對，在外頭也無甚好逛好玩的，還不如早些回去，他好好休息，她則多去接點靈泉水，為明日的正式開業做準備。

聯玉日常就是寡言少語的，此時自然也沒有反對。

畢竟再是鐵打的身子，到底還帶著重傷，忙到這會兒他也想好好歇歇了。

兩人去了大房的宅子，卻很不巧，門房說今兒個一大早，江河就應了同窗之邀，帶著容氏一道去對方家裡作客了。

江河自己就是舉人，他昔日的同窗到現在還保持聯繫，那肯定也是有功名的官宦之家。這種官場上的應酬結束得並不會很早，是以門房的意思，就是他也不清楚江河和容氏什麼時候會回來。

左右也只是知會一聲，周到一下禮數而已，江月便也沒有多留，只道：「那煩勞告知大伯父和大伯母一聲，明日家中設了家宴，他們二人若有空，便來吃頓便飯。」

兩人離開前門之後，剛走了沒幾步，就看到有個鬼祟的身影，正在大房的宅子附近徘徊，江月便站住了腳。

不是她多事，而是那人一襲土黃色細布襖子，正是宋玉書的母親秦氏。

前兒個宋玉書出現在這附近，尚且還算說得通，但這秦氏，是見惡於江河的，出現在這裡，還形容鬼祟，就耐人尋味了。

下意識裡，江月覺得自己該瞭解一下。

修士素來相信直覺，她便尋了個不起眼的地方，不錯眼地盯著。

那秦氏雖然沒看到江月，但或許是察覺到有人注意到了自己，便又挨著牆根往後門的方向去了。

原身來過大房家不止一次，所以江月便也知道這宅子的後巷狹窄，若自己跟過去，很容易會被那秦氏發現，她不由得偏過臉看了聯玉一眼。

兩人一直挺有默契的，聯玉便也知道，江月這是讓他去跟蹤的意思。

一則他有武功在身，二則秦氏沒見過他，就算發現了，也可說只是碰巧。

聯玉倒也順從，提步跟著秦氏過去，只是離開前他還輕飄飄地看了江月一眼。

那眼神怎麼都給江月一種「看看，這會兒不還得靠我」的感覺。

合著自家這假贅婿一直不聲不響的，其實早就把她出門前的想法給洞悉了，只是按下不表罷了。

江月好笑地對他合掌拜了拜，表示自己之前是有眼不識泰山，請他大人不記小人過，這便快去吧！

第八章

秦氏小心翼翼地到了江宅後門處，一路已經極其小心。隱隱約約的，秦氏好像聽到了身後有一道腳步聲，不過回頭了數次，她都沒有看到任何可疑之人，便只覺得是自己多想了。

在後門口三長一短的敲打了數下後，那門板忽然掀開了一條縫。一個頭梳垂鬟分肖髻、身穿芙蓉色立領對襟襖裙的少女出來了。秦氏大喜過望道：「大姑娘，我都來尋妳好幾次了，今日總算見到妳了！」

那應門的少女，正是江靈曦。

江靈曦對著秦氏比了個噤聲的手勢，而後飛快地從裡頭閃身出來，再把後門給虛掩上，拉著秦氏到角落裡。

「宋家阿母見諒則個，我也是今日爹娘不在家，才得了空能到後門附近待一會兒，而且也不能待很久，過會兒下人見不到我，就會來找我了。」

秦氏聽得直點頭，道：「已經照著妳的吩咐，讓我家玉書和那二丫頭退親了。那二丫頭也另找人入贅了，我家和那二房可再無關係了。妳看……妳和我兒的親事，是不是也該提上日程了？」

江靈曦笑道：「這是自然。只是宋家阿母別急，也體諒體諒我，畢竟玉書哥哥跟我那堂妹才訂過親，我父母都是守舊古板、不知道變通的性子，現在去提，他們估計也不會同意的。所以還跟咱們前頭商量好的那樣，還是等來年玉書哥哥考上舉人之後，您再來我家提親。這期間呢，我就好好說服我父母他們……」

秦氏拍著大腿急道：「要不我怎會急著來尋大姑娘呢？就是這上頭有變啊！我兒說明年不準備去考舉人了，要先把欠二房的聘財還清呢！」

方才江靈曦還讓秦氏別急的，聽到這話卻是聲音都不由得抬高了。「秋闈三年才一次，錯過明年，豈不是又要等三年？」

秦氏說可不是？接著她又笑道：「所以我才來尋大姑娘啊！妳前頭說對我家玉書早就芳心暗許，只是被江二老爺捷足先登，這才錯失了良緣。若不是為了妳，我也不會逼上門去當那惡人，也就不會退親，更沒有這遭退還聘財之事了，所以妳看是不是……」秦氏的意思再明顯不過，若江靈曦真有心要嫁給宋玉書，那肯定不能見他這般放任自流。

果然，江靈曦立刻詢問道：「還差多少？」

「一百……不，二百兩。大姑娘也知道，這考舉人還得到州府去，花銷可不小呢！」一邊說，秦氏一邊用貪婪的目光打量江靈曦的衣服、首飾，恨不能讓她立刻拔下首飾、摘下玉鐲交與自己。

江靈曦卻只說知道了。「我父母這幾日都有事要忙，我應該還能得空溜到這後門來，三日後，宋家阿母再來。」

秦氏戀戀不捨地收回眼神，遺憾道：「好，都聽大姑娘的，我過兩日再來。」見立時要不到銀錢，秦氏這自詡是秀才親娘、身分已然今非昔比，便也不願意再做賊似的貓在人家後門說話了，立刻告辭。

江靈曦笑著讓她一路走好，等秦氏一走出後巷，她就立刻止住了笑，呸道：「什麼東西啊！張口就要二百兩，見過二百兩是多少錢嗎？這宋玉書怎麼有個這種親娘！」見尚且無人來尋自己，江靈曦用只有自己能聽到的聲音自我安慰道：「別急別急，這原書劇情裡，男主宋玉書跟江氏成婚後，那江氏也遭了這惡婆婆好些年的搓磨，但是後頭這惡婆婆沒蹦躂幾年就過世了，先忍一忍，忍一忍……」正說著話，江靈曦察覺到什麼，驟然回頭。

她身後是個陌生的少年，手裡正拿著一張紙條四處張望，看著是在尋路的模樣，還被她的猛然回頭給嚇了一跳。

「要不說是書裡的世界呢？隨便一個路人甲都長得這麼好看……」江靈曦又輕聲嘟囔了一句，甚至還對著眼前的俊美少年挑眉笑了笑。

那少年白皙的臉頓時漲得通紅，立刻逃也似的走了。

江月在原地等了快兩刻鐘，總算等到了折返回來的聯玉。

兩人碰了面，也不多說什麼，江月只以眼神詢問，而聯玉則是微微頷首。

這就是探聽清楚了。

外頭也不是說話的地方，兩人便回到了梨花巷。

他們離開的半日，房嬤嬤和寶畫已經把前頭的鋪子打掃出來了，而採買的那些東西也都陸續送來，房嬤嬤和寶畫正在做最後的清點。

見他們二人一起回來，房嬤嬤先嗔道：「怎麼回來得這樣早？是不是午飯都沒用？」又讓他們進屋歇著去，說一會兒煮兩碗麵給他倆端屋裡去。

因有事要商量，江月也沒推辭，只說自己歇息會兒就來幫忙，而後就拉著聯玉回了屋。

把屋門帶上之後，聯玉便開始一字不落地把那二人的對話複述給江月聽，最後又道：「那後巷確實無甚躲避的地方，那婦人離開後，實在是聽不清那女子在嘟囔什麼，所以我離得近了些，教她發現了。不過我倆並不認識，她只對我笑，並未生疑。」

江月聽完，雖有些意外，卻並沒有太過吃驚，只把近來的事從頭到尾給捋了一遍。

那秦氏口中的大姑娘，自然就是江靈曦無疑了。

原說那秦氏一個鼠目寸光的潑皮貨，怎麼那麼順當地就答應歸還聘財，還讓宋玉書寫了欠條，原來竟是得人授意，知道退完這樁親，後頭有更大的好處等著呢！

平心而論，縱然江父未過世，江靈曦的家世條件都強原身一籌，也對宋玉書的仕途更有幫助，更遑論江父過世之後。

所以秦氏會反悔前頭定好的親事，實在是不讓人意外。

讓人意外的是，原身的記憶裡，江靈曦真的是頂和善的姊姊，兩人處得跟親姊妹似的。

而且在原身跟宋玉書說親之前，江靈曦還特地修書一封，道明那秦氏十分不好相與，自己都跟她處不來，特地叮囑了原身好多話，生怕原身後頭受秦氏的氣。

總不至於說，江靈曦從幾歲大的時候就會偽裝了，這些年來一直把原身騙得團團轉吧？

若真有這等心機本事，她還上趕著要嫁給宋玉書做甚？以官家小姐的身分進宮去當娘娘得了！

再有，江靈曦雖不是大房的獨女，卻也是江河和容氏的掌上明珠，自小受盡父母的寵愛長大，怎麼會對著秦氏那麼個她從前十分看不上的外人，那般貶損自己的父母？

若不是聯玉仔細描述了那跟秦氏說話之人的樣貌和穿著，且那地方正是大房家的後門，江月都要不敢辨認那是江靈曦了。

尤其是她後頭的話更奇怪了，什麼叫「原書劇情」、「這書裡的世界」？

難道說……現在的江靈曦跟她一樣，也是換了個芯子？所以大房才對江靈曦的「病」諱莫如深？

畢竟連她自己，並不是奪舍而來，也不敢把自己的真實來歷對外吐露半個字，因為實在很容易被這個世界的人當成妖鬼打殺。

江月的神色凝重了起來。原來的江靈曦的神魂去哪兒了？是跟原身一樣，已經病得過身了，還是被那後來者給……

還有，當日在江父的靈堂上，那個比平時沈默了不少的江靈曦，到底是哪個？

當時原身差點栽向火盆，到底是巧合還是人為？

若是巧合，原身是遇到了意外，而後連累堂姊受傷，才上山去尋找傳聞中的醫仙谷，被一場風寒引出了高熱才離開這個世界，那便是一連串的意外所致。

可若是人為，那原身就可以說是被那換了個芯子的江靈曦給間接害死的。

再者，聽那換了個芯子的江靈曦言語，她似乎是知道這個世界的發展的。

那麼說不定，可以從她口中問出那「黑龍」所在。

只可惜，今日是她福至心靈，才讓聯玉去聽了那麼幾句，而前頭幾次跟大房接觸，她也沒有打聽到任何有用的消息，現在的一切都只是自己的猜測罷了。

江月又跟聯玉確認道：「他們說的是三日後在那兒碰頭對吧？」

聯玉說是。

江月便點頭說知道了。

第二日一早，江月和家人一道在梨花樹旁放了一串掛鞭，而後立了個「江記藥膳坊」的牌子於梨花樹旁，便算是正式開業了。

不過因為自家鋪子市口實在不行，所以也就是放掛鞭的時候，有幾個路人駐足看了會兒，然後前來詢問這鋪子開在哪兒了？好像沒聽說附近有哪裡租賃或者賣出去了。

等問清楚鋪子在那梨花樹後掩藏得嚴嚴實實的小巷子裡，很多人便沒了興趣，想著在這種犄角旮旯地方開的鋪子，肯定也無甚實力。

剩下的為數不多的人，進了小巷子一看，見那鋪子雖收拾得還算乾淨，卻多少透出點老舊殘破的味道，便也逕自走了，連進都不往裡進，更別說看菜單、詢問價格了。

倒是因為江月和聯玉相貌好，後頭也吸引了一些興趣不在用飯上的人，上前嬉皮笑臉的搭訕。

他們二人倒不覺得有什麼，但房嬤嬤虎著臉把那些登徒子趕走了。

所以在短暫的鞭炮聲過後，梨花樹後的小巷子口，又恢復了往日門可羅雀的冷清狀態。

這冷清足足維持了半日，快到中午的時候，外頭市口好的鋪子都快沒有生意了，他們這鋪子就越發門庭冷落了。

連寶畫都開始發愁了，扳著手指算道：「一上午門口總共只三個人經過，就算全進來了，至多也只能做三個人的生意。得虧這鋪子是咱自家的，不然今日已經是虧出去一天租子了。」

房嬤嬤道：「我看附近鋪子都會使人吆喝，我這就也到前頭吆喝去。」

江月其實不怎麼急的，畢竟如同寶畫所言，自家現在的鋪子不用出租子，而旁的成本，桌椅板凳、鍋碗瓢盆是長期投入，短期的食材也買得少，自家人吃的話也不會多浪費，至於最昂貴的藥材，都是經過晾曬和處理加工的，就更不用擔心會變質了。

萬事起頭難，這才半上午而已，她早就做好了心理準備。

而且她對自己製藥膳的本事有信心，她的藥膳不是普通的、只會單純地讓人感受到好吃的吃食，而是能藥到病除的。

所以只要度過這個艱難的開頭，等有人嘗試過了，再一傳十、十傳百的，掙到銀錢也不過是早晚的事。

但不只房嬤嬤和寶畫著急，連在後院靜養的許氏都過來看了好幾回，顯然再不做點什麼是不行了，江月便說她也去。

上輩子她雖是修士，但也不是沒幹過跟著師尊在仙門集市上售賣丹藥的事，在這上頭也算是駕輕就熟。

但空手幹吆喝也不是個事，江月便轉頭看向聯玉。

聯玉這幾日被她使喚得都沒脾氣了，直接就問：「需要我做什麼？」

江月笑了下，說不做什麼。「就是麻煩你用紅紙寫一下現在鋪子裡的菜單，標注一下價錢，若是能再配個唯妙唯肖的小畫，那就最好不過了。」

聯玉直接起身去櫃檯旁開寫。

也就兩刻鐘，他就寫好了數份圖文並茂的菜單。

「姑爺怎麼武功拳腳、寫字畫畫什麼都會啊?!」寶畫十分誇張的驚嘆。

一來當然是聯玉確實稱得上才藝出眾、令人驚嘆，二來是這丫頭還在為前頭說錯話、惹惱了他而心裡沒底，上趕著討巧賣乖呢！

沒人不喜歡被誇的，尤其是被寶畫這樣心直口快的老實人誇，所以聯玉的唇邊不由得也泛起了真實的笑。

卻聽寶畫驚嘆完後，又一臉痛心地道：「一定是姑爺前頭的主子不當人，什麼都逼著姑爺幹，把姑爺當套了嚼子的驢用……」

江月趕緊一手拿過紅紙，一手把寶畫扯了出去。

也是巧，江月她們剛出了小巷，繞過梨花樹，就看到了江河。

江河也好些年沒來看過江老太爺留下的鋪子了，但依稀記得就在這附近，在周圍轉了幾圈後，到了梨花樹下，看到那「江記藥膳坊」的告示牌，才知道自己沒走錯。

江月立刻快步迎上前去，這次說什麼也得先從這大伯父口中問出一點關於江靈曦「怪病」的消息了！

寒暄過後，江河道：「昨兒個回府已經晚了，聽門房說了妳家搬回妳爺爺留下的老鋪子這邊，所以便過來瞧瞧。如今瞧著你們弄得還挺有模有樣的，我這就——」

在江河尚未提出告辭的時候，江月率先開口詢問道：「大伯父下午可還有事？」

江河止住話頭，答道：「那倒是沒有。」

「沒有就好。我們鋪子裡還未開張呢，正好請您來試試味、掌掌眼。」

江河其實還記掛著家裡的事，是不怎麼想在外逗留的，但姪女都把話說到這分兒上了，再不應承就實在無情了些。

江河便跟著江月往鋪子裡走去，順帶詢問道：「怎麼做起了藥膳營生？是妳父親從前教妳的嗎？」

「幼時父親便教我分辨草藥，又請過先生在家中教授我幾年醫術，只是從前只當個陶冶性情的興趣學著，如今沒有其他技藝傍身，便做這個了。」

江父從前做的就是藥材生意，而江老太爺那輩就是做的吃食，結合起來，也說得通是家學淵源，因此江河也沒覺得怪，只道：「從前倒是未聽妳父親提起妳學過醫術，那之前妳給靈曦的藥膏……」

「也是我自己試著做的，沒想到真有效果。」

說著話，江月已經領著江河回到了店鋪，而房嬤嬤和寶畫則還留在外頭吆喝攬客。

江河進門後先四處打量了一番，見鋪內確實打掃得纖塵不染，但門窗角落卻處處彰顯著陳舊，而新添置的桌椅也不是多好的木料，加上連他都差點找不到入口的獨特位置，也難怪都快中午的時辰了，還未開張。

這實在不好點評，江河便順著前頭的話接著問：「那藥膏既是出自妳之手，怎麼不試著出售那個？」

江月笑了笑，沒接話。

前頭她去善仁堂買藥材的時候，其實也想過在那兒寄賣祛疤膏，但問了後才知道，人家藥鋪根本不收來路不明的東西。
想寄賣也不是不行，得把具體的配比方子告訴人家，方子經過醫館內十餘名大夫的認可後，才可在那兒寄售。
江月倒不怕通不過那略顯複雜的流程，而是醫館不放心的話，讓一眾大夫檢查、試用藥膏不就行了，怎麼還得公開方子？
善仁堂的掌櫃還是挺和善的，看她神色不怎麼情願，便為難地告訴江月，這是他們東家定的規矩，還說「當然，作為補償，若小娘子的方子通過考核，我們東家也會酌情給出一筆銀錢」。
這意思再明顯不過，等同於直接收買她的藥方了，而且還是先公開藥方，然後對方隨便給銀錢的意思。
自家雖然眼下不富裕，卻也沒窮到那個分兒上。
江月便說算了，只想著等來日自己開醫館了，再賣那祛疤膏不遲。
眼下她也不提遇到的麻煩，只讓江河伸出手來，讓自己把脈。
「怎麼吃個藥膳還……」江河笑著搖搖頭，但還是伸手置於桌上。
看他臉上似笑非笑的模樣，就知道他是權當陪著江月這晚輩過家家，其實並不怎麼信任她的醫術，畢竟以江父那愛女如命的性子，江月若真的在這上頭有天賦，他怕是早就獻寶似的四處宣揚了。

也就半晌，江月就診出了結果。「大伯父身上並無病症，卻是多思多慮，耗傷心脾，近來應當是食慾不振、心慌失眠，夜間也睡得不大安穩。」

江河有些吃驚地揚了揚眉，近來他可不是為了江靈曦的「怪病」而被折磨得寢食難安嗎？

江月便接著道：「其實大伯父現在的狀況，吃一盞健脾理氣、養心安神的黨參陳皮桂圓茶最好不過，不過這些配料且來不及準備，便只能下次了。我先揀著鋪子裡現有的，給您上道旁的。」

商量定之後，江月便去了後廚。

藥膳很費時間，熬製幾個時辰是常有的。

所以店鋪菜單上有的五道菜，都是提前在鍋裡熬煮好，而後分成一個個小燉盅，在灶上隔水燉著。

這樣等到食客點單，直接把小燉盅取出來就能上菜了。

江月取出一盅枸杞雞湯，撒入一些食鹽之後，又取出一些靈泉水放了進去——雖然前頭這些藥膳已經加過一次靈泉水，但此番江月對拿下江靈曦這個病患勢在必得，所以不吝惜工本，又加了一次，務必讓江河吃過一次就對她的醫術信服。

江月端著雞湯回到前頭鋪子的時候，發現江河已經和聯玉聊起來了。

江河大小是個八品官，又是縣學的教諭，那些身負功名的秀才見了他都很少有不怵的。

但聯玉仍然是不卑不亢的，不見半分慌亂。

江河自家的事都忙不過來了，跟他接觸不多，但此時見他這態度、聽他這談吐，倒是對這姪女婿多了幾分喜歡，此時更是道：「你還不到十六，也算識得一些字，其實現在開始讀書也不算晚，若有心進學，我可替你修書一封，束脩方面……」

這就是要舉薦聯玉去書院裡讀書，甚至還願意幫他出束脩了。

若換成其他有心進學的書生，怕是都要喜不自勝了。

但聯玉雖然臉上的笑不變，偏過臉看到江月時，卻是已經在對她使眼色了。

他前後幫了不少忙，江月此時便立刻出聲道：「雞湯來了，大伯父快趁熱嚐嚐！」

聯玉也適時地起了身，讓他們伯姪私下說話。

江河其實不怎麼有胃口，但也算是給江月這姪女面子，準備多少用一些。

燉盅揭開，香味撲鼻的同時，只見黃澄澄的雞湯上浮著若干枸杞，而那雞湯是一點油星子都不見，顯然是早就撇過浮油的。

清清爽爽又冒著熱氣的湯水，還真勾起了江河幾分食慾。

他先用勺子喝了口湯，那湯味道香氣馥郁，雞肉的鮮、枸杞的甜，層次分明地在舌尖綻開。

再舀出下頭一塊雞肉，那更是骨酥肉爛，半點不柴，稍微一抿，雞肉便已經在嘴裡化開，齒頰留香。

一份藥膳的分量對於成年男子來說本也不算多，所以江河反應過來的時候，就已經吃完了一整盅。

而且不知道是不是因為這是近來吃得最滿足的一餐，江河明顯感覺到腸胃舒服了幾分，甚至連腦子都清明了幾分。

「這是房嬤嬤做的？」以江河對二房眾人的瞭解，便只有房嬤嬤會下廚了。

「是我配的藥材，也是我看的火候，但浮油是房嬤嬤幫著撇的。」

江河笑著點頭道：「不錯，很不錯，妳家這門營生立起來也不過是早晚的事。等我忙完了這程子，帶些同僚來幫襯一番，想來鋪子裡便不會這般冷清了。」

他日常說話是那種很含蓄的作派，能得他「很不錯」的誇獎，顯然是真的十分滿意。

可江月要的並不是他的誇獎，便道：「說起來，我也有月餘沒見到堂姊了，您看看什麼時候方便，我也想給堂姊診診脈，萬一能幫得上忙……」

要擱之前，江月提出要見江靈曦，江河肯定是跟先前一樣，直接想了由頭回絕。

但現在見識過江月的醫術，又知道了那祛疤膏是出自她手，顯然真的是有幾分本事的，所以江河並沒有一口回絕。但到底茲事體大，稍有不慎，一家子都得毀在這件事上頭，甚至還可能把二房也牽扯進來，所以江河猶豫再三後，還是道：「這事我還得跟妳大伯母商量一番，商量好了再來知會妳。」

江河到底是在官場上浸淫多年的人，比常人多出了好些的小心謹慎，江月見他已經意動鬆口，便也沒有再多說什麼。

後頭伯姪二人又寒暄了幾句，江河才離開。

離開之前，他還照著菜單上的價格，付了五十文錢，堅持說一碼歸一碼，說好是來當藥膳坊的第一個客人，也不能仗著是親戚就不給錢。

江月把銀錢收進櫃檯上的錢匣子。

此時鋪子裡只剩江月和聯玉兩人，聯玉便也不偽裝什麼，懶洋洋地靠在櫃檯上說：「妳都這般表現了，妳大伯父還不鬆口，這事怕是……」

「看他都這般了還不鬆口，我才知道我前頭猜得不錯呢！」

「妳前頭猜的什麼？」聯玉偏過臉詢問，卻看到江月對著他若有所思的笑了起來。

他莫名有些不好的預感，立即熟練地掏出帕子捂著嘴，咳嗽了幾聲。

江月悠悠一嘆。「治不好堂姊的『怪病』，大伯父就無心關照親戚，也不知道哪日才能像他說的那樣，介紹同僚來幫襯生意。這沒人幫襯，就沒有進項，家裡這麼些人吃飯，還有個日日都得服藥的，一服藥少說也要五到八錢呢……」

日常得吃藥調治內傷的聯玉把手裡的帕子放了，木著臉說：「好了，直接說這次又要我做什麼了。」

江月笑咪咪地讓他附耳過來。

今日又是江河和容氏要出去交際應酬的日子。

夫妻倆一大早就準備離家，臨走之前，容氏又不放心地去看了一眼江靈曦，見她乖乖地喝了安神的湯藥、上了床後，容氏才又回到前頭。

「若實在不放心，咱們便早些回來。」江河拉上她的手輕輕拍了拍，安撫道。

容氏搖頭，看著丈夫心疼道：「我日常還只在家裡，不像你，又要忙著公事，又得操心家裡，也就前兒個在阿月那兒喝了一盅藥膳湯，瞧著精神了些。等今兒個忙完，不如就把阿月接過來吧，既讓她再為你烹製藥膳，也順帶讓她替靈曦把把脈。她們堂姊妹從小就跟親姊妹似的，長久的不見面也不是個事。就算阿月治不好靈曦那『怪病』，但多少能讓靈曦開心些，也能讓阿月少掛懷一些……」

教諭看著輕鬆，每日只需要給學生上半日的課，但下午空閒的時候，江河既要應付官場上的應酬，又得準備教案、批改學生的作業，其實日常也是非常忙碌的。再這麼拖下去，怕是女兒的病不見轉機，丈夫的身子倒要先支撐不住了。

江河道：「那就聽妳的，回頭我再去知會阿月一聲，免得她被靈曦的『怪病』嚇到。」

夫妻二人說著話，就離了府。

後罩房裡，床榻上的江靈曦在聽到外間徹底安靜下來後，就打著呵欠從床上起來，不耐煩地嘟囔道：「怎麼別人穿書都是直接接管身體，我穿書之後就跟做賊似的，還得跟原身搶奪身體的控制權？還好這個原身的意識越來越弱了，再過不久，我就能徹底掌控這具身體了。」

她現在住著的地方，儼然已經成了江家的禁地，日常只有一個耳聾眼花的老僕守著。

所以江靈曦自言自語完，也不用顧忌什麼，逕自開了箱籠，拿出原身積攢了多年的私房。

二百兩銀子雖然叫人肉痛，但跟未來首輔夫人的位置相比，倒也不值一提。

等到守在門口的老僕開始打瞌睡，江靈曦就熟門熟路地溜出了房間，跑去了宅子後門附近。

不過前頭她沒跟秦氏約好具體時間，上次直接碰上也純粹是巧合，所以這次便還得等著秦氏過來。

等了兩刻多鐘，等得江靈曦都快窩在門邊上睡著了，才聽到了那三長一短的響動。

她伸手拍了拍自己凍僵的臉，強扯出一個熱情的笑，開門笑道：「宋家阿母可叫我好等！」不過叫她意外的是，門外站著的卻不是那秦氏，而是前幾日有過一面之緣的那個俊美少年。

今日少年好似特地裝扮過一番，身穿一件俐落的玄色暗紋箭袖，外披一件純白的大氅。極致的黑與白，襯得他清俊的容顏越發出塵絕世，讓人看得挪不開眼。

她本有些不耐煩的，但是對著這麼一張堪比後世頂級明星的臉，實在是生不起氣來，便問：「怎麼又是你？你又走錯了？」

少年張了張嘴正要說話，卻是猛地輕咳了起來。

那西子捧心一般的病容，叫江靈曦的心都不由得揪緊，便不由自主地把後門給打開了，探出半邊身子問他要不要緊？離得近了些，順帶越發肆無忌憚地仔細打量著他的臉。

少年咳過一陣，而後將手裡提著的食盒往前遞了遞，解釋說：「我是來給江大人送吃食的，想著應該沒走錯才對。」

江家日常就有上門來走動交際的人，江靈曦並不起疑，笑道：「錯是沒走錯，但這是後門，而且他也不在家。」

「原來這是後巷，怪不得我兩次都沒找到江府的匾額。」少年說著又咳嗽起來，站都站不穩的模樣。

「你沒事吧？」她立刻伸手去扶他。

就在這時，一道女聲突兀地響了起來——

「你們在做什麼?!」

江靈曦抬眼，就看到個一臉怒容的年輕女子。

她認出這正是原身的堂妹江月，也就是原書劇情裡，嫁給宋玉書的江氏。

江靈曦暗道不好，連忙想把後門關上，卻是來不及了！

江河和容氏被下人通知說家中出事後，便跟友人告罪一聲，心急火燎地往回趕。

那下人支支吾吾地說不出個所以然來，但他們夫婦離家之後，家裡便只有江靈曦一個主子，所以不用想也知道，自然是江靈曦出事了。

夫婦二人坐了馬車回到府上，連披風都來不及解就進了後院。

後院的堂屋裡，江靈曦趴在桌子上，陷入了昏睡，但全鬚全尾的，臉色也紅潤著。

夫婦倆這才鬆了口氣，而後再定睛去看屋裡的其他人——只見堂屋另一側，江月和聯玉都在，只是小夫妻兩個並不坐在一起，江月還眼眶通紅，一副欲言又止的模樣。

這便是真的出事了！

江河立刻屏退了所有下人，又把屋門帶上。

江月這時才從座位上起來，期期艾艾地上前道：「大伯父、大伯母，你們可要為阿月作主啊！」

自從江父過身後，江月便堅強沈靜得彷彿一夜之間長大了。

此時見到她這般，即便是沒有血緣的容氏都於心不忍，連忙拉著她坐下，勸慰道：「好孩子別哭，發生了何事？妳慢慢說。」

江月又拿帕子拭了拭淚，那眼淚就跟斷線的珠子似的直往下淌。「前幾日給大伯父診脈，知他身體略有些不好，我便一直掛心著，想他公務繁忙，估計這幾日也沒空再來鋪子裡，我就做了那日說好的黨參陳皮桂圓茶，讓聯玉送來。因他對城裡不熟，出來許久還不見回，我擔心他迷路，便不放心地尋了過來，沒想到去門房那兒問了，門房卻說並沒見過他，我就繞著您家尋了一圈，不料卻看到他和堂姊在一處，兩人挨得極近，眼看都、都要……我氣急了，但顧忌到堂姊的聲譽，也不敢聲張，便只從後門進來，再請人去通知你們。」

夫婦二人聽了這話，都是一臉怒容地看向聯玉。

聯玉連忙道：「大伯父、大伯母，還有夫人，請聽我一言！我確實是迷了路，錯敲響了後門，然後就遇到了這位姑娘，當時我還不知道她就是堂姊，只是跟她問路，聽她言語才知曉她的身分。我縱使是下流無恥之輩，怎麼也不會跟第一次見面的堂姊做出有傷風化的事啊！當時是我吹久了冷風，身體有些不適，堂姊這才……這才……」他的臉色日常帶著病弱的白，此時卻是急得滿臉通紅，一臉有苦難言、有口難辯、被冤枉的憤懣之情。

即便是江河這浸淫官場的老積年，不由得也信了三分。

可江月似乎是委屈氣憤到了極致，根本不聽他言語，也不看他，仍然道：「耳聽為虛，眼見為實，我親眼見到你們挨在一處，難道還能作得了假？且我堂姊是最端方不過的人，跟你這外男頭一次見面，縱然察覺到你身體不適，也是該喊下人來攙扶你，怎麼可能自己對著你伸手？定然是你做了什麼！你若再沒有半句實話，咱們便當堂寫了和離書來！」

「我們才成婚數日，妳便要和離?!」聯玉一臉的不可置信。

江月一抹眼淚，決然道：「不對，不是和離，我是要休夫！」

聯玉瞬間氣血上湧，咳嗽連連，帕子上都咳出血來了。

眼看著這事再鬧下去，這小夫妻兩個真得鬧到和離、休夫了。而且今兒個他們夫婦本就商量著後頭要慢慢把這事透給江月知道，如今便更沒什麼好隱瞞的了。

江河嘆息道：「阿月別急，或許……不，不是或許，應該確實是妳堂姊的不是，並不干聯玉的事。」說著，江河便把江靈曦「怪病」的具體情況說給她聽。

在江河訴說的過程中，聯玉也十分識趣地站到了稍遠的位置。

怕她不信，容氏還對著江月低聲道：「好阿月，這真的不干妳堂姊的事，真是那病害得她有時候會變了個人，形容無狀，妳知道後也莫要惱她好不好？不然回頭她清醒了，該自責得無地自容了。」

江月當然不惱，因為江靈曦的「病症」還真跟她前頭猜想的差不離。

而且好消息是，原本的江靈曦的神魂並未消散，也就是說，只要把那個外來者給驅逐，就能讓這個原身最喜愛的姊姊恢復如初。

她此時再提出給江靈曦診脈，江河和容氏便沒有再攔著了。

在他們回來之前，江月其實早就給江靈曦診過脈了，不過這種兩個神魂居於一個身體的「病」，其實脈象上也看不出什麼端倪，主要還得從江河和容氏口中知道具體症狀，驗證她的猜想，所以才有了後頭這麼一齣戲。

此時再次裝模作樣地搭了一次脈，江月也打好了腹稿，換了個她上輩子曾經看到過的、古醫書上的說法。「堂姊這是得了離魂症，得了這種病的人，發病之時確實會跟換了個人似的，看來真是誤會一場。」

江河和容氏起初道明情況，是怕他們小夫妻因誤會鬧到不可挽回的後果，此時聽到她的診斷結果，卻是都喜出望外地站起了身。

容氏哆嗦著嘴唇，說不出一句完整的話。

江河深深地呼吸了幾次後，總算問出來。「妳知道離魂症？那妳……妳能治嗎？」

江月沈吟道：「能治，但是治療時不能有旁人在。你們若是放心得過我……」

「放心、放心！」容氏搶著應道。

方才江月誤會了江靈曦這堂姊和自己的夫婿踰矩，卻仍顧及到江靈曦的聲譽，一點都沒聲張，等到他們二人回了，才開始訴說委屈，這般顧全大局，哪裡還能叫他們不放心呢？

更別說這麼久以來，江月是唯一說能治的人，儼然就是江靈曦得救的最後希望啊！

「那麻煩大伯母先把堂姊安置回房間，我這便開始為她治病。」

容氏立刻喊來丫鬟，把江靈曦扶回後罩房。

江月跟過去之前，給了聯玉一個眼神，讓他跟進一下後續工作，安撫好江河和容氏的情緒。

聯玉對她微微頷首，表示他曉得。

後頭江月又讓丫鬟用布條把江靈曦結結實實地捆在椅子上。

等到只有江月和江靈曦二人的時候，江月直接就用銀針扎了她的穴道，催著她醒了過來。

也就眨眼工夫，江靈曦漸漸甦醒。

方才容氏和江河見她昏睡沒問起，是以為她喝的安神湯藥起效，所以沒有多問。

但其實在服用過那麼長久的湯藥後，她日漸強大的意識早就習慣了，所以才能頻繁趁著江河和容氏不在家的時候，溜到後門附近。所以剛才她並不是自己昏睡過去了，而是被江月直接點了昏睡穴。

睜眼後，江靈曦就見到了好整以暇等著她的江月。

「江……」話到唇邊，她頓了頓，勉強扯出一點笑意，裝出一副無辜的樣子，詢問道：「妹妹，妳怎麼突然來了？方才我們不是還在後門口嗎？怎麼妳上前來拍了我一下，我就睡著了？還有，妳把我綁起來做甚？妳鬆開我，咱們還跟從前一樣好不好？」

江月經過一連串的「望聞問切」，知道了來龍去脈，也懶得同她虛與委蛇，遂臉色不變地道：「不必裝了，妳跟她一點都不像，妳的戲演得很爛。」

這個江靈曦似乎也不是頭一次被戳破了，因此也不吃驚，立即板下臉冷哼一聲，破罐子破摔地道：「知道我不是她又怎麼樣？妳綁我有什麼用，總不能綁我一輩子吧？有本事就弄死我唄，妳堂姊也得給我陪葬！」這也是她一直有恃無恐的原因。

因為不論是江河還是容氏，甚至是眼前的江月，都跟原身感情甚篤。所謂投鼠忌器，自然也不敢真的對她如何。

「她給妳陪葬也無所謂吧！」跟人談判的時候不能亮出自己的底牌，所以江月也裝作對原來的堂姊不甚在意的模樣。「畢竟我前頭的姻緣毀在妳手上，連我的臉都差點一併毀了。」

江靈曦不見一點悔意，白眼都要翻到天上了。「做事要講證據的好吧？妳有證據嗎？可別空口白牙誣陷人啊！」

江月淺淺一笑，依舊不疾不徐的。「需不需要把秦氏抓來對質一番？」

江靈曦又哼了一聲。「對質又有什麼用？妳說那江河和容氏是幫妳還是幫我？我勸妳趁我心情還不錯時立刻放了我，不然回頭等他們回來，我一定會好好告妳一狀！民不跟官鬥，這句話妳不會沒聽過吧？」

眼看這人歪纏不講理，江月也不想同她兜圈子了，從懷中摸出銀針盒子放到桌上，同時不緊不慢地道：「我問一句，妳答一句，除此之外，不要再說別的，明白了嗎？」

「憑什麼啊？妳以為……」妳以為妳還是未來的首輔夫人啊？江靈曦再次不屑地輕哼。

江月笑了笑，沒再同她鬥嘴，而是直接捻起銀針，扎入她的穴位。

醫修嘛，總是有些使人疼、但不會真的傷人身體的法子。

當然，如果眼前這個神魂，或者說這道意識，像聯玉那樣能忍常人之所不能忍，而江月又不能真的傷害江靈曦的身體，屆時就要另想辦法了。

顯然，聯玉那樣的是絕無僅有的異類。她才下了一根銀針，眼前的江靈曦就痛得慘叫起來。

江靈曦痛呼道：「爹、娘！家裡有沒有其他人？快來救我，救救我！阿月瘋了，她拿針扎我！疼死我了！」

還別說，她言行舉止上跟本來的江靈曦是南轅北轍，但這會子喊爹娘的腔調，卻是跟本來的江靈曦很像，顯然是她刻意模仿過的。

聽到女兒這麼淒厲的慘叫，守在外頭的容氏哪裡坐得住？但她也謹記著江月的話，並沒有冒然進去，而是心疼地帶著哭腔勸慰道：「兒啊，妳且忍忍，阿月這是在給妳治病呢！妳忍忍，忍過就好了……」

江靈曦聽到外頭的動靜，知道容氏就在外面，不由得面上一喜，忍著刺痛哭道：「娘，快救救我，是我啊！您不認得我了嗎？我不是那個『妖物』啊！我真的要疼死了，我受不了了……」近來她的意識日漸強大，學原身的言行也越來越少被識破。本以為下一刻容氏肯定會衝進屋施救，但讓她失望的是，外頭的聲音就此淡了下去。

顯然是聯玉已經把容氏勸得離得更遠了一些，因此江月又捻出一根銀針捏在指尖，似笑非笑地道：「妳看，我這是在給妳治病啊！」伴隨著話音落下，第二根銀針就要扎進江靈曦的身體。

江靈曦的額頭全是疼出來的冷汗，一邊掙扎著要躲，一邊哆嗦著嘴唇道：「妳少騙人！妳哪裡會給人治什麼病？」說到這裡，她似乎是想到了什麼，猛地瞪大了眼睛，震驚道：

「妳不是原來的江月！」

原來的江月是個幼時只會仰仗父親、成婚後只會仰仗丈夫的嬌小姐，讓秦氏那種老虔婆壓著欺負了好些年都不知道還手，哪會什麼醫術，又哪會面不改色地用針扎人？

除非，眼前的人跟她一樣……那麼這一切就說得通了！

江月並不回答她的問題，而是重複一遍道：「我問一句，妳答一句，明白了嗎？」

這時的江靈曦就不敢再造次了，忙不迭地點頭。一來身上實在痛，痛得她眼前發黑；二來眼前這個已經不是原來那個膽小純善的江月了。

「妳叫什麼？」

「我、我也叫江靈曦。」

江月了然地點了點頭，這境況倒是跟她有些相似。「妳是何時來這裡的？」

「大概……半年前？」江靈曦疼得齜牙咧嘴的，哆嗦著嘴唇說：「咱們說起來也是同鄉，有話好好說，妳先把銀針拔出來行不行？」

她似乎是誤會了什麼，但這種誤會應該會使問話更加順利。江月順手就把銀針拔出來了，故意借用前頭她說過的話來套她的話。「半年前妳就想接近宋玉書這『原書男主』了？」

江靈曦呼出一口長氣，沒有起半點疑心，只當江月也是看過原書的同鄉，說：「那是未來的首輔男主欸，跟著他什麼也不幹，都能吃香的、喝辣的，傻子才不去接近他呢！但他也是個榆木疙瘩，要是先穿過來的是妳……哦，妳運道好，一穿就穿在江月身上。」說完，她眼睛滴溜溜地轉了一下，自覺想明白了為何眼前的同鄉會對自己這麼殘忍，畢竟如果不是自己干預，算著日子，現在宋玉書和江月已成親了，江月也就不會跟首輔夫人的位置失之交臂。她雖然心中也有火氣，但現在形勢比人強，只得賠笑道：「我知道是我截了胡，但誰讓是我先穿來的呢？這樣吧，妳可以說個數兒，他日我補償給妳。」

江月不置可否地掀了掀唇，又問起旁的。「那日在靈堂上，妳是故意的吧？」

江靈曦不情不願地回答道：「我也沒想幹什麼，就想毀了江月的臉，讓她不能跟宋玉書成親而已，誰知道原身忽然醒了過來，反倒讓我手背上平白多了一道傷疤。」

果然是她！

什麼就想毀了臉……而已?!

江靈曦又覥著臉邀功說：「聽說那次之後江月就病了，妳應當就是那時候穿過來的吧？那說起來妳還得謝謝我呢！」

江月氣極反笑，臉上也不顯，問起了自己在意的第二件事。「關於這個『書裡的世界』，有些事我還不清楚。」

「那妳是沒看完全書吧？」江靈曦不自覺地坐直了身子，沾沾自喜地說：「我跟妳說，我可是把這本書看了很多遍的！雖然比起原書男主，很多人更喜歡那個男配，但是作者也太偏愛男配了，把他設計得又好看、又厲害，玩權謀心術差點把剛進朝堂的男主玩死，最後收不了場了，才草草寫他舊傷復發死了，然後很多人就棄文了。但我就是更喜歡原書男主，所以從頭到尾的劇情都瞭若指掌呢！所以啊，妳看妳是不是先把我鬆開？」

江月對這些事情興致缺缺，但還是耐著性子，循著她說過的話，誘哄著問道：「那看完全書的妳，知道這個世界有一條黑龍嗎？」

「龍？什麼龍？」江靈曦一頭霧水。「這又不是什麼仙俠修真文的世界。」

這就是不知道了。江月嘆了口氣，說失望嘛，那肯定是有點。

但渡劫這種事，上輩子能從那位大能那裡提前得知隻言片語，便已是大造化了，後頭還得靠渡劫者自己，若再來一個提前幫她預言的，那這渡劫也就真跟鬧著玩似的了，因此她很快收拾好了心情。

「那我就沒有其他想問的了。」

江靈曦面上一喜。「那妳快把我放開！」卻看面前的江月閉了閉眼，而後她手裡的茶杯憑空慢慢多出小半杯清澈的水！這種隔空取物的場景，即便是對於穿越者來說也有點嚇人，江靈曦寒毛倒豎地說：「妳這是有空間，還是……還是妳才是真正的妖物?!」

「這又有什麼重要的呢？」江月神色淡淡地說：「反正不論妳說什麼，旁人也不會相信的。」

江月捏住江靈曦的下顎，準備給她餵靈泉水。

這水能強身健體，固本培元。而固的「本」，則也包括身體本來的神魂意識。

江靈曦雖然不知道她要給自己喝的是什麼，但是直覺告訴她危險！她一邊努力擺頭掙扎，一邊連忙說道：「妳不是沒看完全書嗎？我真的知道很多妳不知道的東西！留著我，我比本來的江靈曦有用多了！我把宋玉書還給妳，我還能教妳賺好多好多的錢！醫生不都講究濟世為懷嗎？我是車禍穿越過來的，要是離開了這裡，我就得死了！」

江月是不想在原身堂姊的臉上留下指痕，才留了幾分力氣，不過此時也有些不耐煩了，便用強力把靈泉水盡數灌進她的嘴裡。

「咳咳咳！」江靈曦嗆了好幾下，努力想把喝進去的水吐出來，但那水卻怎麼都吐不出來，最後只得憤怒又無力地質問。「我們都是穿越者，為什麼……」話還未說完，她的眼前便開始迷濛起來。

「為什麼對妳毫不留情嗎？」江月已經拿著帕子擦手，想了想，回答道：「大概是因為，道不同吧。」道不同，所以不相為謀。

江月過來的時候，原身的意識已經消散了。她後頭想的也是按著原身的意願，照顧原身的家人，完成原身沒來得及完成的事情。她小心翼翼隱藏著自己換了個芯子的秘密，一則當然是為了保護自己，二則也是避免讓原身的家人為原身傷懷——那個小姑娘雖然嬌嬌怯怯的，看著像個嬌小姐，卻是再懂事不過，絕對不會想讓許氏或江靈曦承受那種痛苦。

而眼前這個穿越者，想的卻是取代本來的江靈曦，甚至不惜傷害江靈曦最重視的親人。

至於她為何跟這個世界格格不入？在江月看來，她愚蠢不知道遮掩的奇怪言行只是一方面，最根本的原因還是因為她自詡對這個「書中世界」無所不知，所以高高在上，不把這個世界所有活生生的人當人看，而只把他們當成她達成目的的踏腳石。

這種人，別說根本不知道江月最想知道的事，就算知道，江月也不會為了自己渡劫而放過她。

江靈曦倒在桌上，感覺到自己的意識正在渙散，還不忘最後嘴硬道：「我做鬼……做鬼也不會放過妳的……」

江月饒有興致地笑了笑，說好，又說：「那我等著。」

是真的挺好的，這也得虧不在靈虛界，自己才只是用一杯靈泉水趕走了這個鳩占鵲巢的神魂，讓她回到那個發生什麼「車禍」的原世界。

若在靈虛界，這種意圖奪舍、害人的神魂，已經不在天道因果的保護下了。江月大可以把她的神魂拘住，天長日久地關押起來，極度無聊的時候，或許會想起來就把她放出來，問問異世界的奇人異事。

江靈曦很快陷入了沈睡，江月將她身上的布條解了，又守了她好半晌。

過了好一陣子，江靈曦才再次睜眼。

這次睜眼，她是真的迷茫，揉著發痛的額頭，驚喜地看著江月道：「阿月，妳怎麼來了？怎麼不叫醒我？」說著又要迴避，說自己身上有病氣，不能過給她。

那穿越者沒有這種演技，真有這種演技的話，不會早早地就讓江河和容氏發現端倪。

而靈泉畢竟是跟了自己兩輩子的東西，江月再瞭解不過的，更不可能出錯。

於是江月便輕聲細語地解釋了一番自己是來為她診治的，如今已經治好了她這離魂症。

「這就治好了？」江靈曦不敢置信。「我、我好像就覺得身上稍微有些疼。」但她並沒有質疑江月的話，終於敢握上江月的手，泣不成聲道：「阿月從前只說跟著二叔學了些藥理，沒想到竟這般厲害！若早知道妳有辦法，便也不會有前頭那麼多事了！那天在二叔的靈堂上我都快嚇死了，對不住，真的對不住，我是真的不知道怎麼會故意害妳栽向火盆……」

她枯瘦憔悴了許多，此時話多了起來，才有了幾分花季少女該有的鮮妍模樣。

江月不由得也跟著笑起來。「姊姊別哭，那並不是妳的錯，就是那『病』害的。如今既好了，往後便沒事了。還有，妳前頭食過太多湯藥，積壓久了，便成了毒，體內餘毒不清，總歸不是好事，所以我一會兒還得給妳開個清毒的方子，妳須得照著吃上一旬。另外，我這兒還有一套打坐的口訣，姊姊記下來，往後每日早晚打坐一刻鐘，能固本培元。一旬之後，我再為妳診脈。」

江靈曦忙不迭地點頭。

第九章

從大房的宅子離開的時候，江河和容氏、甚至形銷骨立的江靈曦都堅持親自相送。一直送到街口，江月總算勸得他們止步。

離開之前，江河和容氏還堅持要付給她診金。

雖然江月的意思是讓他們看著給就好，不給也沒關係，畢竟江靈曦是原身喜愛的姊姊，看在原身的面子上，她也是樂意無償出診的。

而且別看江河大小是個官，但八品官一年的俸祿也就四十兩。大房還有個在外求學的兒子，前頭給江靈曦求醫問藥也花出去不少家當。加上她和聯玉成婚時，大房送的添妝和喜錢，加起來也有十幾、二十兩了。

但江河和容氏堅持說一碼歸一碼，成婚是成婚，出診是出診。

最後雙方合計了好一會兒，江月就收到了十兩銀票。

她心情不錯，回程的時候腳步都輕快了不少。

走到半路，江月才發現聯玉好像沈默過了頭。

雖然他日常也不是多嘴的人，但兩人現在也算熟稔了，照理說今日這個情況，他也會問上一、兩句才對。

江月偏過臉瞧了他一眼，發現他的臉上跟平時一樣無甚表情，無悲無喜的。

但不知怎的，她就是覺得他好像有些不高興。

於是她問道：「怎麼不說話？你不高興啦？」

聯玉「嗯」了一聲。

還真是不高興了！到底今遭能成事，還是多虧他用美人計騙那穿越者開門、出來，所以江月聯繫著前因後果，又接著問：「是不高興我拿你當誘餌嗎？」

「不是。」前頭他不過提了一嘴，說那發病時的江靈曦見了他就對他笑，江月就能想到拿他當誘餌，而且還真的奏效了，他們沒怎麼費周章，就順利進入大房的宅子。這計策是他們之前就商量好的，若他不願意，江月也強逼不了。

這下子，江月是真的不知道了。

她也不是很樂意猜旁人的心思，但是看到聯玉瘦削的臉龐、單薄的身形，想到他這些天陪自己忙進忙出的——雖說成婚是假，但這段時間合作的默契，相處出來的夥伴情誼總不是假的，所以她陪著笑臉道：「那你自己告訴我，好不好？」

聯玉輕飄飄地看她一眼，想說不好，可是對上她笑意盈盈的杏眼，話到了嘴邊便嚥了下去。

過了半晌，江月都以為他不準備告訴自己了，卻聽他忽然問——

「誰讓妳說和離、休夫的？」

原是為了這個！這確實是沒提前商量好的，純屬江月的臨場發揮。
她有些心虛地解釋道：「我這不是怕事態不夠嚴重，大伯父和大伯母不肯據實相告，所以順嘴禿嚕出去了……但絕對不是我的真心話！」
聯玉臉色稍霽。
其實他也有些說不清楚，確實是假成婚，也確實是提前商量好的作戲，但江月說出要和離、休夫的時候，他的心頭還是窒了窒。
就好像，他們之間的關係於她而言，真的是可以隨意放棄一般。
「下次……」
江月根本沒想過他因為這件事不高興有什麼好奇怪的，只想著縱然是假成婚，但也不該口頭兒戲，就像前頭挑選入贅人選，她也是深思熟慮之後才選中了他，因此立刻保證道：「絕對沒有下次了，我再也不自己加詞了！」
聯玉又「嗯」了一聲。
同樣的嗯聲，但江月就是能分辨出他沒有不高興了。
寒風冷冽，聯玉不自覺地又咳嗽起來。
他帶出來的帕子已經在前頭作戲的時候染上了不少血，剛惹了他不悅的江月便很有眼力見兒地遞出自己的帕子。
聯玉便換下那條染血的，接了她的帕子用。卻沒承想，用過之後，他咳嗽得越發厲害，甚至狼狽得涕泗橫流，連眼睛都快睜不開了！

「什、什麼味道？怎麼這麼辣?!」

江月一摸袖子，尷尬地說拿錯了，聲音不由得又低了下去。「這……這是我方才擦眼睛用的，泡了薑汁……」

她又不似他那般演技了得，喜怒哀樂、嬉笑怒罵隨心所欲都能表現出來，讓人深信不疑，便提前準備了這樣一塊帕子，早上對著江河和容氏時才能說哭就哭。

「江、月！」聯玉咬牙切齒地喊她。

越發心虛的江月搶過他手裡的食盒，拉上他的胳膊，語速飛快地道：「這風也忒冷了！我幫你提著，咱們快些回家去吧！」

後頭回到店鋪後，江月就把那十兩銀票放進了鋪子的錢匣裡，算是店鋪的進項。

算起來，這幾日店鋪裡一共有兩筆進項，一筆是江河吃藥膳雞湯付的那五十文，另一筆就是那十兩診金了。

雖都是親戚貢獻的，卻也是江月憑藉真本事掙來的，並不是掌心向上被人接濟。

而在這期間，在房嬤嬤和寶畫賣力的吆喝下，店鋪裡也好不容易零星進來過幾個客人。但藥膳本也不便宜，一盅幾十文的價格，又把人嚇退了。

而自從為江靈曦治病一事後，江河也帶著同僚來過幾次。

這時候就體現出江月以藥膳坊為起點的妙處了。

若她開的是醫館，江河總不能問同僚生病沒？生病的話帶你去我姪女那兒看看。

開的是藥膳坊，便只說是邀請同僚過來一道吃飯，照顧照顧自家姪女的生意，完全不會不合時宜。

因此，儘管鋪子裡的設施還是陳舊，菜單上也依舊只有那麼五道，但也算偶爾能開張了。

不過跟著江河來過的同僚都正當壯年，身上沒什麼病灶，便也體會不到那藥膳最大的妙處，只把江月製的藥膳當作味道不錯的普通吃食，便也沒有幫著四處宣傳，只會偶爾過來幫襯一番。

這麼零星的一點生意，在扣除掉柴米油鹽那些支出後，其實也稱不上有賺頭，只能說是減緩了家裡坐吃山空的速度。

而江月空間裡的靈泉也在治癒江靈曦之後恢復了一些，起碼不會像前頭似的，一晚上只能接出一杯靈泉水。

她現在在兼顧生意和給聯玉治傷的同時，也能留出一些泉水來給家裡的其他人進補。

不過許氏還是不能多喝，畢竟她現在是雙身子，她進補的同時，胎兒也會進補。胎兒若生長得太快、太大，對孕婦來說也是非常不利的。

隔了幾日，衙門還來了一次人，是來徵收賦稅和徭役的。

賦稅包含兩部分，先是人頭稅。這個時代超過十五歲的就算是成年人，一個人一年要交一百二十文的稅，家裡五個人就是六百文錢。

另一部分就是進項稅，十五稅一。種田的交糧食，商戶則交現銀子。藥膳坊開到現在總共進帳了不到十二兩，所以這上頭交八十文錢。

加起來六百八十文，倒也不算特別多。

最後是徭役的部分，徭役只針對沒有功名的成年男子，通俗點說，就是讓成年男子去打白工、做苦力。

就聯玉這個弱不禁風、還時不時咳血的小身板，許氏和房嬤嬤哪裡捨得讓他出去幹苦力？於是為了免除徭役，又為他交了三、四百文。

加起來，這就是去了一兩銀子。

也得虧前頭那十二兩的進項，不然若是一點都沒掙到，又花出去一兩，家裡其他人又該發愁了。

年關將近，天氣一日冷過一日，來客量本就不大的梨花巷一帶，便越發冷清了。

這天更是烏雲密布，寒風刺骨，眼看著隨時都能落下雪來。

這種天氣，自然更沒什麼人願意出門了。

江月攏著襖子去小巷外看了一眼，見外頭幾乎看不到行人，而街道上不少鋪子和攤販都已經收攤關門，正想著要不要也早早地把鋪子關了，爐灶熄了，好省點柴火時，布簾子卻突然叫人從外頭掀開了。

進來的也不是什麼陌生人，正是江靈曦。

跟她同行的是一個身形豐滿、頭戴帷帽的女子，兩人身後還各自跟著兩個丫鬟。

江月正在櫃檯上百無聊賴地擦拭銀針，見到了她便把東西放了，從櫃檯後出來，笑著詢問。「這麼冷的天，姊姊怎麼過來了？」

江靈曦讓丫鬟給自己解了披風，而後拉上她的手笑道：「明日就是妳說要給我診脈的日子，天這樣冷，沒得讓妳跑一趟。而且妳也要看顧鋪子，為了我來回奔波，耽誤了生意就不好了。我左右在家也沒什麼事，出入都是坐轎子，怎麼都是我來尋妳更適宜些。」

姊妹倆親親熱熱地說著話，卻聽那頭戴帷帽的女子開口道——

「哪會耽誤生意了？這鋪子裡明明麻雀都沒有一隻。倒是妳病剛好，大冷天的就往外跑，一點都不顧自己的身子。」

江靈曦神色尷尬地看著江月，用口形跟她告罪。

江月倒也不惱，這女子說的本就是事實，只是語氣不怎麼和善罷了。而且聽對方的話，其實也是關心江靈曦，所以那點不和善，看在江靈曦的面子上，她也不會計較。

說著話，那說話的女子也把帷帽摘了。

她身形本就豐腴圓潤，一個人比江月和江靈曦加起來還寬，比寶畫也不差什麼。

帷帽摘下之後，她白胖的臉就出現在眾人眼前，跟寶畫那種健康的壯實不同，只見她的皮膚呈現一種不怎麼健康的灰白色，臉上的肉也很不緊實，甚至有些鬆垮，把五官都淹沒了，細長的眼睛被擠成兩條縫，活像包子上的兩個褶子。

江月不由得多看了她幾眼，正想詢問江靈曦是不是特地給自己介紹患者過來了？

那女子察覺到江月的目光，似乎很不喜歡被人瞧著，因此不悅地撇了撇嘴，哼聲道：「妳一直盯著我看做甚？不認識我了嗎？」

竟是跟她……或者說，是跟原身認識的。

江月做了個「請」的手勢，邀請她們二人落坐，而後喊寶畫先上兩杯熱茶。

這其間，江月在原身的記憶裡努力搜尋了一下，還真是對眼前這個女子沒有半點印象。

江靈曦見她半晌未應聲，便幫著解圍道：「阿月之前久未回鄉，不記得了也是有的。」轉頭，又接著同江月介紹道：「這是攬芳姊姊，小時候咱們還一道玩過幾次的，阿月應該多少有些印象？」

提到名字，江月就不陌生了。

這個名喚攬芳的女子，全名叫穆攬芳，是穆知縣家的長女。

她跟原身也不只是小時候玩過幾次那麼簡單，其實還有點小女兒之間的舊怨。

那時候原身還不叫江月，而是叫江攬月。

靈曦、攬月，一看就是比著取的名字，家裡長輩期望她們堂姊妹如親姊妹那般相親相愛。

如長輩期望的那樣，長到五歲的原身第一次回鄉，就特別喜歡江靈曦這個姊姊，成了江靈曦的小尾巴，走哪兒跟哪兒。

而在原身回鄉之前，和江靈曦同年的穆攬芳才是跟江靈曦最要好的那個。原身到來之後，江靈曦便時常把原身帶在身邊，以她為先。

穆攬芳喜歡打馬球，但這項運動對小她們幾歲的原身來說實在太過危險，江靈曦便因此推拒了好幾次，只說等原身回京城了，她再陪穆攬芳一道玩。

穆攬芳頗吃味，碰到原身的時候都沒什麼好臉，只是因為原身一年僅回鄉幾次，所以才沒有鬧得太過難看。

某一次聚會，其他官家小姐不知內情，以為她們三人焦不離孟的，十分要好，便提議說穆姊姊叫「攬芳」，江家二妹妹叫「攬月」，光聽名字就知道她們二人有緣。穆姊姊素來和江家姊姊要好，不若三人結成金蘭姊妹？對方本也是想在知縣的長女面前討個巧、賣個乖，沒想到卻是馬屁拍到了馬蹄上。

那聚會實則是若不讓原身跟著去，江靈曦便也不去了，這才邀請她們二人一道參加的。十來歲的穆攬芳也是氣性很大的小姑娘，早就含著一包老醋了，當即便不高興，說怎麼就有緣了？天下名字裡帶「攬」的多了去了，難道什麼人都能跟她當姊妹嗎？

原身那會兒還不到十歲，平時也是江父和許氏的寶貝，哪裡被人當面這麼說過？好似她叫這麼個名字，真的是為了上趕著跟穆攬芳做姊妹似的。

加上穆攬芳表態之後，其他官家小姐也見風使舵地說些諸如「攬月確實不如攬芳好聽」之類的話，原身便紅著眼睛提前從宴會上跑回了家。

回到家之後，原身便鬧著不肯和穆攬芳同用一個「攬」字了。

時下女子的名字不用上族譜，也不用告知外人，而且那會兒她也尚年幼，家裡日常都只喚她「阿月」的乳名，更改起來也不麻煩。

江父和許氏心疼她還來不及，自然聽她的，從此讓她只喚作江月。

從那之後，江月再回原籍，江靈曦都會特地讓她們二人避開，二人便也沒怎麼碰過面。事不大，說起來就是小女孩之間吃味然後拌了幾句嘴，後頭就不來往了。

江月沒認出原身這個昔日「敵人」，實在是因為兩人已經許多年沒碰過面，而長大後的原身也早就對這件事釋懷了。

而且在原身的印象裡，穆攬芳的面容雖已經模糊，但依稀記得她是個身形苗條、熱愛各種運動的姑娘，跟眼前這個圓潤虛胖的模樣半點不沾邊。

江靈曦拉著江月的手輕輕搖了搖，壓低了聲音同她耳語解釋道：「我不是特地要把她帶過來的，是我出門的時候正好遇到了她。我本是讓她先去我家稍待，或者擇日我再去拜訪她的，但她說天氣不好，眼瞅著就要下雪，轎子也不擋風，讓我坐她的馬車送我過來……」

江靈曦特地尋過來，是怕翌日到了約定的時間，江月冒著刺骨的寒風、丟下生意去給她診脈，完全是一片好心，只是不巧遇到了穆攬芳，又礙著面子不好直接讓穆攬芳走人。

江月點頭表示沒關係，而後給江靈曦把脈，半晌後道：「姊姊體內已經沒有藥毒了，只是底子還有些虧空，我建議是不要再吃藥了，藥補不如食補，飲食上頭注意一些就成了。後頭若還有不舒服的，也別大冷天的親自出來了，使人來知會一聲，我去妳家也是一樣。她也沒說錯，鋪子裡沒什麼生意，耽誤不了什麼事的。」

江靈曦笑著搖頭。「我難道只有不舒服的時候才能尋妳？今日來找妳診脈只是一遭呢，還有一遭是聽我爹念叨好幾次了，說妳製的藥膳特別可口，我還沒嚐過呢，今日怎麼也得嚐嚐妳的手藝。」

這便還是特地來照顧自家生意了。江月笑著說好。

見她們姊妹倆說起悄悄話了，穆攬芳不耐煩地清了清嗓子，插話進來道：「什麼藥膳？也給我上一份。」

江月便起身去了趟灶房，端了兩盅四物木耳湯來。

所謂四物木耳湯，就是木耳泡發之後去除雜質，和當歸、熟地、川芎、大棗這四物一起用文火燉煮，最後加入紅糖調味的湯品。

藥膳湯呈現赤紅色，藥味濃重，但因加入了靈泉水，所以嚐起來並不發苦，反而還帶些回甘。

「我爹說得果然沒錯，阿月製的藥膳確實特別！這四物木耳湯我從前也吃過，但是藥味太重，喝起來跟湯藥無甚區別。妳這湯就很好，像甜湯似的，喝下去之後手腳都暖和起來了。」江靈曦真心實意地誇讚完，還轉頭看向穆攬芳。「攬芳，妳快嚐嚐。」

穆攬芳日常並不在外頭吃喝的，但今兒個賣江靈曦面子，還是拿起了勺子，準備嚐嚐。她身後的丫鬟卻出聲道：「半點藥味都嚐不出，也不知道是不是偷工減料？姑娘還是別在外頭亂吃了。」

江月看了那丫鬟一眼，不卑不亢地詢問道：「湯裡只有大棗，藥渣都濾走了，但還在後廚，需要檢查嗎？」

穆攬芳深深地看了那個多嘴的丫鬟一眼，轉頭說不用，品嚐過後還算賞臉，說確實不錯。

這時候通往後院的簾子一動，聯玉施施然走出來。

這傢伙前頭被江月使喚過了頭，這幾日又突然變了天，他身子確實有些不好，江月便讓他不用時時在前頭待著，多在自己屋子裡休息。

聯玉過來是幫著許氏傳話，讓江月早些關門，別在前頭著涼，沒想到鋪子裡還有客人。

前頭江月已經跟他解釋過，說江靈曦見他兩次都是發病的時候，病好了會不記得那些事，而那兩次見面都算不上愉快，所以後頭就不要再提。

因此聯玉對著江靈曦客氣地微微頷首，算是打過招呼，便用眼神示意江月跟他去一旁說話。

沒承想就是這麼一段小插曲，正在喝湯的穆攬芳卻反應極大，立刻放下勺子，抄起旁邊的帷帽戴上，不悅地詢問道：「怎麼有外男在？」

江月雖覺得奇怪，時下民風還算開放，女子都能自立門戶做生意，更別說下館子的時候碰到個男人了，這是再正常不過的情況，而且聯玉生得這般好，舉止也不孟浪無禮，完全不至於招惹來這麼大的反應，但她還是解釋了一句。「這是我夫婿。」而後起身去聽了聯玉幫著傳的話。

聯玉也是第一次被人看成蛇蠍猛獸，便也沒在前頭多待，逕自回後院去了。

眼看著情況尷尬，不適合久留，江靈曦遂起身告辭。

結帳的時候，穆攬芳搶著買單，在櫃檯上擱了個小銀錠子。

前幾日交賦稅的時候，鋪子裡的散錢就都用得差不多了，這幾日又沒什麼生意，江月就說找不開。

穆家的丫鬟已經在掏荷包了，穆攬芳卻財大氣粗地道：「找不開就算了，下次再說。」

她是陪著江靈曦過來的，這次鬧得也不算很愉快，所以幾人都心知肚明不會有什麼下次。

兩碗小盅湯也就一百文錢，而那個銀錠子卻最少也有二兩。

江月也不想平白多收人家這麼多銀錢，就說：「附近的鋪子都關門了，我一時間也找不到人兌換，那這樣吧，妳把手伸過來，我給妳診診脈，抵了妳多給的銀錢。」

穆攬芳還是擺手說不必。「我家裡有大夫呢，每天都診平安脈。」說完就撩開布簾子出去了。

江靈曦落後她半步，便又跟江月解釋道：「她其實心不壞，就是這幾年她因為身形……所以秉性越發古怪了些。」

江月說不礙事。「我既開了鋪子，就做好了招待各色主顧的準備，她也沒做什麼讓我覺得難以忍受的事，姊姊不必憂心。倒是有一點，我前頭多看了她幾眼，是看她面色不大好，身上可能真的有些不妥。她既不肯收回銀錢，我也懶得再因為這麼個銀錠子和她來回扯，姊姊便幫我轉告一聲，說我許諾的診治算數，她隨時可以過來。」

江靈曦這才放下心來，說自己會幫著傳話，過幾日再來看她。

今日也算是有了進項，而且也快過午飯的點了，許氏更是在後院發了話，所以江月就沒在鋪子裡乾守著，索性把鋪子關了。

穆攬芳主僕出了藥膳坊，到了那梨花樹下，負責幫穆攬芳管銀錢的丫鬟就嘟囔道：「我身上明明有銅錢和小銀錁子，姑娘怎麼就把那銀錠子花出去了？還讓人不用找零了。」

穆攬芳不耐煩道：「既是月錢，妳管我怎麼花呢？那江月到底跟我也算是自小相識，小時候我說了句重話，她都嬌氣地哭得跟天塌下來似的，把名字都改了，眼下卻守著這麼個鋪子討生活……妳沒看出她日子艱難？」

「她艱難，姑娘就不難了？您一個月就二兩銀子月錢，一下子都花出去了，再要花用，不還得跟夫人要？夫人到底不是您的親娘……」丫鬟說著，瞅了身旁另一個丫鬟一眼，加上見江靈曦已經過來了，便悻悻地閉了嘴。

後頭天實在有些不好，眼看著就要落雪，所以穆攬芳把江靈曦送回江府之後，也沒在江宅多留。

兩刻鐘後，穆攬芳前腳剛進了家門，後腳知縣夫人尤氏便過來了。

如貼身丫鬟所言，這尤氏並不是穆攬芳的生母，乃是知縣大人的繼室，進門已經快十年，生下了一雙兒女。

她為人和善，臉上日常帶笑，對穆攬芳的衣食住行都一手包辦，對她反而比對自己的親生兒女還周到，因此兩人的關係也能稱得上親厚。

見穆攬芳臉上凍得通紅，尤氏心疼道：「我的兒，怎麼大冷天地往外跑？妳日常就怕冷，可凍壞了、累壞了？」一邊說，尤氏一邊攬著穆攬芳往後院走。

穆攬芳確實怕冷，而且身子笨重之後，走幾步路就氣喘吁吁，每次出門都跟要了她半條命似的。穆大人心疼長女，所以把家裡唯一的馬車留給她用，自己上值都是坐轎子。

今兒個她跟著江靈曦去藥膳鋪子之前，身上本也是這麼不舒服的。

但不知道是不是心理作用，在江月那裡吃過一盅藥膳湯後，手腳便都暖和了起來，回來的一路上都不覺得冷，甚至還出了一些汗。

她解釋道：「聽說靈曦病好了，我就想著去瞧瞧她。反正有馬車代步，也不怎麼覺得冷。」

尤氏納悶道：「聽說江家那姑娘前頭都病得不行了，如今倒竟痊癒了？」

「是啊，這便是吉人自有天相吧。聽她說了，是她妹妹給她治好的，她今兒個要去複診，我看天不好，便送她過去了。」

尤氏臉上的笑容閃過一絲不自然。「從前倒是未曾聽聞江姑娘還有個擅長岐黃之術的妹妹。」

兩人說著話，已經到了穆攬芳住著的小院子，她便一邊解披風，一邊接著道：「不是親妹妹，是堂妹，小時候我們還一起玩過，不過是很早之前的事情了。她堂妹的父親從前在京城做藥材生意，想來是自小耳濡目染學會了。近幾年沒怎麼來往，此前我也不知道她會醫術，今天跟著靈曦過去見了她一面，倒是跟小時候嬌滴滴的樣子完全不同了。」

尤氏唇邊的笑越發僵硬，也沒多留，只道：「妳快先暖暖身子，不然過幾日信期到了，又得疼得下不來床。我先去使人多做幾個妳愛吃的菜，回頭讓人把飯食都送到妳屋裡來，省得妳大冷天的來回跑。」

穆攬芳點了頭，進了內室換衣裳。

走到門口的尤氏站了站腳，前頭那個質疑過江月藥膳湯的丫鬟便也悄默無聲地退了出去，兩人在遊廊旁的假山後碰了頭。

丫鬟把穆攬芳的行蹤具體說了一遍後，又道：「那位二娘子現下開了一間藥膳坊，就在梨花巷附近，大姑娘在那兒喝了一盅四物湯。奴婢當時已經照著夫人的吩咐，勸阻過大姑娘了，但大姑娘不聽，還用眼神示意奴婢閉嘴，奴婢便也不敢再勸。後頭付銀錢的時候，大姑娘還直接給了二兩銀錠子，那江二娘子就說找不開，要給大姑娘診個脈抵掉。」

尤氏面上一凜。「診了嗎？」

丫鬟說沒有。「咱府裡就有大夫，大姑娘跟那江二娘子關係看著也平平，就說用不著。」

尤氏這才又笑起來，摸出一個小銀錁子塞給丫鬟。「妳做得很好。大姑娘的身子不好，飲食起居都要注意，下回她在外頭吃喝，妳也要接著勸阻，若勸阻不住，便稟報給我。」

丫鬟接過銀錁子，笑呵呵地應是。

時間轉眼又過去了一旬，到了十一月，天氣是徹底冷了下來。

鋪子裡的生意越發冷清，小巷子外頭的攤販都不見了。

江月跟人一打聽，才知道梨花巷這帶雖比村子裡暖和，但到底是老城區，周圍沒有高樓，每到冬天颳風颳得特別厲害，這邊也沒有什麼其他地方沒賣的東西，同樣是置辦東西或者下個館子，誰樂意過來喝一肚子風？所以附近的商戶和攤販的生意都一落千丈。

商戶不好挪動，攤販們則沒有那個顧慮，已經都換到其他地方擺攤去了。

得了這個消息，江月就把每天製作的藥膳減少了一大半。

但即便是這樣，這些藥膳依舊賣不完，多是家裡人負責下肚。

旁的倒還好說，就是聯玉頗有些微詞，因為菜單上有一道壯陽補腎的杜仲燒豬腰，家裡只他一個男子，這道菜當然是給他吃。

儘管江月確認過這道藥膳並不會跟他日常服的藥相沖，但一連吃了好些天，他經常大半夜燒得睡不著，再吃下去是真要出毛病！

這事他跟江月反應不通，別看她行事還算沈穩，但那方面是一點都不開竅，只反覆給他把脈，說「不會啊，這不是補得挺好的？脈象上虛火是有些旺，但你這個年紀，氣血旺盛才正常。放心吧，退一萬步說，真要吃出毛病來，我也能給你治好」，這把聯玉氣的，連著好幾天私下裡都沒怎麼搭理她。

這日江月看了半天鋪子，寶畫過來頂替她，讓她回後院屋裡暖和暖和。

後院有兩間廂房，一間東屋是江月和聯玉住著，另一間更寬敞的西屋，則是許氏和房嬤嬤、寶畫三人住。

平時為了省炭火，白日裡只有西屋燒著炕，一家子也都聚在西屋說話、做事。

江月進了屋後趕緊又把屋門帶上，呵著手坐到炕上暖了暖，問許氏和房嬤嬤怎麼還在做針線？

第一場冬雪落下來之前，她們就為聯玉趕製出了幾身換洗的冬衣，讓他不至於跟之前似的，出入只能披著大氅，裡頭卻只有幾件秋裝能換。

許氏就笑著回答道：「冬裝是做完了，我們正準備做鞋呢！」

十五、六的少年，雖不至於像小孩似的，一天一個樣，但幾個月的時間，也足夠聯玉長高一截，鞋子自然也就緊了。

前頭做衣裳也就算了，畢竟買料子比直接買成衣能省不少錢，尤其是做冬襖，自己買多少棉花就塞多少，不擔心不夠禦寒。但做鞋子，江月就覺得沒什麼必要了。

「外頭鋪子裡頂好的黑履靴也就三、四百文，而普通的白線鞋就更便宜了，一雙七、八十文。自己做，至多省三成的手工銀錢，卻要多花費不知道多少工夫，尤其是納鞋底子，最費眼睛不過。您懷著孕，月分漸大，身子也越來越重，嬤嬤更是一大早就要起身，和我一道製藥膳，都別再操勞了，直接去外頭買現成的就行。」

說著話，江月又給許氏腰後多塞了個軟墊，讓她坐得更舒服些。

許氏和房嬤嬤聽完她一通分析後都笑呵呵的，卻也不應。

江月就看向旁邊正幫著理線的聯玉，對他眨眼示意，卻沒想到同她素來有默契的聯玉居然也沒發話。

後頭江月就藉故把他喊回了屋，問道：「你剛怎麼不幫我說話？不就是讓你幫著解決了幾天藥膳嗎？何至於氣性這般大？你若真不願意吃，我把這道菜從菜單上撤了便是，左右年關將近，衙門裡事務繁忙，大伯父的那些同僚應也沒空來幫襯。你還是好好勸勸她們，不必為了你操勞成那樣。」

「早撤了不就好了?」聯玉無奈地看她一眼,接著她前頭的話反問道:「妳覺得她們全然是為了我?」

江月說不然呢?「也不知道你給她們灌了什麼迷魂湯,連納鞋底這樣費心費力的事,都得親力親為。」

聯玉眼裡無奈的意味更濃。「我就一個人、一雙腳,能穿得了多少衣服鞋襪?可她們卻是自從藥膳坊開張後,就日日在做針線。」

他這麼一說,江月就懂了。

原來許氏和房嬤嬤日日針線不離手,不單是為聯玉縫製衣裳,不過是她問起的時候,拿聯玉當筏子罷了。

而她們掙的,就是前頭江月說的那不值當什麼的三成手工費。

她見不得長輩操勞,但許氏和房嬤嬤看著她每天天不亮就起身開始熬煮藥膳,然後白日又要在鋪子裡守一天,人也越發清瘦了,哪能不心疼呢?所以早就想著法子開源節流了。

經過聯玉的提醒,江月細心觀察了兩日。

孕婦容易餓,所以許氏日常會多加餐,從前家裡雖然吃不上什麼頂好的東西,但也是頓頓精細糧,現在連許氏的加餐都開始喝粗糧粥了。

問起來，許氏也只說是最近轉了口味，愛吃這些。

江月若是勸她用些旁的，她也是只笑卻不應。

而房嬤嬤和寶畫，從前還在南山村的時候，她們母女就已經躲著吃粗糧了。現下後院就這麼點大，她們沒地方可躲，江月也在這方面留了心眼，堅持大家在一張桌子上吃飯，所以吃上頭她們沒得省了，便開始從別的地方想辦法開源——房嬤嬤日常負責給家裡洗衣服，但是很多時候院子裡晾著的衣服，根本不是家裡幾個人的。

很明顯，她就是從外頭接了縫補漿洗的活計。

而寶畫則是有客人的時候，就幫著江月打下手，空閒的時候就在後頭的院子裡劈柴。她見天的劈，但家裡的柴也沒多到放不下的地步。

後頭江月觀察了一陣，發現原來每天到了她給聯玉和許氏診脈的時間，就會有貨郎來到後門收柴火。

說來說去，還是因為她忙來忙去，卻沒忙出多少銀錢，讓許氏和房嬤嬤、寶畫不捨得把壓力給到她身上，所以就開始自己想辦法了。

想明白之後，江月便也覺得不能光等著生意上門了。

遠的不說，就說前幾日她已經從穆攬芳的臉色上察覺到她有點不妥，這儼然就是她可以發展的主顧，哪能只遞了個話頭，然後就等著人家再次主動上門的？

山不來就我，我自去就山。

打定主意以後，江月就準備主動去穆府跑一趟。

雖說她跟穆攬芳沒什麼交情，但上次那匆忙一見，能看得出穆攬芳對江靈曦這個手帕交極為重視。

她沾點堂姊的光，遞個帖子進去，應該也能見到穆攬芳。

到時候再主動一些，為她診診脈，展現出本事了，也不怕穆攬芳不信她。

翌日晨間又落了一場雪，雪天路滑，路上的行人就越發少了。

前堂雖然前後門都掛了簾子，但穿堂風一吹，比外頭還冷不少。

連帶著在後院劈柴的寶畫都凍得打了好幾個噴嚏。

江月索性就把前門關了，專心致志地趴在櫃檯上寫拜帖。

她這邊拜帖還沒寫好，鋪子的門就被急急地敲響了。

江月擱了筆，把門打開一瞧，就見到一個臉生的中年婦人帶著一個丫鬟立在門前。

那丫鬟瞧著有幾分面熟，江月多瞧了一眼，便認出是之前跟著穆攬芳來過，還質疑了藥膳湯兩句的那個丫鬟。

那中年婦人也不進門，只在門口詢問道：「江二娘子今兒個可有空？我家大姑娘前幾日在妳這兒吃了一盞木耳四物湯，覺得味道很好，想請二娘子去府上再製一次。」

江月剛還想著這件事的，加上這日落了雪，鋪子裡更不可能有客人，自然回答有空。

「那嬤嬤稍待，我去跟家裡人知會一聲，再拾掇一些四物湯的藥材。」

那嬤嬤點頭道：「二姑娘儘管去，不過藥材卻是不用拾掇，因我家大姑娘日常身上有些不好，家裡藥材都是備齊的。」

江月點了頭，去跟許氏和房嬤嬤說了一聲。

因去的是知縣的府邸，兩家也算是知根知底，許氏和房嬤嬤也沒有不放心，只讓江月把寶畫一併帶上了。

出了小巷，梨花樹旁，正停著一輛闊大的馬車，車頭上還掛著一個刻著「穆」字的木牌。

一行四人坐上馬車後，也就兩、三刻鐘，便到了穆宅。

別看知縣官階不算高，但卻是縣城裡的一把手，因此穆宅比江家大房的宅子還闊氣不少。

進了大門，繞過影壁，穿過抄手遊廊，經過垂花門，足足走了快兩刻鐘，才到了穆攬芳住著的小院。

「不直接去灶房嗎？」江月看著那嬤嬤把自己往小院的正房帶，便詢問了一聲。

那嬤嬤之前臉上還帶著笑影兒，此時臉色卻是沈了下來。「大姑娘請二娘子進屋裡說話。」

說著話，走在江月和寶畫身後的丫鬟伸手在她們背後輕輕一推，二人就被推進了屋，而那屋門也立刻讓人從外頭關了起來。

寶畫再遲鈍，此時也感覺到不對勁了，立刻把江月攬到身後，就準備去破門。

「寶畫別急。」

「誰過來了？」

江月和穆攬芳的聲音同時響了起來。

穆攬芳的聲音是從內室傳出來的，聽著有些虛弱。

「是我。」江月先應一聲，而後轉頭同寶畫道：「這是知縣的宅子，咱家雖是商戶，但大伯父是教諭，且我們是坐了穆家的馬車過來的，沿街多少商戶都看見了，更是走的大門，平白無故的，他家也不敢拿咱們如何。妳再看這屋內陳設，一看就是女兒家的閨房。所以事情雖有些古怪，但也未必壞到那分兒上，妳先別著急，且再看看。」

寶畫雖莽撞卻也並不太笨，聽了她的話，便四處打量了一下環境——這裡頭的桌椅花木，佈置陳設都透著股精緻勁兒，比從前她家姑娘在京城時的閨房也不差什麼。若要為難她們主僕，把她們關起來，還真不會選這樣的地方。

她這才冷靜下來，沒說要用蠻力破門了，只不高興地嘟囔道：「那這是做甚？就算是知縣家的小姐，也不能這樣沒頭沒尾地把人誆騙進來吧？」

江月進了內室，裡頭還是一個伺候的人也沒有，只屏風後頭的床榻上，隱約可見到一個高高隆起的人形。

這樣的身形，自然就是穆攬芳本人無疑了。

穆攬芳身邊既沒有下人伺候，也不知道是不是有難言之隱，江月便讓寶畫站住了腳，自己提步往裡去。

到了裡頭，還未到床榻前，江月就聞到了濃重的血腥味。

此時床榻上的穆攬芳也十分緩慢地起了身，撩開了床前的帷幔。

只見她前幾日本就看著不怎麼康健的臉上，已經不是灰白色，而是破敗的慘白之色，而隨著她的行動，那血腥味就越發濃重了。

「妳這是怎麼了？」江月把她扶著坐好，又伸手要給她搭脈。

穆攬芳卻把她的手一把攥住，吃力但是語速飛快地道：「妳怎麼過來了？我時間不多了，快走，我送妳出去！」

方才把自己喊過來，如今卻讓她走？這沒頭沒腦的一番話，把江月都給說糊塗了。

穆攬芳連坐起來都十分吃力，江月便把她扣住自己的那隻手輕輕拂開，捏著她的手腕一翻，便把到了她的脈。

「崩漏之症？」短短一瞬，江月便診出了一些東西，然後微微變色。

所謂崩漏之症，是指女子信期或者產後出血不止的病症，大量出血者為「崩」，出血量少、淋漓不絕者為「漏」。

不算多罕見的病症，但讓江月變了臉色的原因，是穆攬芳的崩漏實在有些嚇人——發病急驟，暴下如注，比產後的崩漏還厲害。再不干涉，這麼個流血法，還真是沒有多少時間了。

而床榻旁的矮几上，還擱著兩個藥碗，江月端起來一一聞過，辨認出一個是「固本止崩湯」，另一個是「逐瘀止血湯」。

這兩個是治療崩漏之症最常用的湯藥，前者治療氣虛血崩昏暗，後者治血瘀致崩。一般來說，這兩道猛藥下去，若還不能止血，便也該準備後事了。

所以穆攬芳說她時間不多了，也不是危言聳聽，而是她真的危在旦夕了。

江月不跟她多說什麼，拿出銀針，放置在床榻上，就開始脫她的羅襪。

看出她要為自己施針，穆攬芳無力地擺手，說無用的。「我家有大夫和醫女，都已經為我施過針，止、止不住的，妳莫要浪費時間……把我扶起來，我、我送妳出去！」

說著話，她已經臉如金紙，氣息也越發虛弱，卻仍然咬牙堅持著要下床。

「妳別動，信我就行。」江月的聲音不大，卻是擲地有聲，自有一番成竹在胸的氣勢。

不知道是身上越發沒力氣，還是被她的堅定自信感染，穆攬芳沒再掙扎推拒。

也就半刻鐘，穆攬芳驚訝地道：「血……出血少了?!」

「三陰交、足三里、隱白穴三處穴位可止血。這三根銀針還得留兩刻鐘，兩刻鐘後應當能為妳徹底把血止住。」

江月額間也出了不少汗，倒不是插三根銀針花費了多少力氣，而是穆攬芳真的有些過胖了，身上的皮肉水腫虛浮得像水球，所以這三處常見的穴位，在她身上變得異常難尋。

然而針灸之術，講究的就是個精確。失之毫釐，就會差之千里。

所以也難怪她之前說醫女為她針灸過，卻半點也沒起到作用。

若眼下施針之人不是對人體穴位瞭若指掌的江月，也同樣不會起作用。

江月讓她躺著別動，而後起身去了一旁的桌邊，背對著穆攬芳假裝倒水，其實是閉了眼，意識進入了芥子空間，接了一些靈泉水出來。

「喝口水。」

都知道女子在信期是不適合喝冷水的，但見識到了江月針灸的本事在先，此時穆攬芳對她可以說是言聽計從，立刻接過水杯喝下。

一杯水下肚，她不只沒覺得發寒，反而沒了知覺的手腳都開始暖和起來。

她熨貼地呼出一口長氣，問：「妳在水裡放了藥？」

江月含糊地應了一聲。「我隨身都會帶些日常能用的藥粉。現在妳可以說說發生了何事嗎？」

穆攬芳點頭，娓娓說起事情的經過來。

第十章

原是那日從外頭回來後，隔了幾日，穆攬芳的信期就到了。

這些年她毫無理由的日漸發胖，信期便也越來越不準，每次好不容易來了，更是疼得死去活來，下不得床。

這次來了之後，雖仍有些不適，卻沒疼到那個分兒上，起碼還能照常起居。

照理說，女大避父，一般父親也不會去記女兒這方面的事。

但穆家不同，穆攬芳下頭雖有弟妹，卻是穆知縣最疼愛的孩子。

加上穆攬芳的生母去世到尤氏進門，中間還隔了好幾年的時間，父女倆還相依為命過了好幾年，因此穆知縣是記住了女兒這方面的日子的。

這個月見她居然疼得不厲害，還能下床一道用朝食，自然就問起是不是府中的大夫或醫女尋到了什麼新方子，給她調理身體？

穆攬芳就回答說：「沒有什麼新方子，也沒吃什麼新藥。好像就前幾日跟著靈曦去她堂妹那裡吃了一盅藥膳湯，當時冒著寒風回來，也不覺得冷，我還當是我多想了，沒想到這幾日還真不怎麼疼，想來想去應就是那藥膳湯起了作用。」

穆知縣說那敢情好。「妳江伯父最近好像邀請了不少同僚去那梨花巷的藥膳坊，吃過的都說好，連我都聽到了一些，本以為他們是看著妳江伯父的面子才那般說，沒想到他家姪女是真有本事在身。」說完穆知縣又想了想，對著尤氏道：「我吃過朝食就得動身去府城述職，妳幫著攬芳安排一下，把那二娘子接到府中來，讓她給攬芳好好調養調養身子。左右近日風雪正盛，想來梨花巷那一帶也不會有什麼生意。妳從庫中多支一些銀錢給她，那位二娘子跟咱家又有些淵源，應也會同意的。」

尤氏卻憂心地道：「銀錢倒是不值當什麼，只妾身想著那二娘子既是江家姑娘的堂妹，那算著也不過才十幾歲，這麼點年紀，會做幾道藥膳已經極為稀罕，醫術上頭想來也不會多精通，讓她來為攬芳調理身子，萬一出了岔子……」

別看穆攬芳對著江月本人的時候並沒有什麼好臉，但此時卻也幫腔道：「咱們府裡有大夫、有醫女，她做的東西、開的藥方自有人幫著掌眼，若真有不恰當的地方，我不用就是，也不會出什麼岔子的。」

「就聽攬芳的吧。那二娘子我也有些印象，小時候被攬芳說過一句重話，氣得連名字都改了，如今她家日子艱難，咱們能幫一些就幫一些。」穆知縣說完，擺手讓尤氏不必再勸，就按商量好的來。

朝食過後，穆知縣就去府城述職了，而穆攬芳也回了自己的院子休息。

卻沒承想，今日起身，她突然出血如崩，家中大夫和醫女都過來為她診治、開藥、施針……但一連串措施下來，仍是一點效果都沒有。

大夫說她素日裡這方面就不大好，這次該是徹底發作出來了，該準備的便都準備上吧。

這便是讓穆家給穆攬芳準備後事的意思了！

而穆攬芳也在這樣的大出血中，漸漸連坐起身的力氣都沒有。晨間還聽見尤氏進來遣走了她得用的下人，說是要讓她靜養。

「所以不是妳請我，而是妳繼母請我來的？」

「我也不知道為何我病成這樣了，她還是把妳喊了過來。」

江月看著她的眼睛，問：「妳真的不知道嗎？」

穆攬芳被她問得愣了一瞬，半晌後，臉上漾起一個比哭還難看的笑。「我確實……確實是知道一些的。」

她爹穆知縣前腳才離開縣城，後腳她就在家突發血崩之症，不治而亡。就算有府中的大夫、醫女作證，她的血崩之症是急症，與旁人無關，但掌管中饋的尤氏多少是要擔負責任的，等穆知縣回來，雖不至於休妻，肯定也會怪罪一二，所以尤氏把江月也喊進了府裡。

府城距離縣城路途遙遠，緊趕慢趕也得三、五日的工夫。

等穆知縣從外頭回來，止不住出血的穆攬芳必然是沒了的。

到時候尤氏已然掌控了全家，稍微模糊一下穆攬芳的去世時間，只說最後負責給她瞧病的是江月，穆攬芳也是吃了江月經手的湯藥才突發的急症，怕是連府中照顧了穆攬芳多年的大夫和醫女為了撇清責任都不會拆穿。

而江月則是尤氏之前就不同意請的，是穆知縣和穆攬芳父女一意孤行，她才不得不同意。

屆時怕是連那一二分的怪罪，尤氏也不用承擔。

穆知縣只會悔不當初，而在外人看來，醫術並不精湛的江月也就順利成為替罪羔羊。

穆攬芳一開始說不知道，那是下意識還不願意相信悉心照顧了自己多年的繼母，在危難時刻會這般行事。可當見到江月的第一面，她卻是掙扎著起身要把江月送走，則證明她也不蠢笨，是品出了其中不對勁的地方的。

說著話，兩刻鐘的時間也過了，江月把她三處穴位上的銀針拔了。

「她用心歹毒，卻也是陰差陽錯，我這才能來得及救回妳一條命。妳把手伸出來，我再為妳仔細診診脈。」方才時間倉促，她只摸了穆攬芳一瞬的脈，只來得及診出一個崩漏之症。如今再次仔細診來，江月便品出一些旁的東西來了。「妳脾虛、腎虛、血熱、血瘀……」

江月每說一樣，穆攬芳就點一次頭，最後道：「確實都是我身上的病症，家中大夫和醫女為我調養了多年，都不見好。」

江月說這不對。「這些病症每一樣都會引發崩漏之症，但沒道理集中在一起。」

看穆攬芳似懂非懂的，江月也就不跟她說醫理，直接給出了結論。「妳中了毒。」

聽了江月的話，穆攬芳的第一個反應就說不可能，說完她又立刻解釋道：「不是我不相信妳，而是我家的大夫和醫女雖本事不如妳，卻也不會主動害我性命。」穆攬芳說著，就跟江月講述了這二人的來歷。

那大夫是穆知縣請到府中的，曾經也是一方名醫。

而那醫女，則是穆攬芳的外祖家聽聞她身上不怎麼好，覺得男大夫照顧一個未出閣的女孩多有不便，因此特地精心培育後送來的。

這二人不是來自同一個地方，進府時間有先有後，日常也是一起行動，互相監督。

連他們二人的月錢也不經過尤氏的手，分別是穆知縣和穆攬芳的外家給的。

尤其是那醫女，日常跟穆攬芳更親近一些，會為穆攬芳施針，干係重大。且她不是自由身，賣身契還捏在穆攬芳的外家手裡。

穆攬芳若沒了，這二人或許會逃避責任，卻也不會在穆攬芳還活著的時候，主動幫著尤氏害她。

江月聽完，點頭道：「他們二人確實沒有加害妳的必要。不過我還是相信我的診斷，妳中了毒，而且是很奇怪的毒，我也是第一次遇到，所以想解毒，還得尋到這毒物才成。這樣吧，咱們也別先懷疑誰了，只假裝不知道這件事，妳照常飲食起居，我幫著妳一一檢驗。畢竟這下毒之人見妳沒死，而我這替罪羊又還在這裡，應不會放過這次機會才是。」

穆知縣一年才去府城述職一次，其他時候都是在縣城活動，錯過今遭便要再等一年。

而且這次血崩已經去了穆攬芳半條命，穆知縣回來肯定要徹查的。知縣查案，可不只是簡單盤問，尤其關係到掌上明珠的性命，說不得就直接把衙役弄回家中了，到時候別說等明年再下手，今年還過不過得完都兩說。

「那會不會太危險了？」穆攬芳先是點頭，而後又有些擔心，倒不是擔心自己。「這事是衝著我來的，我拖著這樣的身子也出不去，避無可避，怎麼好平白讓妳陪我身陷危險之中？」

「我已經被牽扯進來了，就算我現在離開，若在穆知縣回來之前，妳有個三長兩短，我還是那個最後見過妳的外人，同樣是渾身長嘴也說不清。而且就算現在我要走，妳那繼母也不會放我走的。她一個知縣夫人，想留我在府裡幾日，再容易不過。」江月說著，又頓了頓。「最後，也不是平白無故，我要收銀錢的。」

穆攬芳到底才經歷過一場生死，臉色肅穆，此時卻被她說得笑了起來。「要不說妳跟從前不同了呢？倒真有幾分大人做生意的樣子了。放心，別說我還活著，就算馬上要不成了，我也給妳寫個欠條，讓我父親回來後給妳兌帳。」

兩人打趣了幾句，氛圍倒是輕鬆了不少。

自江月和寶畫進去後，尤氏就已經在候著消息了。

可足足等了半個時辰，也沒聽到意料中的動靜，她不由得有些心焦，在自己屋裡走來走去。

她身邊立著個嬤嬤，姓曹，就是前頭誆騙江月過來的那個，是尤氏的陪房，見狀就勸道：「您別著急，大姑娘是大夫和醫女都說了不成的，至多也就是今日或明日的事情，只要您面上別叫人瞧出來就行。」

尤氏一邊點頭，一邊說是。「我不能叫人瞧出。不過也不能這麼乾等了，讓下頭的人都警醒些，棺槨、白燈籠、白幡那些該準備的都準備好，另外也讓哥兒、姐兒的奶娘都警醒點，看顧好他們，別嚇到他們。」正說到這裡，突然有個丫鬟匆忙進來稟報。

「夫人，大姑娘……」

「唉，我的兒啊……」尤氏醞釀了許久的假哭說來就來。

那氣喘吁吁的丫鬟緩過氣來後，卻是接著道：「大姑娘好了！」

「什麼?!」尤氏的眼淚還掛在臉上，愣了半晌才問：「大姑娘好了？」

那丫鬟說是啊！「方才大姑娘還在屋裡喊人進去更換被褥呢！奴婢也進去瞧了一眼，大姑娘雖然還不能下床，但是正跟江家二娘子說話呢！」

曹嬤嬤立刻拉了尤氏一把。

尤氏連忙斂起情緒道：「好，吉人自有天相！妳快讓人都趕緊伺候著！」

等那丫鬟去了，尤氏才對著曹嬤嬤驚惶道：「怎麼會……她怎麼會沒事？」

曹嬤嬤又勸道：「夫人別急，老爺還有三、五日才回，今日不成，還有明日。咱們多年籌謀，您千萬不能在這時候慌了神。而且眼見為實，咱們還是儘快過去看看！」

尤氏掐了掐手心，強逼著自己冷靜下來，然後立刻往穆攬芳的院子去。

穆攬芳的院子裡，一眾丫鬟、婆子已經被叫回來了——前頭穆攬芳眼看著就要不行了，下人們自然不敢違抗尤氏，就算有不肯走的，也讓尤氏的人給拖走了。

其中就有上次江月見過、幫著穆攬芳管銀錢，叫綠珠的，死活不肯離開穆攬芳，讓尤氏身邊的人給綁到柴房關起來了，眼下柴房那邊的人聽說穆攬芳已經能坐著說話了，自然不敢再為難她，就把她給放回來了。

穆攬芳前頭生死一線的時候都沒見掉淚，此時看到綠珠手腕上兩道明顯的紅痕，卻是紅了眼眶。

主僕二人剛說上話，尤氏已經踉蹌著趕了過來，帶著哭腔道：「我的兒，妳快嚇死我了！還好諸天神佛保佑，妳安然無恙，不然等妳爹回來，我真不知道該如何跟妳爹交代啊！」

光看她那既著急又痛心的模樣，誰能知道她是個佛口蛇心的？

穆攬芳的眼裡閃過一絲不耐煩，但很快便斂起眼中的情緒，只不解道：「我睡了好長一覺，怎麼醒來後身邊一個人都無，只見江二妹妹？方才綠珠說，是母親把她們都遣走了？」

尤氏並不慌張，反手打了自己一巴掌，自責道：「是我不對，那會兒府中的大夫和醫女都說妳……我怕她們打擾了妳的清靜，就讓她們都離開了。確實是我的不是，等妳爹回來了，我一定主動領罰。」

她當著一眾下人的面，又是打自己巴掌，又認錯認得飛快，作為晚輩的穆攬芳還真不好再借題發揮。

那尤氏說完又看向江月，熱絡地上前拉住她的手，千恩萬謝地道：「多虧了二娘子啊，前頭我還擔心二娘子年紀輕、閱歷淺……如今想來是我見識淺陋了。二娘子簡直是再世華佗啊！」一邊說，尤氏一邊打量江月的反應。

只見江月臉上露出一個誠惶誠恐的笑，連忙擺手道：「夫人謬讚了！您也沒說錯，我這個年紀，哪敢稱什麼再世華佗？不過是會些簡單的醫理罷了。今兒個也是湊巧，我身上帶著父親留給我的一截老參，來了之後見穆姊姊境況不好，便把那人參給她服下了。」都知道人參能吊命，江父從前是京城藥商，傳下來一些罕見的名貴藥物再正常不過。說完，江月就提出告辭。「我方才已經跟穆姊姊說了，她現在的狀況並不適合用藥膳，也就沒我什麼事了。出來也好一會兒了，我家裡人該尋我了。」

果然，尤氏並不肯讓她走，道：「攬芳跟前正是需要人的時候，妳的醫術大家有目共睹，這個時候可不好謙虛。二娘子也別擔心家裡，我使人去幫妳通知一聲，就說妳在我們府上留幾日，妳就安心待著。」

江月仍然不肯，還要再說，尤氏就以去佛前為穆攬芳祈福為由離開了。

回了自己院中，尤氏臉上的笑就掛不住了，問曹嬤嬤。「我這心裡怎地這麼亂？總覺得好像要出什麼事？」

曹嬤嬤接著勸慰。「夫人放心，咱們那……萬無一失。莫說是個十幾歲、慌裡慌張只會吵著要回家的小姑娘，就是真華佗來了，也查不出什麼的。如今距離老爺回來還有幾日，這檔口您可不能亂。」

尤氏猶豫道：「方才攬芳那丫頭雖未對我說什麼重話，但是我看她已經對我頗有微詞了，不然咱們下次再……」

「正是大姑娘已經對您頗有微詞，您才要抓緊機會！」曹嬤嬤抓了尤氏一隻手。「都已經走到這一步了，就差臨門一腳，您可千萬不能功虧一簣！」

尤氏一走，江月也就不用裝那惶恐的樣兒了，她對穆攬芳使了個眼色。

穆攬芳便藉口要靜養，讓一部分人先回去，只留下了以玉珠為首的三個丫鬟。

而那個陪著尤氏身邊的曹嬤嬤一起去誆騙江月過來的丫鬟名喚緋玉，自然也和其他立場不明的下人一道被屏退了。

確認小院裡只有自己人後，穆攬芳讓人把院門關上，而後江月便開始檢查起穆攬芳日常用的器物、首飾等。

一通檢查到中午，檢查過穆攬芳屋子裡一半的東西，還真沒查出一件有毒的。

後頭到了午飯的時辰，廚房又按著穆攬芳的喜好，送來了飯食。

雞絲黃瓜、清炒蝦仁、薑汁魚片、蝦籽冬筍，每道菜看著都清清爽爽的，讓人十分有胃口。

江月一一驗過，依舊是沒有毒。

唯一稱得上奇怪的，就是這幾道清爽的菜，聞著卻有股不明顯的油腥味，叫江月給聞出來了，居然是用豬油炒的！

「我說我們姑娘怎麼日日吃得也不多，又口味清淡，還見天的胖……」綠珠氣憤地說著，但想到穆攬芳不喜歡聽到「胖」這個字，就止住了話頭。

雖菜裡沒有毒，只是放了些豬油，但是保險起見，江月還是沒讓穆攬芳動，讓寶畫和綠珠跑了小廚房一趟，藉口說她們主僕吃不慣這府裡的飯菜，要自己做，要到了一些米、麵，另外由她們二人一道熬了一砂鍋的清粥來。

吃過午飯後，下午江月帶著人檢查另一半東西，到了入夜前，甚至把穆攬芳日常吃著的雪蓮養身丸都每個捏開來查過了，同樣還是沒有任何發現。

當天晚上，江月和寶畫自然就在穆攬芳的院子裡留宿。

穆攬芳撐到這會子已經是不容易，早早地就睡下了。

江月也有些熬不住，臨去睡下之前，她給幾個丫鬟分了一下班次，讓她們包括寶畫在內，二人一組輪流值守。

若穆攬芳有任何不對的地方，則要立刻去喊她。

都安排好後，江月簡單地洗漱了一下，便去了隔壁廂房睡下。

睡前，江月習慣性地進了芥子空間，查看泉眼。

果然，在驚險地救回穆攬芳一條命之後，泉眼的出水量又大了一些。

她拿了屋裡一個茶壺接靈泉水，以備不時之需，順帶把知道的訊息又在腦子裡盤算了一遍。

白日裡搜檢東西的時候，穆攬芳告訴了她一些事。

例如穆攬芳的外家現在雖然無人在朝為官，但在江南一帶也算薄有名望，祖上也出過好些個三品以上的大官，算是書香世家。

她的生母林氏嫁給穆知縣，那屬於低嫁。

連穆家現在住著的這個大宅，都是林氏在世時用嫁妝購置再修葺的。

不然就靠七品知縣那點微薄俸祿，穆家還過不上如今這樣的日子。

穆攬芳說得含蓄，綠珠則心直口快得多，說當年林氏那可是十里紅妝嫁過來的，不只這大宅子，還有穆家的鋪子、莊子、田地都是林氏在世時用嫁妝置辦的。相比之下，尤氏雖是富商家的女兒，高嫁而來，卻是家中不受寵的嫡女，陪嫁少得可憐。

換句話說，那就是穆知縣現在的整副身家，其實都是林氏留給穆攬芳的東西。

知道了這些，江月就大概猜到為何那尤氏要對穆攬芳下手了，一言以蔽之，圖財。

林氏去世後，她那豐厚的嫁妝自然就掛在穆攬芳名下。
等到穆攬芳出嫁，當然會帶上這筆不菲的嫁妝一道離開穆家。
所以那尤氏先讓人在穆攬芳的飯菜裡摻豬油，讓穆攬芳變胖，再去下毒。胖人身上病灶多，也不會惹人懷疑。
但馬上穆攬芳快到二十了，拖無可拖，尤氏便瞅準時機讓她得「急症」暴斃。
而等穆攬芳變得肥胖又虛弱，親事上自然犯了難，所以到了這會子還未說親。
穆攬芳沒了，而且是病亡，那麼那份嫁妝自然就還留在穆家。
就算林家那邊來人，要收回嫁妝，因不知道穆攬芳是讓人害死，只以為她是病故，也不會鬧得太過難看，至多就是帶走一些金銀細軟，宅子、鋪子、田地那些則多半會留下。
若是尤氏再奸猾一些，則還可憑藉對穆攬芳的瞭解做本假帳，說不定金銀方面也不用給出去太多。左右到時候穆攬芳已經死了，死無對證，可操作的空間就大得多了。
要不說她不愛給這些富貴人家瞧病呢？彎彎繞繞的，忒費腦子。
一個時辰不到，江月接到了一茶壺的靈泉水，便脫了外衣，拆了頭髮，鑽進了被褥。
穆家睡的不是炕，而是床，但穆家不差錢，穆攬芳的院子裡燒著火牆，所以並不冷。
外頭起了風，風聲嗚嗚咽咽的同時，依稀還聽到了一些雨聲。
風雨交加的夜晚最是好眠，就在江月要徹底睡著的時候，聽到了窗戶上傳來一絲異樣，像是窗子被風颳開了。

一個融在黑夜中的人影順著半開的窗櫺，悄無聲息地進來。

他邁著緩慢而無聲的步伐，一點一點地接近床幔。

就在他撩開床幔的一瞬，幾根銀針朝著他面門急射而來！

那銀針並沒有內家高手發射的暗器快，但角度十分刁鑽，是分毫不差、衝著他的眼睛而來！

他再顧不上收斂氣息，足尖一點，立刻退開。

此時帷帳內的江月正要揚聲呼救，就聽到一個似笑非笑的聲音在床幔外響起——

「大晚上的，謀殺親夫啊？」

江月一手把帷幔撩開，一手舉起火摺子，看到了幾步開外、一身玄衣的聯玉。

「大晚上的，你想嚇死人啊？」江月先還他一句，又忍不住笑起來。「你怎麼來了？」

聯玉挑眉。「我補過頭了，大晚上燒得睡不著，隨便遛達遛達。」

江月還是笑，說：「隨便遛達遛達，從梨花巷遛到知縣府邸，還順帶翻個牆、撬個窗是吧？」

聯玉正要接話，卻忽然面色一變，直接飛身鑽進了帷幔裡。

下一瞬，門外就響起了兩道由遠及近的腳步聲，是寶畫和綠珠一道趕過來了。

綠珠同江月不熟，所以到了門口就站住了腳。

寶畫則沒有那麼多顧慮，一邊詢問道：「姑娘，方才什麼動靜？您別嚇我啊！」一邊把門板拍得砰砰作響，眼看著那門閂都要讓她拍斷了。
「沒事。」江月一邊穿鞋下床，一邊去開門。「就是方才下床喝水，碰到了桌子。」
寶畫看到她全鬚全尾的來開門了，才放心了一些，但還是用手裡的燭火把廂房裡照了一圈，這才放下心來，說：「不然您還是別一個人睡這兒了，去和穆姑娘睡一起吧？」
前頭江月特地過來廂房睡，是要去空間裡接靈泉水，此時當著綠珠的面，江月也不好直接和寶畫說聯玉就在屋子裡，便只說：「沒事，離得這樣近，剛那麼點響動，妳在隔壁都聽到了，若真有什麼事，喊妳也來得及。再說，我就迷瞪兩、三個時辰，一會兒就起來了，人多了我反而睡不好。」
寶畫這才沒說什麼，接著和綠珠一道守夜去了。
等她們二人離開，江月又把門閂好，這才回到床榻邊。
怕隔壁又聽到響動，江月便沒喊他出來，也跟著坐了進去，兩人面對面說話。
被這麼一打岔，聯玉也不同她玩笑了，正色回答道：「妳做事素來有交代，若真是陪伴穆姑娘而不歸家，怎麼也該是讓寶畫回去知會，而不是讓穆家的下人去，我覺得有些不對勁便過來了。可是遇到麻煩了？」
江月點頭。「是有點麻煩。」而後把一整日的事情說與他聽。
半晌後，聯玉臉上的笑也淡了下去。「那穆姑娘中的毒，就是那尤氏下的無疑了。」
「是，這個我跟穆攬芳都心中有數，不過今日查了一整個白日，還沒什麼頭緒，不知道她把毒下在哪裡。不過也無事，左右只要保住穆攬芳，等到穆知縣歸家，我便能回家去了。」

聯玉沈吟半晌，道：「妳最好還是要查出具體的毒物，找到人證或物證，把那尤氏的罪名坐實，這樣才能把她徹底按死。不然妳只等著那穆知縣回來，俗話說清官難斷家務事，更別說斷自己家的家事，男人嘛，保不齊被那尤氏哭一哭、求一求就給糊弄住了。這尤氏她對繼女都這般狠毒，對外人難道會手下留情？他日過了此遭，難保不會記恨到妳頭上。只有千日做賊的，沒有千日防賊的。」

聯玉很少說這樣一長串的話，江月仔細聽了，贊同地點頭。「是，我只想著後頭能不插手就不插手，但既已在尤氏面前掛了號，想明哲保身也不大可能了。今日不想把動靜鬧得太大，只搜檢了穆攬芳的小院，明日我再去驗驗那大夫和醫女給她用過的藥，爭取這三、五日之內找到證據。」

兩人不約而同地沈默了一瞬，而後聯玉又問起。「那尤氏是哪裡人士？」

這話若讓旁人聽了，多半是一頭霧水，並不知道他為何突然問這個，但江月立刻會意，接過話茬道：「其實我前頭也想過這個，連我都沒見過的毒，總不能是尤氏自創或是從外頭隨意買，多半還是從娘家弄來的，便也特地打聽了一句，丫鬟說那尤氏是成華縣人士。成華縣距離路安縣路途遙遠，想從她娘家下手的話怕是……」

聯玉擺手說知道了，讓她不用管了，安心守在穆攬芳身邊就行，其餘的事他來辦。

兩人說了會兒話，夜漸漸深了，聯玉便下了床。

江月跟著他起身，送他從窗子出去的時候，叮囑他出入小心些。

畢竟是知縣府邸，內院或許只有丫鬟、婆子，外院那兒肯定是有家丁、護院的。

聯玉雖然會武，但到底身上還帶著傷。

臨別前，江月又問起。「你怎麼知道我在這個屋子裡？總不是一間間屋子挨個兒尋過來吧？」

「穆攬芳是那穆知縣的愛女，她的院子要麼是最大，要麼是位置最好的，不難找。至於怎麼找到這間屋？我在外頭聽了聽，聽到妳的呼吸了。」

「隔著牆從呼吸聲辨人，這也是你從前跑江湖學的本事？」

聯玉沒回答這個，而是從懷中拿出一樣東西放到她手中。「保護好妳自己。」

江月低頭，看到是一把小巧的匕首。

匕首通體雪白，雖然沒鑲嵌什麼珠寶，但鞘上雕刻著繁複花紋，且那些花紋都趨於平整，一看就是時常拿在手裡把玩的心愛之物。

似乎，還帶著他指尖的溫度。

翌日一早，江月起身之後給穆攬芳服了一些靈泉水，暫且壓制住她體內的毒，而後就讓丫鬟把府裡的老大夫和醫女請了過來。

他們二人確實做事有交代，過去所有給穆攬芳開過的方子都整理成了醫案。

江月把厚厚一沓醫案看完後，又去把藥房裡頭的藥材檢查過。

然而，還是沒有收穫。

一邊想著事情，一邊回到小院的時候，江月聞到了一股奇異的香味，她隨口誇了一句味道好聞。

綠珠就撇嘴道：「這是夫人在小佛堂點的香。」

「佛香嗎？聞著還挺特別的。」

佛香一般由富含香氣的樹皮、樹脂、木片、根葉花果製成，常見的有檀香、沉香、丁子香等。這些常見的佛香若點得過多，多少會有些嗆人。

而那尤氏點的香，不只不嗆人，反而有一股草木的清香，十分好聞。

綠珠便接著撇嘴道：「據說是夫人娘家帶過來的祖傳香方，隔三差五的就會燃一回，說是為咱們姑娘祈福呢，貓哭耗子假慈悲！」

前一夜江月才和聯玉想到了一處，覺得那毒多半是尤氏從娘家帶來的，所以聽到這裡，江月立刻正色道：「知縣夫人娘家是製香的？」

「那倒不是，」歇過一夜，緩過來不少的穆攬芳已經能下床坐到椅子上，便回答道：「尤家是在成華縣開布莊的。這香我從前問過，據說是尤氏的外家傳下來的。她外家從前是煊赫的製香世家，只是已經敗落了，所以尤氏的親娘在婆家的地位很一般，連帶著她也不受寵。」

穆攬芳雖是晚輩，但當初穆知縣要續弦的時候，十分看重她的意見，便告知了她很多事，所以她對尤家的境況瞭解頗多。

說來也諷刺，穆知縣雖然品階不高，又是個帶著女兒的鰥夫，但到底是官身，他要續娶的時候，多的是人家樂意。尤氏不論是家世還是品貌，都不算裡面最出挑的，穆知縣之所以相中了她，低門娶妻，就是怕長女來日在繼母底下受搓磨，卻沒想到，後頭的境況竟是跟他的初衷完全相悖了。

「這香喚作濯水蓮香，是尤氏外家世代相傳的香料。」

「水蓮嗎？聞著倒不像。」

「不是，濯水蓮是一種罕見的香草，因枝葉和水蓮有些相似而得名。」

江月的神色越發凝重。她幾乎可以篤定，那詭異的、連她都不知道的毒，應該就跟這濯水蓮有關了。

三千世界，運行規則雖然如出一轍，但也不是一成不變，就像她剛過來的時候，不確定這個世界的草藥是不是效果很好一樣。

她所在的靈虛界，並沒有濯水蓮這一樣香草。

若那毒是這方世界特有的香草製成的，這也就能解釋得通她為何對這毒毫無頭緒了。

江月就道：「可有辦法弄一些過來讓我檢驗？」

「這香自從夫人過門後就在點了，闔府上下都聞得到，這也會出問題嗎？」心直口快的綠珠直接問了出來。

穆攬芳看她一眼，而後接話道：「小佛堂那邊有家中老僕，綠珠拿我的腰牌悄悄過去取一些來，切忌不要讓尤氏發現。」

她發了話，綠珠也沒再接著問，逕自拿上穆攬芳的腰牌出去了。

江月就解釋道：「其實綠珠說得也沒錯，這香闔府上下都能聞到，當然是無毒的。」因知道穆攬芳不懂醫理，江月就拿了旁的做比喻。「但是就好像螃蟹和柿子，單獨吃都沒事，可若是配在一起吃，就很容易讓人腹瀉。」

這麼一說，穆攬芳就懂了。江月的意思是，那濯水蓮香和其他東西合在一起，成了毒。

至於另一樣東西，江月也有了懷疑物件，就是穆攬芳日日在用的雪蓮養身丸。

這是時下高門大戶裡頭的女眷常吃的一種保健養身的藥丸，舒筋活絡，溫經止寒，很多女子從第一次來了信期之後，就會開始服用。

後來幾年間，大夫和醫女根據她的身體狀況，給她改良過方子，但主要配料依舊是價格昂貴的天山雪蓮。

這樣貴重的養身藥，穆府裡也只有穆攬芳日日在用。

連穆知縣人到中年，偶有筋絡不舒服的時候，都未曾捨得吃過一粒。

過了好一陣子，綠珠就拿回來一截拇指長的線香，手上還沾著不少香灰。

尋完回來後，綠珠一改懷疑的態度，道：「二娘子說得不錯，這事確實有些古怪。從前那小佛堂只夫人和曹嬤嬤等人過去，便也不知道她們燃這個香時十分慎重，不讓其他下人經手。雖說這香料貴重，但也不至於說燃完香後，連香灰都得包走吧？也得虧今日運道好，奴婢和那老嬤嬤把那香爐翻倒，找了個底朝天，才找到了這麼一截。」

後頭江月便把這一截線香切出來一點，再捏碎一顆雪蓮養身丸，一併放到了桌上的茶杯之中。

過了半刻鐘，江月再用銀針試毒——竟真的變了色！

一時間，在場眾人都變了臉色。

穆攬芳和綠珠等人是心有餘悸的害怕，而江月則是臉色越發沈凝，仍覺得不對。

因為根據銀針的變色程度來說，這兩樣東西合在一起確實有毒，但毒性也沒有強烈到會使人慘烈的血崩而亡。

她仍然覺得好像差了點什麼，可但凡能想到的東西，全都檢驗過了。

若這次還是不成，那是真的不知道問題出在哪裡了。

就在這時，另一個丫鬟提著食盒過來了。

想到自家姑娘日日用著的清淡飲食裡都放了肥膩的豬油，綠珠就氣不打一處來，罵道：「翠荷，妳怎麼又去大廚房取飯食了？早上不是已經跟府裡說過了嗎？這幾日姑娘沒胃口，不用廚房的東西，咱們另外自己單做！」

翠荷連忙解釋道：「綠珠姊姊別生氣，不是我去取的，是緋玉拿來的，說是夫人特地給姑娘張羅的，說姑娘再沒胃口，也多少用一點，緋玉還說這叫『長者賜，不可辭』……」

「夫人夫人又是夫人，夫人從前隔三差五地為咱們姑娘張羅吃食，咱們還當她是一片慈母心腸呢！緋玉這胳膊肘往外拐的叛徒，咱們姑娘才是她的正經主子！」綠珠一邊罵，一邊就要把食盒往外丟。

江月忽然福至心靈，出聲道：「慢著！」

在綠珠等人不解的目光中，江月接過食盒打開，裡頭還是穆攬芳日常愛用的清淡菜色。她舀起一勺油湯，放入那茶杯之中。

幾乎是瞬間，留在茶杯中的銀針就從輕微的黑色變成了濃黑色！

原來這毒竟不只是濯水蓮和雪蓮相加在一起那麼簡單，還需要加入豬油，將兩樣東西融合，才會徹底激發出這劇毒的毒性！

昨兒個江月聞出有豬油後，綠珠就罵了一大通，倒不是說綠珠故意幫著尤氏混淆視聽，而是常人都只知道豬油比時下的胡麻、萊菔子、黃豆、菘菜子等植物榨取出來的油，對人體造成的負擔要更大一些，也更容易使人發胖，因此連江月都被綠珠帶著，陷入了這個盲區，以為這是尤氏讓穆攬芳發胖的損招。

但細想之下，穆攬芳胃口並不大，昨日的飯食據說還是因為江月和寶畫來訪，有客人在所以多準備的，日常她一頓飯只吃半碗飯、三道小菜，菜裡的豬油也沒多到普通人能嚐出來的地步，怎麼吃也不至於胖成這樣。

可若這豬油也是尤氏下毒的一步，那就說得通了。

豬油不容易被人體代謝，她也不必頓頓往飯菜裡下豬油，惹人懷疑，平時藉著給穆攬芳料理吃食的時候，隔三差五的下一些，在眼下這種關鍵時刻，則連續、不間斷的多下幾日，就能催著穆攬芳身上的毒發作。

這招數實在高明，若穆攬芳不是口味特別清淡，日常不食用大葷，其實都不必擱豬油，只要多給她做些油膩的菜餚即可，那就真的是越發讓人摸不清路數，幾乎稱得上是沒有破綻了！

江月呼出一口長氣，總算找到了這關鍵的罪證。

又過一日，更深露重的半夜時分，得了信兒的穆知縣便披星戴月地從府城趕了回來。

聽到消息的尤氏立刻從床上起來，攏了頭髮去相迎。

「老爺怎麼這會兒就回來了？述職結束了？」

一年一次的述職關係到他們這些官員的考核評等，至關重要。

穆知縣眼底一片青影，鬍子上都沾著冰碴子，一看便是日夜兼程趕回來的。

「我跟知府大人告了罪，回頭再去述職不遲。左右我在這知縣位置上也坐了十幾年，多半也沒有什麼升遷的機會了。」穆知縣一邊答話，一邊腳下不停，往穆攬芳的小院子裡趕。

「攬芳如何了？」

尤氏心中怨懟，想著本朝外放的官員普遍是三、五年一任，但穆知縣在這路安縣當知縣，一當就是十幾年。就是因為這樣，才需要越發重視每一次考核評等才是，不然怕是真的要在這知縣位置上坐一輩子了！

但她面上也不敢顯露半分，只抹著淚水戚戚然道：「前兒個攬芳突發血崩，府中的老大夫和醫女都束手無策，但幸好天可憐見，妾身照著老爺的吩咐接過來的江二娘子醫術高超、妙手回春。但昨兒個不知道那江二娘子給攬芳用了什麼藥，攬芳的血崩之症發作得越發厲害了，一盆盆的血水直往外端，老大夫和醫女都說攬芳怕是……怕是不成了。妾身幾次來探望，攬芳的丫鬟只在裡頭哭，卻不讓妾身進，說是攬芳吩咐的，想清靜一些……」

聞言，穆知縣腳下一個踉蹌，讓有眼力見兒的小廝扶著了，才不至於摔倒。

此時一行人已經到了穆攬芳的小院外頭，萬籟俱寂的凌晨時分，只聽見裡頭嗚咽哭聲一片。

「攬芳……芳兒！」穆知縣推開小廝，啞著嗓子，狼狽地拍門。

就在這時，裡頭的哭聲戛然而止，那小院的院門也從裡頭打開了。

綠珠喜出望外地朝屋裡喊道：「姑娘，真的是老爺回來了！」

屋裡其他丫鬟也迎了出來，個個臉上都帶著喜色。

這樣子哪像尤氏方才說的，穆攬芳已經不成了呢？

穆知縣腦子發懵地進去了。

小院的主屋，穆攬芳正跟江月坐在一處。

前一天江月既查到了毒源，便去藥房裡翻看穆知縣給老大夫和醫女購置的醫書，瞭解了濯水蓮的特性，用上穆府齊備的各種藥材，開始針對性地製作解藥。

到底是第一次接觸濯水蓮，而且醫書上都沒記載這種香草有毒，所以進度並不算特別快。

但江月有靈泉水在手，能保穆攬芳一口生氣，便讓她試了幾種解藥。

其間穆攬芳的崩漏之症還發作了一次，又流了不少血。

但好在前一日，江月便已經製出了正確的解藥。

這又是去翻醫書、動藥材、端血水的，動靜鬧得不小，自然瞞不過同住一個府邸的尤氏。

所以江月便將計就計，讓綠珠去灶房順了一塊老薑過來，讓一眾丫鬟都用薑汁泡了帕子，在小院裡似真似假地哭起喪來。

那尤氏就是盼著撇清責任，才誆騙江月過來當替罪羊的，所以也只在門口假惺惺的慰問，樂得不用進來，便一直被蒙在鼓裡。

「攬芳……」穆知縣看到女兒安然無恙，自然是欣喜若狂，哆嗦著嘴唇都說不出一句完整的話。

穆攬芳中毒時日已久，就算現在服了解藥，短時間內也不能痊癒，所以還不能隨意挪動，便只淚盈於睫地道：「爹爹，我沒事。」

穆知縣閉了閉眼，平復了一下心情。

他到底是浸淫官場多年的人，很快就反應過來今日這情況很不對勁。

江月給他福了福身行禮，他也擺手讓她免禮，而後坐到穆攬芳身邊，問起到底發生了何事？

穆攬芳便把事情的經過講給他聽，末了哽咽道：「所以也不是真的沒事，而是幸好江二娘子來了，女兒才保住了這條命，否則爹爹現下回來見到的，便是女兒的屍身了。」

穆知縣拍了拍她的手背，輕輕寬慰了幾句，而後臉色沈凝地看向尤氏。

方才穆攬芳在說話的時候，尤氏已經幾次要開口辯解，只是都被穆知縣用刀子似的眼神制止了。

此時輪到她開口了，尤氏立刻直呼冤枉。「那濯水蓮香確實是妾身從娘家帶來的不假，豬油也是妾身放的，只是聽人說豬油補身子，而攬芳日常也吃得清淡，這才偶爾在她的飯菜裡放一些，但府裡的廚子可為妾身作證，妾身擱的量，絕對不會到損害人體的程度，否則廚子早就上報給老爺知道了！妾身哪裡知道，這兩樣東西碰上攬芳日常吃著的雪蓮養身丸，就會成了毒呢？」

穆知縣目光如炬地看著她。「濯水蓮是妳家特有的東西，妳真的不知道它和其他東西混合會成為令人血崩的毒物嗎？」

尤氏雖然心裡已經七上八下，卻仍然咬牙堅持道：「妾身真的不知道！老爺也知道，妾身的外家只是製香的，而娘家更只是普通商戶，到了妾身這一輩，兩家都不再顯赫，哪吃得起這養身丸呢？又從何得知呢？」

這便是為何之前曹嬤嬤對她說這法子萬無一失了。

因為濯水蓮加上任何一樣單獨的東西都是無毒的，只要她咬死了不知道世上還有三種東西湊在一起會成了毒這種事，至多也只是無心之失。

「知縣夫人怕是真的不知道呢！」

正在僵持的時候，外頭突然傳來一道不緊不慢的男聲，正是聯玉的聲音。

他一個外男，進旁人家的內院自然是不合規矩的。

是以下人立即通傳道：「老爺，江二娘子的夫婿來了。因大姑娘前兩日吩咐過，說江家若是來人，可以直接請進來，小的就把人帶進來了。」

知縣擺手表示無礙，起身去了外頭。

院子裡，聯玉站定之後便不再往裡進，只拱了拱手對穆知縣見了個禮。

因之前綠珠等丫鬟聯手作戲，所以廊下也沒點燈籠，只能藉著屋裡影影綽綽的燭光，勉強互相看到對方的身形輪廓。

「你方才何出此言？」

聯玉不緊不慢地回答道：「這幾日草民的妻子被知縣夫人『請』到府中，一連幾日不歸家，草民心中不安，生怕她哪裡做得不周到，冒犯了知縣夫人，便託消息靈通的貨郎，打聽了一下成華縣的尤家，想著不妨先照著成華縣的風俗備一些特產作禮物，卻不想竟打聽到了一樁事，知縣夫人的父親，也就是那位尤家大老爺的第十八房愛妾流產後血崩而亡，尤家現在正忙著辦喪事呢……」說到這裡，他恰到好處地嘆息一聲。「聽說那位愛妾年方十六，正是大好的年紀，日常就愛點那濯水蓮香。草民不勝唏噓的時候，那告知我消息的貨郎卻說沒什麼好唏噓的，尤家風水不好，這些年都不知道死了多少妾室呢！所以草民才說，知縣夫人應當是真的不知道，否則哪會平白填進去那麼些人命呢？」

黑暗中，穆知縣的呼吸猛地沈重了幾分。

聯玉便又頓了半晌，才又提高了一些聲音道：「不知道現下草民能不能接妻子回去了？」

屋裡的穆攬芳聽到後就對江月道：「妳快回吧，沒得叫妳家裡人擔心。今日家裡亂糟糟的，也不留妳了，後頭我再跟妳結算診金。」

江月不大情願地起身告辭，也不是說她怕穆攬芳賴帳，非要在這會兒就拿到銀錢不可，而是為了追查這毒物，她費了不知道多少心思，後頭研製解藥，更是一天一宿沒合眼。

眼下只差臨門一腳，就能看到穆知縣給尤氏定罪了。

而且她也挺想知道，尤氏……或者說尤氏的母系親族，是如何知道這濯水蓮能這般害人的？畢竟在此之前，她這醫修都不知道兩種不常見的香草藥材，碰上常見的豬油後會成為毒。

若其中是有人給她們出了主意，那麼那人製毒、用毒的造詣，或許都在她之上。

所以跟著聯玉出了穆府，又走了約半刻鐘之後，江月就扯了扯他的袖子，問道：「不是你說讓我別急著走，非得看著尤氏被按死，往後才能高枕無憂的嗎？」

聯玉提著從穆家拿來的燈籠，一陣風吹過，明明滅滅的光影照在他臉上，使他好像跟平時有些不一樣。

他偏過臉，給了江月一個「妳傻不傻」的眼神，但還是耐著性子解釋給她聽。「妳沒聽我前頭說的嗎？這事已經不是穆家的家事這麼簡單了，更不是差點害了穆攬芳一條人命，而是已經在尤家牽涉了十數條性命了。這種大案、要案，別說咱們，即便是穆知縣一人都處理不來，還得去知會成華縣的知縣，說不定還要驚動知府。所以這種時候就得急流湧退了，妳想知道後續發展，後頭再跟穆攬芳打聽也不遲。」

江月醫術超絕，腦子也聰明，但在人情這方面，確實還是不如在人世間打滾、嘗盡了人情冷暖的聯玉練達。

她便沒有再糾結這個，只又接著問道：「咱們分開也就一天一夜的工夫，絕對不夠去一趟成華縣來回的……你進城之後也沒怎麼出過門，又哪裡認識的消息靈通的貨郎？」

這次聯玉沒有回答了，只含糊道：「怎麼這麼多問題呢？我自有我的辦法。」

寶畫聽他倆說了一路的話，此時也反應過來了，懵懵地插話道：「所以姑爺跟知縣大人講的話是假的，也不是偶然聽到了什麼消息，而是知道姑娘遇到了麻煩，特地想辦法去打聽了尤家的事？往前倒數一天一夜，可不就是姑娘堅持要自己單獨睡的那晚上？那晚我聽到響動後，明明去那屋裡看過，根本沒看到姑爺，就除了放下帷幔的大床……好呀，你倆在床上偷偷幽會……」

為了防止寶畫說出更難聽的話，江月一把將她的嘴給捂住了。

前頭她也沒覺得聯玉夜間跑到她房裡、上她的床有什麼不妥的，畢竟兩人坦蕩蕩的，說的也都是正經事，沒有任何踰矩之舉，那夜若不是綠珠也在，她估計也不會瞞著寶畫。

但這平常的一件事到寶畫嘴裡過了一遭，也不知怎的就變了味兒。

好在夜色還濃重，也沒人能看到她臉上的紅暈，江月便兀自道：「少亂說話，他是不放心我，所以來瞧了瞧，為了躲穆家的綠珠，這才……而且我們是夫妻，見個面、說幾句話怎麼叫『幽會』呢？聯玉你說是吧？」

聯玉提著燈籠走在她們二人身前，替她們照亮回家的路。

聞言，他頭也不回地說「是」，只是握著燈籠的手微微緊了緊，莫名也有些赧然地加快了腳步。

三人回到梨花巷的鋪子時，後院裡燈火通明。

見到了分別幾日的許氏和房嬤嬤，江月心頭越發柔軟，問她們。「妳們這是沒睡還是睡醒了？」

許氏和房嬤嬤都不回答，一起端來熱在鍋上的飯食擺到炕桌上，讓她和寶畫趕緊吃一些。

江月洗了把手，坐到暖呼呼的炕上，再對上雖然簡單卻不用擔心被人下毒的飯食，也確實覺得餓了，當即和寶畫開動起來。

寶畫那是狼吞虎嚥，江月則比她稍微好些，但進食的速度也不慢。

許氏和房嬤嬤看著都心疼壞了，又是給她們倒水，又是給她們捋背的，問起她們這幾日過得怎麼樣？遇到什麼麻煩了？

連聯玉都擔心得夜探知縣府邸了，她們兩個當長輩的那就更別說了，這幾日就沒睡過安穩的一個整覺。

江月其實不打算讓她們擔心，想一筆帶過，但寶畫也陪著她去了，寶畫本就不擅長撒謊，更別說對著家裡人撒謊了。

加上如聯玉所說，那濯水蓮香已經害了好些人的性命，後頭這案子若審起來，不說轟動整個府城，起碼縣城裡是會炸開鍋的，所以與其瞞著，還不如開誠布公地說了。

她隱去了尤氏想讓她當替罪羊的部分，只說自己是被穆攬芳邀請去做藥膳，沒想到卻發現她中了毒，而後陪她幾日，給她解了毒，等到今日穆知縣從府城趕回來，自己就功臣身退了。

「怎麼還牽扯到下毒了？」都說母女連心，許氏早就有些不好的預感，卻沒想到裡頭居然還有這種陰私事。

房嬤嬤也呼出一口長氣。「還好吉人自有天相，咱們姑娘沒事，穆姑娘也無事。」

說完這些，天邊已經泛起蟹殼青，眼看著就要天亮了。

為了研製解藥很久沒合眼的江月也有些熬不住了。

許氏和房嬤嬤便也沒再多問，催著她們各去安歇。

洗漱過後，江月回屋歇下。

聯玉在外頭洗漱過後，也跟著回了屋。

江月鑽進帷帳之後，除掉外衣，裹著暖呼呼的被子呼出一口長氣，這才想起來道：「對了，你給我的匕首還沒還你呢！」

那匕首雖不知道價值幾何，但一看就是聯玉的心愛之物，現下危機解除，江月自然想著物歸原主。

說著，她就摸出那匕首，遞出帳外。

一把匕首而已，既給了她，也不至於要回。

聯玉想說不用，但此時屋裡還未熄燈，便只見到欺霜賽雪的一截白嫩皓腕從帳內伸出，比那寒冰鐵所鑄造的匕首還白得晃人眼。

鬼使神差的，他下意識伸手要去接。

只是他的指尖剛要觸碰到那段雪白的時候，江月舉了半天已經覺得手痠——那匕首看著小巧，但分量並不輕，於是把手縮回了帳子裡。

江月甩著發痠的手腕詢問道：「你不拿回去了嗎？」

聯玉收回了手，撚了撚指尖，輕咳一聲，應道：「給妳了，妳收著就行。」

江月已然沒把聯玉當外人了，便也沒同他客氣。

就在江月快要睡著的時候，卻聽屋門響動，她帶著睏腔問：「這會子去哪兒？又燒得慌要出去溜達？」

聯玉應了一聲，而後輕手輕腳地帶上門出去了。

「我都好幾日沒在家製藥膳了……」

她沒製藥膳，聯玉自然也好幾日沒處理剩湯了，怎麼還燒得慌？

只是實在太睏，江月嘟囔完，來不及想旁的，便陷入了沈睡。

這一覺睡下去，累過頭的江月就足足睡了兩天。

其間她知道許氏和房嬤嬤、寶畫都來瞧過她幾次，但她睏得實在起不來。

房嬤嬤怕她餓壞了胃，拿著勺子餵了她一碗擱了糖的稀粥，她喝完又接著睡。

睡醒之後，江月才知道穆攬芳已經派了綠珠來過。

知道江月一直昏睡沒醒，綠珠也沒多留，只留下了五十兩銀票，說是穆攬芳給結的診金。

一起留下的，還有穆攬芳親手書寫的一封信。

書信上頭，穆攬芳慚愧極了，從前她只當尤氏是好的，自己身子不康健的時候，便由著尤氏掌管中饋，自己每個月只拿二兩銀子月錢。

如今知道尤氏佛口蛇心，按著江月留下的方子，吃了幾頓解藥後有了力氣，就立刻去查生母留下的產業。

這不查不知道，一查之下，其中的虧空把她給嚇了一跳。

細節她也不方便在信上直說，總之就是家裡帳面上的現銀也不多，所以先湊了五十兩的銀票給江月，等處理完家裡的那攤子爛帳，再另外準備謝禮。

左右兩人眼下也有了過命的交情，不算外人了，她便在信中問江月想要什麼，回信直接說，過幾日複診的時候，她都給準備好。

對穆攬芳而言，救命之恩，肯定不只值五十兩銀子，所以她才那般慚愧，讓江月想要什麼儘管說出來。

江月倒是已經對這筆銀錢挺滿意的了。

至於旁的謝禮，她確實有想要的東西，就是這個時代的醫書。

此番吃虧就吃虧在，她對這個世界的草藥不夠瞭解，之前連濯水蓮的名字都沒聽說過。

眼下天一日冷過一日，梨花巷一帶冷清得不行，她閒來無事，手邊的那套銀針都快擦細一圈了，來研習一下這個時代的醫書再合適不過。

而且在穆家的時候，她就見過那一屋子的醫書。那些醫書都有些年頭了，穆家的老大夫和醫女都已經研讀過，隨意給出幾本，也就不用穆攬芳再另外花費銀錢。

因此回信的時候，江月就說想要幾本醫書，另外約定好十日後再上門去給她複診。

——未完，待續，請看文創風1213《醫妻獨大》2

為流浪貓狗加油 和貓寶貝 狗寶貝 廝守終生(一定要終生喔！)的幸福機會

對人來說，貓寶貝狗寶貝只是生活的一部分，但妳（你）對牠們來說，卻是生活的全部，領養前請一定要考慮清楚——

▲ 文靜的俏妹子——小喇叭

性　　別：女生

品　　種：米克斯

年　　紀：3歲

個　　性：慢熟文靜

健康狀況：已結紮，已完成洗牙，愛滋白血陰性

目前住所：台中市西屯區（中途之家）

本期資料來源：洪多多小姐

『小喇叭』的故事：

今年初剛搬入小村，村內非常多貓群，居民大多是阿公阿嬤，他們會放廚餘給貓群，而貓群對新住戶都非常警戒。經歷了兩個多月的餵食，一隻我們平時熟識的貓咪「大喇叭」〈因天生發不出喵叫聲，再激動也只有哈氣音〉帶著新貓咪出現了，於是直接為牠取名為「小喇叭」。

直到某天，觀察到小喇叭的肚子變大了，還在機車座椅及牠的屁股上發現血跡，我們只好求助中途，所幸遇上洪小姐，願意接納小喇叭待產。隨後小喇叭生下四個孩子，但或許是在外流浪時吃得不營養，以致奶水不足，其中兩個孩子因為有先天缺陷而不幸離開了。

小喇叭是慢熟型貓咪，面對陌生人不太會互動，偶爾也會玩玩具，但只要拿出蝦子或是鮮食就會對人非常熱絡，或許是小時候只能吃廚餘，因而對鮮食情有獨鍾；所以希望能夠找個有耐心陪伴牠，偶爾煮些鮮食鼓勵牠的爸爸媽媽。

擄獲小喇叭的芳心就是這麼簡單，只要您準備好溫暖的家，準爸爸媽媽便可在臉書搜尋洪小姐，或是加Line ID：dhn0131，用一隻蝦子帶領小喇叭在未來的日子裡歡快喵嗚～～

認養資格：

1. 認養人一旦認養，須負擔部分醫療費，並繳交半年期追蹤保證金，回報正常且確認無誤後，會歸還保證金。
2. 須同意簽認養寵物切結書。
3. 須同意送養人日後之追蹤探訪，對待小喇叭不離不棄。

來信請說明：

a. 個人基本資料：姓名、性別、年齡、家庭狀況、職業與經濟來源等。
b. 想認養小喇叭的理由。
c. 過去養寵物的經驗，及簡介一下您的飼養環境。
d. 若未來有結婚、懷孕、出國或搬家等計劃，將如何安置小喇叭？

天涯地角有窮時，只有相思無盡處／踏枝

2021年12月出版

媳婦好粥到

雖說這個朝代民風較開放，女子和離也很普遍，
但像她家婆婆這樣心疼她年紀輕輕就守寡，
並且還一心盼著她改嫁的，可也不多吧？
婆婆不僅幫忙相看、撮合，連嫁妝都替她存上了，
要她說，這根本超前部署，但她真沒想過要改嫁啊……

文創風 1020 1

顧茵繼承家裡的老字號粥鋪，生意極好，誰知她卻在加班時暈了過去，
再睜開眼，她居然穿越了，從粥鋪老闆成了農戶人家的童養媳，
說起這個原身，那是比她慘多了，親娘病逝後，親爹續娶，又生下兩兒，
後娘本就容不下原身，枕頭風吹了兩三回，原身就被賣給了武家夫婦，
這武家是地裡刨食的莊稼人，並沒有富裕到能買丫鬟回家伺候的地步，
實因長子武青意被術士批了命，說是克妻的孤煞命，到十五歲都沒說上親，
眼看再拖下去不是辦法，武家夫妻才牙一咬，花錢將原身買回家當童養媳……

文創風 1021 2

在武家吃飽穿暖地過了三年，顧茵原身從黃毛丫頭長成了美人胚子，
可就在這時，朝廷突然開始強徵各家各戶的壯丁入伍攻打叛軍，
凡是家裡沒銀錢疏通關係的，男丁一個不留，都得上戰場拚命去！
當時已懷孕的武母無計可施，只能眼睜睜看著自家男人和大兒被徵召，
臨行前一晚，武母堅持讓大兒武青意和原身拜了天地，
五年多後，朝廷總算傳來消息，說是前線軍隊全軍覆沒，武家父子沒了！
也就是說，她這個童養媳如今還當上了熱騰騰、剛出爐的小寡婦？

文創風 1022 3

任顧茵怎麼想，未來的路都艱難得很，偏偏老天彷彿覺得她還不夠難似的，
在一個月黑風高、大雨滂沱的夜晚，有個採花賊摸到家裡來了！
這賊子是村裡有名的地痞流氓，里正是他親叔，縣老爺是他家親戚，
因為得知武家男人戰死，他便起了色心上門，幸好最後被婆媳倆合力制住，
但這朝廷自上到下是爛到了芯子裡，不然也做不出強徵男丁的混蛋事，
所以想抓這賊人見官怕是無用，他們婆媳叔子三人只得包袱款款，連夜閃人，
哪知半路卻聽說村中遭遇洪水，無人倖存！他們這下大難不死，定有後福吧？

文創風 1023 4

日子就算再難，也是得過，顧茵都想好了，她別的不行，廚藝可是頂尖的，
鎮上碼頭邊有許多賣吃食的攤販，於是她也尋摸個位置，做起了生意，
她最擅長的是熬粥及煲湯，至於其他白案點心做得也很不錯，
真不是她要自吹自擂，她煮得一手好粥，那是吃過會懷念，沒吃要想念，
一連十天，鎮上那位文老太爺的早膳都是吃她煮的皮蛋瘦肉粥，
文老太爺那是什麼人物？三朝重臣、兩任帝師啊！什麼樣的好東西沒嚐過？
連他老人家都讚不絕口的粥，能不好吃嗎？每天排隊的人龍就沒斷過！

文創風 1024 5 完

顧茵是真心把婆婆和小叔子當成家人的，就沒想過要改嫁，
何況穿來這兒後，她只想著怎麼吃飽穿暖了，哪有心思想別的？
正當她一個頭兩個大地返鄉掃墓時，她男人武大郎回來啦！
原來當年被朝廷徵召時，父子倆陰差陽錯，最後加入的竟是義軍，
因為到底是反抗朝廷的「叛軍」，所以多年來他們都不敢往家裡遞消息，
如今新朝建立，公爹成了英國公，而他竟是傳聞中能生撕活人的惡鬼將軍?!
唔……要不，她還是乖乖聽婆婆的話，帶著收養的小崽子改嫁吧？

醫妻獨大 1

國家圖書館出版品預行編目資料

醫妻獨大 / 踏枝著. --
初版. -- 臺北市 : 狗屋出版社有限公司, 2023.12
冊 ; 公分. --（文創風 ; 1212-1214）
ISBN 978-986-509-473-7（第1冊 : 平裝）. --

857.7　　112017983

著作者　踏枝
編輯　黃淑珍
校對　黃薇霓
發行所　狗屋出版社有限公司
地址　台北市104中山區龍江路71巷15號1樓
電話　02-2776-5889～0
發行字號　局版台業字845號
法律顧問　蕭雄淋律師
總經銷　知遠文化事業有限公司
電話　02-2664-8800
初版　2023年12月
國際書碼　ISBN-13　978-986-509-473-7

本著作物由北京晉江原創網絡科技有限公司授權出版

定價290元
狗屋劃撥帳號：19001626
網址：love.doghouse.com.tw　E-mail：love@doghouse.com.tw